U0731263

当代中国学术文库
Contemporary China Academic Library

启蒙现实主义形态研究

熊敬忠◎著

中国书籍出版社
China Book Press

图书在版编目(CIP)数据

启蒙现实主义形态研究/熊敬忠著.—北京：
中国书籍出版社,2012
ISBN 978－7－5068－2525－2

Ⅰ.①启…　Ⅱ.①熊…　Ⅲ.①现实主义—文学流派研究—
法国—18 世纪　Ⅳ.①I565.094

中国版本图书馆 CIP 数据核字(2011)第 153918 号

责任编辑/ 王文军
责任印制/ 孙马飞　张智勇
封面设计/ 中联学林
出版发行/ 中国书籍出版社
　　　　　地　　址：北京市丰台区三路居路 97 号(邮编:100073)
　　　　　电　　话：(010)52257142(总编室)　(010)52257154(发行部)
　　　　　电子邮箱：chinabp@ vip. sina. com
经　销/ 全国新华书店
印　刷/ 北京天正元印务有限公司
开　本/ 710 毫米×1000 毫米　1/16
印　张/ 13. 25
字　数/ 240 千字
版　次/ 2013 年 1 月第 1 版　2013 年 1 月第 1 次印刷
定　价/ 38. 00 元

版权所有　　翻印必究

前　言

　　展望世界，当今时代的一切每时每刻在变化，新的生活方式和存在状态在不断塑造新的社会图像，不断召唤人们朝美好的前景迈进。已经翻阅的历史黄历，足已表明在过去的千年、万年里，人类从自然与自身的束缚中解脱出来。从刀耕火种的蛮荒时代，跨越农耕时代、机械时代到信息时代，不断加强了人类认知自然、改造社会、重塑自身的能力。但一切都没有像人类进入二十一世纪世纪那样，以如此快捷和多变的速率，使世界出于日新月异的更换之中。用目不暇接、五彩缤纷、万象纷呈来形容，都毫不为过。特别是互联网、卫星无线电传输、光缆等为当代社会信息传递提供了新的方式。这样，"新兴的信息和传播技术为实现全球传播提供了可能，并逐步融入一种私有化的全球传播建构。新技术所营造的'时空压缩'为媒体和电信企业在作为新自由主义体系的一部分的全球市场上经营提供了方便。"① 它无疑是"全球化"的技术策略——信息与技术构建的"地球村"。"地球村"使人类的经济、政治、文化和交往关系处于崭新的结构之中。

　　进入当代，人类在认识自然、改造环境、建设社会、提炼自我的征程上步伐迈得越来越快。如果说马克思在十九世纪评价资本主义的进步性时曾说：资本主义在短短的时间里，创造了比以往一切时代还要多的生产力，似乎有点浪漫情绪的话，那么，在二十一世纪不到十年的时间里，所体现出来的创造力和生产潜力，大大超过以往时代，却是实在的形势。伴随"全球化"浪潮，文化"全球化"以前所未有之势，悄然改变着人类的文化生存模式、心理状态和感觉方式。从而在一种新的文化范式下处理复杂的社会关系、交往关系和自我关系，但同样带来了难以预料的危机和灾难。殖民、战争、种族冲突、民族

---

　　① ［英］达雅·K·萨苏：《全球化时代的国际传播》，黄瑞译，《全球化与大众传播—冲突·融合·互动》，尹鸿 李斌主编，清华大学出版社，2002 年第 75 页。

矛盾，环境恶化等等严重的世界问题在一定程度上愈演愈烈。文化冲突、新世纪焦虑、精神的颓废、人性的堕落和价值观的迷失等等消极面，作为"全球化"的危机的感应现象，也呈现出不断加剧的态势。

经历三十年的改革开放历程，中国不断融入"全球化"之中，取得了巨大成就，也遭受到"全球化"危机的严峻冲击。我们注意到：国人的物质生活水平不断提高，生存状况大为改观的同时，精神和文化、价值和心理却在呈现多元化的样式。多元化并非全部体现在积极的层面上，而是在他者文化、传统文化和商业社会文化的多重碰撞下，表现为复杂、多层级、混合的等多元因素参与的形态。

作为文化的审美形式，文学正处在千年世纪的转折关口。就中国文学而言，一方面在"全球化"背景下，已纳入世界文学的整体之中，成为它的有机构成部分，并发挥着越来越重要的影响。同时，在对世界文化的吸收和本土文化的创新过程中，也经受着严峻考验。文学的审美精神、表述方式、价值追求和意义阐释发生显著的改变。顺应这种改变，在文学创作、理论构建与文学批评方面，呈现出前所未有的气象。特别是对于传统审美范式形成了强烈的冲击，文学写作的非经典叙述、理论构建的西方话语借鉴、批评视角的文化转向，表现尤为明显。在一定程度上，这构成了对传统的颠覆。这种颠覆性的价值指向，为现代、后现代文学叙述语境的形成提供了有利条件。不可否认，新的话语形式、叙述语境确实为实现文学的多元化场景，回应世界文学艺术思潮，贯彻文艺的"百花齐放，百家争鸣"方针产生了积极效应，使文学在不断回复人性的轨道上，迈开了巨大步伐。但是，中国文学在同质化危机的侵蚀下，也在消磨着文学审美方式的神圣气质，文学面临非文学化的危险！危险的信号，体现在文学经验上，就是重个体欲望的宣泄，排挤文学的历史性、消解文学的人道主义精神和人性启蒙的责任、瓦解文学的社会批判职能、泛化文学形式；体现在文学理论上，一味追求译介理论、离弃经典话语、拆散阐释系统；体现在文学批评上，把市场运作机制渗入批评领域，使文学批评世俗化，亦或非文本化与泛批评化。基于这种背景，在面对现实的同时，我们是否需要对文学传统与文学的历史做出深刻的反思呢？在我们看来，今日中国经济的腾飞、社会的和谐、文化的繁荣，国家和民族的现代化旅程，这是伟大的选择。可是中国悠长的历史传统，特有的民族秉性，多元一体的文化格局，是否已经消失了呢？或者说，我们是否已经完全实现了整体的社会转型呢？回答是否定的。事实上，我们还没有完全融入全球化，我们还需要对传统进行再度反思，文学还有必要对民族心灵深处的文化意蕴进行揭示。就文学理论而言，我们有必要对传统命题展开新的探讨。如此选择的目的，是为了弘扬一种对文学理论的关注意识，形成一种新的召唤结构。启蒙现实主义，是这种关注情怀的努力尝试。

就一般现实主义形态来说，文艺理论界做过很多研究，形成了众多成果。这些成果对于深化现实主义创作和文学理论研究具有重要的参照价值。只有开辟现实主义形态探讨的新视角，才能进一步丰富、升华这一命题的内涵。从启蒙视野来审度现实主义形态，无疑打开了一扇新的窗口。这里，有两个向度为命题研究提出了要求，一是启蒙如何对现实主义产生影响，二是现实主义在其演变历程中，充分渗透了启蒙精神。与一般层面上现实主义形态研究相比，启蒙视野对现实主义形态给予了限定。从这一限定中，我们一定能找到现实主义形态并非只有一般的研究视角，它还具有特殊的阐释空间。由于启蒙与现实主义的交织，我们必须考虑启蒙的多元转化对现实主义形态的建构，亦或话语方式的改变，我们必须有新颖的方法才行。

二元分析方法是我们进行启蒙现实主义形态研究的方法论，也是研究方法创新的建设性尝试。所谓二元，是指具体的两个研究对象，即启蒙的两个向度：古典启蒙与现代启蒙；启蒙的标杆——理性，呈现为理性与非理性；现实主义的基本形态与转换形态。它们在对接和融合的互动中，一方面每个对象自身显现出两项转化的可能状态，另一方面两个对象处于动态的构建时，不断显现为外在和内在的碰撞和融洽，形成一种对话的运行机制。二元，不是指对象的正反两面，我们更强调的是，二元是对象的活动状态显示的两个维度。两个维度并非通常意义上的决定论，而是影响论与建造论。二元体现为历史的演变过程，它有丰富的历史和现实的多重因素参与其中。这使得它们在演变历程中改换表述机制的形式，从而不断实现本身的超越和再造。从活动论来看，启蒙以其强烈的生命力，不断跨越时空的隧道，在与其它思潮的交接和媾和中，不断辐射和流转。现实主义形态的启蒙向度在这种变迁中，更加鲜明、不断强化了生命力和穿透力。运用这一方法，本书结构是这样展开的：绪论对启蒙话语和现实主义连接的历史背景以及当下我国重新探讨这一问题的必要性和可能性做了考察，上篇与中篇就启蒙对现实主义二元形态的构建做了纵向和横向思考，下篇研究了在我国特定历史时期启蒙的生发以及现实主义形态的联系和实现机制。本书在整体上力图体现反思、批判和重建的结构思路。

文献综述、研究状况与研究方法

在启蒙现实主义形态研究上，从两个不同的方面展开。就是侧重探讨启蒙问题以及启蒙与文化，尤其与人文精神的关系，通过反思、批评和重建，力图揭示启蒙哲学精神在时代发展中的流转对文化建设的积极效应。也可能结合文学思潮在多元选择的进程中，如何体现对启蒙的追求和呼唤，或者在更高的层面上，体现文学的启蒙价值。另一个方面，就是探讨现实主义作为一种重要的创作方法与文学思潮，在文学史中的演变以及它与其它文学思潮交互递进的关系。这样研究的积极意义在于：重视了专业问题的研究，把在"全球化"背景下被学术界轻视的基础理论问题再度提到桌面，进行富有时代特点的探讨，引起研究界的关注。像现实主义文学经验，由于它与现实生活的紧密关系，无论时代怎么样变迁，总会以各种形式表述出来，那么它在不同时代是如何传递、又怎样承载时代的文学使命、又怎么与其它文学表现方法发生联系的、自身的审美机制又会发生怎样的变形等等，都需要经过细致的理论梳理，把它的审美经验提炼、总结出来。这种总结需要相当的哲学、文化考辨。这样，现实主义文学研究实际上对应了文化研究。

就目前资料来看，第一个方面的材料，除哲学史、文化史论著涉及到启蒙思想的阐述外，E·卡西勒的《启蒙哲学》，是一部系统论述启蒙运动时期哲学思想的专著。它对启蒙时代的精神，对启蒙思想家在几乎一切知识领域——自然科学、心理学、认识论、历史、宗教、法学、政治以及审美活动等作了清晰而生动的描述。E·卡西勒希望把启蒙哲学还原为一种方法论，用译者的转述来说："在启蒙思想千差万别的活动中，有一个作为这些活动的出发点和归属的清晰可辨的中心：启蒙思想抛弃了十七世纪形而上学的抽象演绎的方法，而代之以分析还原和理智重建的方法。启蒙思想家不仅把这一方法论工具运用于心理学和认识论领域，还把它运用于历史、宗教批判、法和国家以及美学领域……这种分析重建法正是启蒙哲学的最根本的方法论特征，也是被启蒙运动树立为旗帜的'理性'这一官能的真正功能之所在。"① 这部论著的主要缺陷在于过份强调方法，忽视了启蒙哲学产生的社会历史条件。启蒙哲学是具有鲜明的时代性和实践性的，因此不免产生空疏之感。启蒙是一个跨越时空的精神之魂，从启蒙运动发生以来，关于启蒙的探讨没有断裂，它在不同的时代和文化语境下，呈现出多样的阐述形式。江怡主编的《理性与启蒙——后现代经典文选》，选取了欧美十八至二十世纪最具代表性的思想家关于启蒙问题的论述，材料翔实，有很重要的参考价值。置于现代性背景的审视之下，詹姆斯·施密特编的《启蒙运动与现代性——十八世纪和二十世纪的对话》，通过选取

---

① 顾伟铭：《启蒙哲学·译者前言》，山东人民出版社，1996年。

权威的启蒙论述，体现了编者把启蒙看成一个现代性的话语机制的选编取向。此外，斯坦利·罗森的《启蒙的面具——尼采的〈查拉图斯特拉如是说〉》，专门研究了尼采哲学思想在启蒙转化，即把启蒙从经典启蒙转化为现代启蒙中的重要性。汪民安，陈永国编的《尼采的幽灵——西方后现代语境中的尼采》，也为我们提供了关于尼采在后现代视境下被解读的经典论述。还有当代青年学者对启蒙问题的研究，吴光主编的《中国人文精神新论》，张宝明的《二十世纪：人文思想的全盘反思》，是代表性论著。

现实主义作为创作方法和文学思潮的研究。就目前形势来看，探讨这一问题的专著不是很多。温儒敏的《新文学的现实主义流变》、张德祥的《现实主义当代流变史》、张学正的《现实主义在当代中国》、崔志远的《现实主义的当代中国命运》、钱中文的《现实主义与现代主义》等是专门研究现实主义问题的。张光芒的《中国当代启蒙文学思潮论》、方维保的《当代文学思潮史论》、张永清主编的《新时期文学思潮》等很多文学史著作，在宏观审视文学思潮史时，对现实主义进行了富有特色的阐述。古远清的《中国当代文学理论批评史》从文学批评理论史的视角对新中国成立至八十年代末的文学理论与批评实践进行了系统总结，涉及到现实主义流变的种种情形。柳鸣九主编的《西方文艺思潮论丛：二十世纪现实主义》《西方文艺思潮论丛：自然主义》《西方文艺思潮论丛：未来主义·超现实主义·魔幻现实主义》，为研究外国现实主义文艺思潮和理论，提供了直接材料。但这些专著或资料汇编都不是从哲学、文化层面来探讨现实主义问题的，而是从创作和文学经验结合的视野来谈现实主义的，是一种描述和评论联系在一起的文学研究工作。另外，从论文来看，八十年代出现了一个研究高峰。近些年来，探讨现实主义的论文，据论者尚不完全的统计，有数十篇。与高峰期比，明显式微了。现实主义偏离了研究的中心视线。

从以上回顾来看，把启蒙现实主义形态作为组合命题进行文学理论研究的工作，可大力开拓。对此，论者试图作这方面的努力，即使谈不上创新，至少也是一种探索。而且还可以以这一探索为出发点，推动其它文学理论研究对象开辟新领域。

审视研究对象，其中离不开方法，方法又影响研究对象。对象和方法的统一是动态的建构过程。研究启蒙现实主义形态，论者以二元分析为考察问题的首要方法，设计了本书的基本框架。再从这一框架出发，在文章逐步展开的过程中，选择具有代表性的思想区域论述问题。我们清楚，任何研究的进行都是多样方法综合运用的结果，而且多元方法综合得越好，越能达到预期或超预期的效果。文章中，历史与逻辑的统一、抽象与具体的统一、分析与综合的统一，宏观与微观的统一，辩证的分析思路、比较的方法等等，尽可能做到较好的兼顾。

目 录
CONTENTS

绪　论

　　当下文学理论研究处在世纪转型的多元演变之中，这既是文学创作呈现多元化样态的实际情形使然，也与理论与文学经验的交互影响以及理论方法的多样选择存在密切联系，从文学史的角度来说，进入新世纪的八年来，文学界来不及对文学经验和理论研究的整体状况进行系统梳理，更难以从文化层面上对这种多元现象做出优劣的价值判断，即使在做出价值判断的时候，人们也不可能像过去那样，采用同一的标准。因为当下的文学在逐步融入全球化的轨道，而全球化对文学产生的影响在短时间里是难以估算出来的。与上世纪新时期以来文学状况相比，新世纪的文学创作和文学理论不再处于经验匮乏与理论过剩的对立之中，而是处于经验表达与理论创新的互动中，它们形成某种对应或错位的召唤姿态，即新的文学经验也许可用某一理论进行解释与评判，也许找不到解释这种经验的理论方法，但并不是由于理论方法匮乏，只是理论不能与之配套，也可能是理论方法更新过快，文学经验无法跟上，理论就变成了游离的东西。这都无妨于它们的存在，从某种程度上说，这种状态潜藏着对话和争鸣的巨大可能性。

　　那么，新世纪文学的这种情形是否意味着它在走向辉煌呢？亦或文学的繁荣就是完全以多元化或者表面上的创新为唯一标志呢？答案显然是否定的。对于文学来说，它的价值需要经过历史的验证，更需要经受审美标准的考验。而从当下文学创作与文学理论的研究来看，同样面临着全球化带来的危机。文学正日益陷入商业化的规范之中，成为交易的产品。文学的神圣性，理性，忧患意识、干预生活的勇气，关注人生的情怀，批判和反思精神在不同程度上被消解。我们发现，在经历了上世纪九十年代的人文精神讨论之后，关于文学的启蒙精神，关于人道主义主义的思考，没有再引起文学界的重视。事实是，新世纪人们的精神迷失和价值观、道德观、人生观紊乱却是明显存在的。现实主义作为创作方法和理论形态，曾经成为讨论的热们话题，是否在当下的现实情境中丧失了存在的可能性？在我们看来，传统命题仍然还有牢靠基石，当我们再度审视它的时候，一方面会促进对文学史的反思，弘扬传统理论。另外，通过传统命题的探讨，引导文学创作和研究朝健康的方向前进。我们选择启蒙现实主义形态研究为论题，旨在把启蒙与现实主义联系起来，穿越以往对现实主义的一般性探讨，建立现实主义形态的特定模式。从较高的意义上说，这一模式是进行社会批判、历史反思、唤醒人类良知、重建启蒙、探讨新艺术形式的理论形态。

第一章

启蒙话语与现实主义

"启蒙"在文化理论中无疑是引人注目的常见词，在不同语境下，具有不一样的涵义，而其基本涵义有两个，广义的启蒙和狭义的启蒙。广义的启蒙指对处于无知、愚昧、麻木等状态的人和社会群体进行启发、教育、开导，使他们变得明智、聪慧起来，狭义的启蒙指启蒙运动体现的启蒙文化精神。本书选用的启蒙是狭义的启蒙。作为思想史上伟大的时代潮流，启蒙运动产生了广泛、深远的影响。启蒙运动确立了一套特殊的话语体系，也开辟了新的思维方式，它们成为人类社会迈向新历史征程的精神指南。现实主义与启蒙话语的联系，就是指现实主义借鉴启蒙的文化精神，形成自己特殊的形态阐释方式，或者指在具有明显启蒙特征的特殊历史时期，现实主义如何在启蒙影响下，构造特定的表述机制。我们将在这一章里，讨论启蒙话语的产生与特征，以及启蒙现实主义形态的基本构成因素。

一、关于启蒙

作为思想解放运动，启蒙运动是在文艺复兴、宗教改革、科学革命以后出现的又一次伟大的文化革新思潮，但涉及的范围，影响的广度和深度，比前几次要广泛、深入得多。启蒙运动所体现的精神，今天仍然是我们必须继承和发扬的，有学者指出："作为一种历史现象、历史事件，启蒙运动早已结束，但作为一种理性批判精神，启蒙运动则是永存的。哪里有愚昧，那里就需要启蒙，只不过在不同的时代有不同的愚昧，因而也就有不同的启蒙要求而已。"[1]我们从以下几个层次来分析启蒙运动及启蒙文化精神。

---

[1]　彭越　陈立胜：《西方哲学初步》，广东人民出版社，1996 年第 202 页。

1. 不断言说的启蒙

关于启蒙运动，在康德的历史性总结中有过一段经典的论述："就是人类脱离自己所加之于自己的不成熟状态。不成熟状态就是不经别人引导，就对运用自己的理智无能为力。当其原因不在于缺乏理智，而在于不经别人的引导就缺乏勇气与决心去加以运用时，那么这种不成熟状态就是自己加之于自己的了。要有勇气运用你自己的理智，这就是启蒙的口号！"① 他进一步指出："必须永远有公开运用自己理性的自由，并且惟有它才能带来人类的启蒙。"② 这就提出了对人进行启迪的严肃问题。如果人类缺乏足够的信心与勇气，就不能从蒙昧和愚钝的状态下解放出来，社会就不可能进步。

正是因为启蒙运动把人类脱离愚昧状态，以及自身的解放和发展放作自己的活动的目标，它在思想史上就产生了异乎寻常的影响。毫无疑问，启蒙运动以它鲜明的口号和实践，把人类引导到不断认识自我、反思历史、改革社会、不断寻求解放的征程上去。直到二十世纪，智慧的思想家仍然把启蒙看作是推动历史发展不可或缺的精神动力，并在新的时代条件下，重新树立起启蒙的精神旗帜。在格奥尔格·皮希特那篇著名的演讲《什么是启蒙了的思维？》中，认为启蒙："只有作为历史进程才能得到理解，也只有在历史进程中才能实现，所以不可能把启蒙局限于某个单独存在的领域，比如单个的个人和宗教的关系之类。进行启蒙就是同时在所有领域进行启蒙。在宗教中，启蒙表现为良心和理性反对教权主义和正统，表现为争取宽容，拒绝迷信和宗教裁判。在政治领域中，启蒙表现为争取自由、平等权利和公共福利，反对特权者的任意妄为和专制。在自然科学中，启蒙意味着经验主义和机械论、技术以及科学的扩张。在一般意义上的科学中，启蒙意味着把自然科学的思维方式和方法运用于对可知世界的全部考察中。在哲学中，启蒙表现为摆脱神学的监管，表现为抗拒教条主义和形而上学，表现为对意识的分析和哲学人类学。"③ 美国克拉克大学教授刘易斯·亨奇曼认为："二十世纪的政治图景之所以变得如此复杂，其中一个原因就在于理想、理论、意识形态和价值判断从早期历史延续至今的那种方式。"因为启蒙运动"连同文化和教育，是'社会生活'的几个方

---

① ［德］康德：《对这个问题的一个回答：什么是启蒙？》，《历史理性批判文集》，何兆武译，商务印书馆，1990 年第 22 页。

② ［德］康德：《历史理性批判文集》，1990 年第 24 页。

③ ［德］格奥尔格·皮希特：《什么是启蒙了的思维？》，《启蒙运动与现代性—十八世纪和二十世纪的对话》，［美］詹姆斯·施密特编，徐向东 卢华萍译，上海人民出版社，2004 年第 379 页。

面。它们代表了改善我们的社会条件的一些努力。"① 因此，启蒙运动以及延异向度，即是一个历史的话题，也是一个当下的命题。当代世界处在一个变化不断加剧的时代，各种文化裂变、交锋、融合处于不断整合之中，面临着生态问题、民族问题、宗教问题、政治问题、伦理问题等等，仍然还需要启蒙精神，并对它们进行理性、深入、全面的思考和批判，需要为重新树立人道的、和谐的、生态的世界环境和发展空间摇旗呐喊。

2. 思想史链条上的启蒙

任何伟大的解放运动都不是在单一的、现存的条件下发生的，而是在以往的历史条件中已经孕育但还没有完备、还不够发生的充分基础，而现存社会继承了这些条件，恰好形成了发生的外在因素，一场新的思想解放运动就爆发了。启蒙运动就是在这样的情境下发生的。启蒙运动在思想史链条上，批判继承了以往历次文化思潮的积极成果，又对以后思想史上的伟大变革产生了巨大影响。启蒙思想家达朗贝尔在《哲学原理》中兴奋的预见了这场运动的情形：

如果细致考察一下我们生活于其中的十八世纪中叶，考察一下那些激励我们，或者至少也对我们的思想、风俗、成就甚至娱乐活动产生了重大影响的事件，就不难看出，我们的观念在某些方面正发生一种极显著的变化，这种变化的速度之快，似乎预示着一种更为强大的转变即将来临。惟有时间才能告诉我们这场革命的目标、性质和范围，后人将比我们能更好地了解它的缺点和功绩。……一种新的哲学思维方式的发展和运用，伴随着这些发现而来的那种激情，以及宇宙的景象使我们的观念发生的某种升华，所有这些原因使人们头脑里产生了一种强烈的亢奋。这种亢奋有如一条河流冲决堤坝，在大自然中朝四面八方急流勇进，汹涌地扫荡挡住它的一切。……于是，从世俗科学的原理到宗教启示的基础，从形而上学到鉴赏力问题，从音乐到道德，从神学家的烦琐争辩到商业问题，从君王的法律到民众的法律，从自然法到各国的任意法……这一切都受到了人们的讨论和分析，或者至少也都是被人们对某些问题有新的认识，而在另一些问题上却投下了阴影，正像涨潮落潮会在岸边留下一些东西，同时也要冲走一些东西一样②。

这一预见后来得到了证实，并在很多方面超越了他的预期。启蒙运动正是在物质世界、精神世界、国家和社会三个领域，发挥了历史性作用。但他没有

① ［美］刘易斯·亨奇曼：《自主性、个性和自我决定》，《启蒙运动与现代性—十八世纪和二十世纪的对话》，2004 年第 496 页。
② ［德］E·卡西勒：《启蒙哲学》，顾伟铭等译，山东人民出版社，1996 年第 1~2 页。

揭示出为什么在十八世纪会发生这种转变，没有分析发生这一转变的以往历史条件，这个条件恰恰是不可忽视的。不可否认，启蒙口号是启蒙运动这一特定时代的标志。但对于启蒙的追求，远远在启蒙运动之前。因此，不联系启蒙运动发生的各种历史文化条件来谈启蒙，会产生割断思想史链条的消极后果。

思想史链条上的启蒙，是与文艺复兴、宗教改革、近代科学思潮密切联系在一起的，对此又有所超越："文艺复兴、宗教改革、科学思潮都是人类思想解放运动，就此而言，都有反对愚昧的启蒙色彩。但启蒙运动这个主题更为鲜明，更为突出，它汇聚了上述运动的成果，并把启蒙的旗帜高高举起，推向社会，因而影响更为广泛。"① 启蒙运动能产生如此大的社会效果，它吸收和扬弃了这些历史条件提供给它的什么因素呢？

文艺复兴对人本和理性的突出强调，开创了以人为中心的时代。而对人本的呼唤，是建立在反封建、反教会、反愚昧的前提下的，它开启了一场浩大的反中世纪文化、回归世俗的启蒙思潮。文艺复兴标志着人类正朝现代文明的轨道迈进。文艺复兴的人文精神、文化与知识的崇拜、理智的追求、世俗化的人生价值取向、叛逆宗教的情绪，对启蒙思想家产生了深远的影响。以马丁·路德、加尔文为代表的宗教改革，把人们从宗教原罪的愚昧状态中呼唤出来："没有人能凭一个礼物就保证了他将获得拯救，就算那是一位主教授予的，因为，即使是上帝的恩典也不能给予这种保证。"② 这一宣言警示人们：宗教并不是拯救灵魂的灵丹妙药，只有自己才能拯救自己，而自我意识的觉醒是自我拯救的关键。在路德看来，这个自我拯救的关键是对《圣经》的虔诚信仰，而不是来自天主教的精神教化。如果说天主教把人的肉体和精神进行双重钳制的话，那么宗教改革就是要把人从肉体的束缚中解放出来，转而复归心灵的信仰。宗教改革对启蒙运动提出的个性解放、树立人的信仰产生了很大影响，因之，"启蒙思潮乃一种表里如一的反基督教运动……启蒙思潮乃一次大规模的思想的群众运动。"③ 但正如马克思评价的那样，宗教改革把"肉体从人的锁链中解放出来，但又给人的心灵套上了锁链。"④ 近代科学思潮以笛卡尔、牛顿、洛克、莱布尼茨为代表。他们提出了科学的思维方法，主张以严谨、缜密

---

① 陈刚：《西方精神史—时代精神的历史演进及其与社会实践的互动》（下），江苏人民出版社，2000 年第 362 页。
② ［德］马丁·路德：《文艺复兴书信集》，李瑜译，学林出版社，2002 年第 150 页。
③ ［美］布林顿：《西方近代思想史》，王德昭译，华东师范大学出版社，2005 年第 166～167 页。
④ ［德］马克思：《马克思恩格斯全集》（1 卷），人民出版社，1972 年第 9 页。

的认识方式研究自然、社会，改变了过去盲从、迷信的思维传统，把理性放到了思维方式的首要位置。这为启蒙主义重建理性提供了直接的方法论指导，使启蒙运动获得了坚持科学原则的新宇宙观。另外启蒙运动还继承了新古典主义某些因素，并在对新古典主义的批判中，改造了它的理性概念和僵化的诗学结构模式。同时，十七、十八世纪欧洲相对浓厚、宽松的文化环境，也为启蒙运动巨大浪潮的兴起提供了较好的外部条件。启蒙运动作为思想史链条上的一环，就它这一时代而言，掀起了涉及到自然、宗教、历史、政治、法律、国家、社会、美学等几乎全部领域的启蒙浪潮，而及其后，启蒙精神的影响延绵至后启蒙时代、浪漫主义运动、批判现实主义以致现代主义与当今时代。启蒙运动结束了，启蒙精神和启蒙使命没有结束，它在不同的时代条件下，在不断变换的启蒙观念中，显示出强大的生命力和影响力。

3. 启蒙的文化精神

创建启蒙的文化精神，开辟人类文化新纪元，是启蒙运动的重大历史任务。启蒙思想家大多是精通数种语言、学识渊博、人生阅历丰富、专业领域广阔，具有坚强的意志、不屈不挠的斗争精神的文化战士。他们（尤以"百科全书派"为杰出代表）通过艰苦的努力，在众多领域创造了人类思想史上的辉煌时代。

启蒙的文化精神，与启蒙运动的显著特点相联系。启蒙运动的显著特点在于：把理性作为主要价值坐标，提出了"回到自然"的口号，追求自由，重视文学艺术的教化、伦理、审美功利等等。我们以这些特点为出发点，把启蒙的文化精神归纳为科学精神，人文精神与文学精神。我们把理性归结到科学精神，"自然"和自由归结到人文精神，文学艺术的审美功利归结到文学精神。

理性的科学精神。理性作为人类心理结构以及一种文化阐释的建构模式，几乎伴随着人类文明史的进程。谈及古希腊文明时，我们称古希腊人为理性主义者，把他们的思考方式称为"逻各斯"，文艺复兴时期人文主义者也很注重理性，新古典主义主义者把理性作为唯一的文化建构机制，近代科学思潮则以理性为科学的推论原则，在经验主义和唯理主义者那里，理性都得到了不同程度的重视。但还没有任何一个时代像启蒙运动那样，把理性提到文化哲学的高度，以理性作为这场运动的旗帜。拉美特里认为："理性心灵具有一些比心灵广阔得多的机能。"① 达朗贝尔乐观的相信：理性之光"将逐渐地、不知不觉

① ［法］拉美特里：《心灵的自然史》，《十八世纪法国哲学》，北京大学哲学系编译，商务印书馆，1963 年第 234 页。

地照亮整个世界。"① 在系统研究启蒙时代的哲学精神的 E·卡西勒看来,理性并非像传统理论所强调的那样只是同一性、规律性和本质主义的代名词,那不过是对唯理论的不确切的看法,而是一种审视科学和思考问题的方法。E·卡西勒并不否认理性是启蒙时代最重要的特征:"大概没有哪一个时代像启蒙世纪那样自始至终地信奉理智的进步的观点……'理性'成了十八世纪的汇聚点和中心,它表达了该世纪所追求并为之奋斗的一切,表达了该世纪所取得的一切成就,……理性在一切思维主体、一切民族、一切时代和一切文化中都是同样的。"② 但他认为,十八世纪与十七世纪科学精神一样,对理性的追求没有差别,那这之间存在什么不一样的地方呢? E·卡西勒发现,主要的差别就在理性存在的路径上很不一样,甚至相反。他指出:"十七世纪是用证明和严格推论的方法做到这一点的。这种方法从某种最基本的确定性演绎出其它命题,从而将可能的知识的整个链条加以延长,串连到一起。……十八世纪摒弃了这种演绎和证明的方法,它不再在体系的严密和完美方面与笛卡尔、马勒布朗士、莱布尼茨和斯宾诺莎一争短长了。它所探寻的是关于真理和哲学的另一种概念,其功能扩展到真理和哲学的范围,使它们更灵活、更具体、更有生命力。"③ 因此,"理性不再是先于一切经验、揭示了事物的绝对本质的'天赋概念'的总和。现在人们把理性看作是后天获得物而不是遗产。它不是一座精神宝库,把真理像银币一样窖藏起来,而是一种去发现真理、建立真理和确定真理的独创性的理智力量。"④ 这样,E·卡西勒的研究就揭示了十七世纪演绎的科学思维所存在的严重不足,它是一种形而上学的哲学思维,而十八世纪的科学思维是分析和归纳,是一种从形而下到形而上的哲学思维,从而把理性的同一性还原为连续性。这种科学思维的差异,正好解释了十八世纪启蒙的科学精神何以在任何领域取得了历史性突破的原因之所在。也正是理性的连续性把理性描述一个不断建构和塑造的动态过程,滋生了理性概念的多义性,加上有些启蒙思想家对感性、欲望、幻想等的崇尚,使启蒙对理性和感性在文化形态上的不同呈现方式都发生了不同寻常的影响。

自然与自由的人文精神。与理性相比,对自然和自由的追求似乎与启蒙的科学精神相距甚远,但在启蒙运动中,自然和自由是与理性同时出现的口号。

---

① [法] 狄德罗主编:《丹尼·狄德罗的〈百科全书〉》,梁从诚译,辽宁人民出版社,1992 年第 262 页。
② E·卡西勒:《启蒙哲学》,1996 年第 3~4 页。
③ E·卡西勒:《启蒙哲学》,1996 年第 5 页。
④ E·卡西勒:《启蒙哲学》,1996 年第 11 页。

启蒙思想家不但没有排除自然和自由，还认为理性只有依靠自然和自由，才有可能发生影响。自然主义和自由主义思想，构成了启蒙运动人文精神的主要内涵。什么是"自然"呢？霍尔巴赫指出："自然，如我们所说，是一切存在物、一切为我们所认识的运动以及许多为我们感受不到因而不能认识的其他运动的物体。由于自然所包含的一切东西之连续不断的作用与反作用，于是产生了一系列的原因和结果，或受永恒而不变的法则所支配的运动。这些法则对每个存在物都是适应的。"① 这是从唯物主义立场对自然的论述，涉及了自然的实体性方面，但在不同启蒙思想家那里，自然的涵义还要丰富得多，它既指存在的客观世界，同时"也指与文明对立的原始状态以及合乎理性的生活秩序，有时也指听凭良心的情感流露。无论是哪种含义，自然概念都具有反对神学唯心论和反对封建主义等级制度的意义。"② 卢梭所提出的"回到自然"，就是指回复到与现代文明对立的原始状态中去，在原始状态中人获得了他们所需要的生命自由。自由不仅是构成人本主义的重要元素，也是人在向往自然、追求真实、达到完美彼岸的理想。启蒙思想家非常重视自由，认为自由是满足人的感性、经验、情感、意志、心理、欲望等多重人性因素的必然选择。卢梭在《社会契约论》中提出："人生而自由，然人到处在束缚之中。"③ 因此，当社会为实现自由的价值理想设置了重重障碍时，人们就要起来斗争，去争取自由。启蒙运动反封建、反教会、反愚昧的实践，无不是争取自由的实际行动，无不是对人道主义的张扬。

审美功利的文学精神。启蒙思想家把文学作为表述启蒙思想的重要手段，他们通过小说、戏剧、寓言、民间故事等文学形式，彰显了启蒙的文学精神。伏尔泰的《老实人》，卢梭的《波斯人信札》，狄德罗的《拉摩的侄儿》《宿命论者雅克》《私生子》，莱辛的《萨拉·萨姆逊小姐》《爱美丽雅·迦罗蒂》《明·拉封·巴尔赫姆》《智者纳旦》以及启蒙时期大批文学家的作品，都洋溢着鲜明的现实主义特色和启蒙价值追求。如果没有文学艺术作为启蒙的审美文化形式，很难说启蒙能够产生如此巨大的影响。不仅如此，启蒙运动思想家还提出了明确的审美理论。对启蒙时代新的审美理论出现的情形，E·卡西勒写道："随着新的科学概念和哲学概念的出现，随着新的政治需要和社会需要的出现，人们体验到美学标准的变化。这个新的时代越来越强烈地要求有新的

---

① ［法］霍尔巴赫：《自然的体系》（上），管士滨译，商务印书馆，1964年第20页。
② 张玉能：《西方美学思潮》，山西教育出版社，2005年第115页。
③ 引布林顿：《西方近代思想史》，2005年第157页。

艺术。狄德罗用一种新的社会态度和美学态度去反对古典戏剧的悲惨和英雄崇拜。"① 确实，狄德罗和莱辛，在批判新古典主义诗学理论，建设启蒙审美理论的道路上，与他们在追求科学真理、反对神学的启蒙道路上一样，做出了开创性贡献。他们吸收了古代朴素的唯物主义思想，并把它发展到机械唯物主义阶段，提出了唯物的审美理论和现实主义的启蒙文学理论。他们的理论探索即是时代的现实要求，也是对文学传统的合理继承，启蒙文学精神是历史和现实条件有机结合的精神体现。

二、关于现实主义

关于现实主义形态与话语形式，我们在中西文学的背景下考察。

从对现实的再现这一点来说，现实主义可以追溯到人类活动的初期阶段。从文学产生的时候起，它所反映的就是人们的生产劳动与日常生活。中国古代最早的书面文学作品《弹歌》："断竹、续竹；飞土、逐肉。"所描写的正是初民为了生存制造工具、获取猎物的过程。鲁迅认为古人抬木头发出"杭育、杭育"的声音，又云："夫今举大木者，前呼邪许，后亦应之。此举重劝力之歌也。"② "昔葛天氏之乐，三人操牛尾，投足以歌八阙。"③ 等等，这些都记载了当时劳动，以及劳动中伴以一定节奏，产生出一种轻松的审美愉悦感的情形。少数民族史诗《阿斯玛》《江格尔》《玛那斯》《格萨尔》，也是这些少数民族的历史、生活、情感的反映。西欧的《尼伯龙根之歌》《熙德之歌》《罗兰之歌》等等，同样是这些民族对他们早期历史和文化的真实书写。以后的文学作品中，时代状况和当下现实也始终是作家、艺术家观察和思考的中心。但加上"主义"使其变成"现实主义"的时候，它就不是"再现现实"的简单概括，而是一个创作方法和文学流派了。因此，"现实主义"与"再现现实"相比，要晚得多。"现实主义"作为一个专业术语，是伴随着十九世纪西方世界资本主义工业化，文学艺术空前繁荣的情形下出现的。"'现实主义'一词首次公开使用是1835年，它被作为一种美学表达方式，指称伦勃朗绘画的'人的真实'。"④ 但是"在艺术中，现实主义和艺术一样古老，甚至可以

---

① E·卡西勒：《启蒙哲学》，1996年第291页。

② 《淮南子·道应训》

③ 《吕氏春秋·古乐篇》

④ ［英］瓦特：《小说的兴起》，高原 董红钧译，北京三联书店，1992年第2页。

说，现实主义就是艺术。"①

文学上的"现实主义"，以批判现实主义为代表。它把以往具有现实主义倾向和特征的文学创作进行了较为全面的总结，将"现实主义"发展为成熟的创作方法，形成文学流派。在"现实主义"的理论里，文学与社会生活的联系以及文学对历史的关注是它的首要特征，而真实性、典型性、叙事性等则成为衡量现实主义作品的基本标准。由于十九世纪特定的历史条件，批判现实主义对资本主义社会出现的人性异化、心理扭变、畸形的人际关系和黑色的情感世界等种种罪恶进行了深入揭露和尖锐批判。从一定程度上说，批判现实主义把社会批判作为现实主义不可或缺的历史任务。而它对社会和历史的深刻解剖，又与启蒙精神联系在一起的，因此批判现实主义具有很鲜明的启蒙性质。

"现实主义"作为术语并不意味着现实主义只有一个修饰词。在后来的现实主义的词汇中，现实主义被冠以众多的前饰语，出现了花样繁多的"现实主义"。除批判现实主义外，诸如：持续的现实主义、动态的现实主义、外在现实主义、幻想现实主义、形式现实主义、理想现实主义、反讽现实主义、战斗的现实主义、朴素的现实主义、民族现实主义、自然主义的现实主义、客观现实主义、乐观现实主义、悲观现实主义、造型现实主义、诗化现实主义、心理现实主义、日常现实主义、浪漫现实主义、讽刺现实主义、社会主义现实主义、主观现实主义、超现实主义、虚幻现实主义、良知现实主义、自觉现实主义②，改良现实主义、新现实主义③、魔幻现实主义、无边的现实主义、结构现实主义等等。这种情况表明：现实主义不仅在文学领域，而且在所有艺术形式里，都被当做一种重要原则来对它们自身的艺术特征加以规定。即使文学艺术家对现实存在不同理解，以及审美追求的差异，使它们的作品呈现出迥异的面貌，但在他们看来，这些作品表达的就是他们对文化、社会、人生、历史的独特而真实的看法，就是现实主义的。我们无意把现实主义扩展为无边的现实主义，但从以上现实主义名称的多样性来看，现实主义确实是一个开放、动态的理论概念，这就为阐释现实主义带来了难度，也诱发了争议。

假如我们在讨论现实主义问题时只能选择以"现实主义"概念出现之后，

① ［法］冯塔诺：《欧美作家论现实主义和浪漫主义》（二），中国社会科学院外国文学研究所外国文学研究资料丛刊编辑委员会编，中国社会科学出版社，1981年第433页。

② D. Grant, *Realisme*, London：Methuen, 1970, p1.

③ R. Ellmann & C. Fleidelson eds, *the Modern Tradition*, New York：Oxford University Press, 1965, p232.

这样会大大局限对现实主义的理论研究。事实上，任何理论考察都不能只停留于字面的意义上，而要把这个命题深入到它的内核，才有可能在更深广的层面上开拓研究视野，取得新的突破。因此，我们对现实主义的理论研究将其推溯到"现实主义"概念出现之前，因为"如果从十九世纪现实主义文学中所表现出来的那些原则的观点来考察文艺复兴的现实主义和启蒙运动时代的现实主义，那么就会很容易的得出这样的结论：无论是文艺复兴时代还是启蒙运动时期都不存在现实主义艺术，或者它只是处于萌芽状态。"① 文学史上，理论家探讨现实主义问题时，不是按照这样的逻辑思考的。同样，在这里论者显然也不同意把现实主义只看作是十九世纪及其以后的事。论者认为，现实主义恰恰是以不断变化的社会现实为对象，真实、典型的反映生活的多样化的艺术概括形式。那么现实主义会不会泛化为无定形和不稳定的东西呢？"绝对不会，它最主要的特点就是反映和描写现实生活的各种表现。这个特点非常清楚地把现实主义艺术同诸如中世纪基督教艺术、浪漫主义艺术和象征主义艺术创作形式区别开来。很明显，现实主义的基本特点不仅仅在于反映现实，而且在于揭示社会生活中和人们的心理中具有普遍意义的东西。"② 论者认为，在考虑到现实主义丰富性的前提下，把现实主义规定为："现实主义是以不断变化的现实为其对象和内容的艺术创作；这种艺术创作对生活、对人的精神面貌中有代表性的特征及其与周围世界的生动联系进行概括；为此目的，现实主义运用许多彼此之间具有质的区别的艺术概括形式。"③ 这样，现实主义在内核明确的前提下，获得了不断发展的可能和必然。在我们看来，选择启蒙现实主义形态作为对现实主义研究的视角，是符合现实主义基本精神的。

可是现实主义却面临着危机！当代社会受到全球化、后现代文化状况冲击，尤其当人们认为最新的东西就是最好的东西并对此不加辨别的全盘吸纳而进行价值判断时，现实主义就首先遭到了质疑。即使现实主义文学创作仍在继续和发展，但也在转换形式，现实主义的真实性原则、理性精神、人道主义内涵、典型化特点被意识流、象征主义、荒诞、暗示、变形等因素置换，使其身份发生了裂变，削弱了文学理性、历史性、人民性等宏大叙事的文学史意义。而在国家和民族发生伟大转折的关键时期，文学的审美价值不仅要在自身实现，还有必要为时代创造鲜明的、真实的艺术形象，反映转折时期人民所做的

---

① ［前苏联］米·赫拉普钦科：《艺术创作，现实，人》，刘逢祺 张捷译，上海译文出版社，1999年第50页。

② 米·赫拉普钦科：《艺术创作，现实，人》，1999年第52页。

③ 米·赫拉普钦科：《艺术创作，现实，人》，1999年第52页。

历史性贡献，这都有赖于现实主义文学的大力弘扬。同样，现实主义深化和提升也是完全必要的，但是近年来，现实主义研究似乎声音微弱，被审美的大众化、现代性以及文化研究所掩盖，大有退场的趋势。因此，重提现实主义，是必要的。启蒙与现实主义具有内在的联系，启蒙精神的理性原则，怀疑和批判特征、人道主义精神等等，与现实主义相互印证。因此，选择启蒙现实主义形态展开探讨，从一独特角度分析现实主义形态的演变和发展，就有着再度呼唤真实、重提人的主体精神的努力。

用辩证思维考察，探讨启蒙现实主义形态的内在层次时，本书遵循古典启蒙\现代启蒙、理性\非理性、现实主义\现实主义换形的分析路向。现代启蒙下的现实主义转换形态也是启蒙现实主义形态的题中应有之义。同样，启蒙现实主义形态中国化，也是本书探讨的有机构成部分。

具体言之，现实主义层次有：

①现实主义具有启蒙精神，以理性和社会评判姿态，积极干预当代社会和人类生存的实际景况，启发民智，具有当代性和历史性。

②真实性原则，真实是现实主义的基础。

③典型化原则：作为一种创作方法，从社会生活出发，通过情节的铺设，细节的描写，个性化的语言，描绘人物和事件。

④作为一种流派和思潮，在特定时期成为重要的文学流派和思潮，以集群的方式，面对共同的使命，大量作家、作品、理论观点问世。从文学史来看，批判现实主义标志着现实主义流派和思潮的成熟。

⑤从思维和构造方式来说，主要是叙事，时空呈现线性状态，文学形象社会生活和社会生活具有对应性，创造者的思想感情隐含于表现的文学图像里。

⑥从哲理上看，现实主义是一种人道主义，是对人的生命和终极价值的关怀。

⑦现实主义文学批评，对现实主义概念的辨析、文学的创造，现实精神、表达方式、作家作品评论，文艺流派和思潮以及与其他流派思潮的比较等等基本问题进行概括，提升其理论品格。

三、关于现实主义启蒙视野

对象制约方法，方法影响思路，思路形成结构。作为现实主义特定的理论阐释视角，我们还有必要对这一视角做进一步澄清。把现实主义形态置于启蒙的规约之下，就必须将启蒙的因素纳入到现实主义形态的构建、影响和演变框架中去。某些特殊的历史时期，启蒙精神是这一时代显著的文化特征，那么这个时代的文学整体状况也具有了鲜明的启蒙特点，现实主义形态也体现出强烈的启蒙倾向，这是本书问题取向的一个方面。或以启蒙精神的主要价值坐标为出发点，来分析现实主义的基本形态与转换形态。这样，现实主义形态就具有阐释的二重性。

启蒙作为文化精神，它在纵向和横向的时空中不断被再度理解和阐释，这就使启蒙具有了鲜明的时代特征和哲学表述形式。我们把启蒙运动倡导的启蒙确立为古典启蒙，把十九世纪唯意志主义提倡的人生哲学启蒙确定为现代启蒙。古典启蒙和现代启蒙的联系表现在都以启蒙为重要的文化动力，来实现各自提出的启蒙目标。现代启蒙在很大程度上，是对古典启蒙的一种反驳。以往观点认为，古典启蒙是启蒙，而现代启蒙是反启蒙，二者是决然对立的。其实，不论二者多么对立，他们提出的启蒙问题不过是一个问题的两面。不同的时代确有不同的启蒙要求，它们不可能在同一文化背景下同时提出启蒙的两个主题。在此，我们不再沿用启蒙、反启蒙的说法，以启蒙的具体内涵为标准，划分为古典启蒙与现代启蒙。古典启蒙和现代启蒙的区别是显而易见的：古典启蒙是以科学精神为整体原则建构起来的启蒙，现代启蒙则以人文精神为整体原则树立起来的启蒙；古典启蒙追求同一性、规律性和形而上，现代启蒙追求分离性、发散性和形而下；古典启蒙侧重于外在的、宏大的社会层面，体现为历史叙事的理论话语，现代启蒙侧重于内在的、微观的个体层面，体现为自我叙事的理论话语。启蒙把同时代不同的审美文化也纳入到启蒙体系中，也使得启蒙方式发生了显著改变。对待理性的不同态度，是引发两种启蒙形态对立的决定因素。

启蒙运动倡导的古典启蒙，在整体上是理性启蒙。对理性的突出强调，使十八世纪社会发生了历史性转变。这种转变是以资本主义制度在欧洲的普遍建立为标志的。理性改变了人们的世界观，也改变了思维方式。但启蒙运动的理性，与十七世纪新古典主义说的理性是不完全相同的。不可否认，新古典主义和启蒙运动都继承了笛卡尔倡导的理性，但新古典主义把理性做了形而上学的理解，并逐步把理性绝对化，最终使理性与君主专制的中央集权连接起来，理性演变为文化专制的合法化工具。启蒙运动的理性，则是一种科学的精神和方法的体现。按照 E·卡西勒的观点，启蒙的理性是从丰富多变的自然和社会现象中，对其进行分析、综合的结果，以发现同一性和规定性的东西，因此，理性体现为对本质的寻找。由于分析、综合是一个不断推进的过程，因此本质也是一个在动态中不断重建的过程。这一过程的目的性是很明确的。由理性推论出本质，再由本质论出发，可以推演出中心论、权力论和宏大叙述等。启蒙运动就在这种方式下，掀起了巨大的思想史变革。对于现代启蒙来说，理性则被看成是导致社会危机的罪魁祸首。因此，要回归人的价值、尊严，就必须彻底揭露理性的虚假面目，以意志、生命的感性哲学思维替代理性，来还原真实的生命状态。于是现代启蒙努力朝内转，竭力构造直观的、天才般的宇宙观。今天看来，古典启蒙和现代启蒙之所以对立，是由于缺乏对理性的辩证分析。我们并没有必要将其对立，而是从不同角度出发，把对立整合为一个问题的两面，即：把古典启蒙的理性与现代启蒙的非理性统摄到启蒙中来。从这一思路出发，我们把理性和非理性形态，都理解为启蒙现实主义的有机构成部分。

我们再来分析一下启蒙现实主义形态在文艺中的体现。首先有必要澄清一个问题：有人认为，启蒙并没有对现实主义产生影响，或者说，现实主义并不是启蒙时代文学精神的一个构成部分，这是没有依据的。启蒙理性对现实主义形态的核心要素—本质主义产生了重要影响。由于理性，现实主义阐述问题的方式才得以以本质、中心、典型、真实等话语体现出来。换言之，现实主义形态是以理性为出发点建立起来的文艺理论方法。然后，再来讨论启蒙理性在现实主义文艺中的具体情形。启蒙时代，绝大多数思想家都是强调理性的，但理性并不是启蒙的唯一因素，启蒙的复杂性在于它在呼唤着多元的精神需要。作为启蒙思想家的卢梭，他更多的吸收了文艺复兴、宗教改革的关于人文、信仰等方面的元素，特别重视情感、想象、感觉、体验、意志等心灵因素在文艺中的存在，并将之作为人生享乐的主要形式。启蒙的这种人文追求，直接影响了浪漫主义。启蒙运动之后的浪漫主义，狂飙突进运动，都是导源于卢梭的，从这一点来说，卢梭是"浪漫主义之父"。对浪漫主义与启蒙运动的关系，有学者指出："浪漫主义一般被认为是对启蒙运动的反动，因为启蒙是同对理性精神的张扬联系在一起的。其实，浪漫主义的母体还是启蒙运动，或准确地说，是启蒙运动中发展起来的个人主义精神，因此启蒙大师卢梭可当之无愧地成为浪漫主义鼻祖。而重视情感、欲望与重视理性、知识相反相成，共同构成启蒙精神的特点。"① 这是符合实际的。与卢梭不同，狄德罗和莱辛，非常重视启蒙理性在文艺中的作用。他们把现实主义文艺看成是启蒙时代精神的体现。他们旗帜鲜明地弘扬现实主义，大力倡导市民剧。狄德罗提出："一切精神事物

---

① 陈刚：《西方精神史—时代精神的历史演进及其与社会实践的互动》（下），2000 年第470 页。

都有中间和两级之分。一切戏剧活动都是精神事物，因此，似乎也应该有个中间类型和两个极端类型。两级我们有了，就是喜剧和悲剧。但是人不至于永远不是痛苦便是快乐的。因此喜剧和悲剧之间一定有一个中心地带。"① 这个中心地带就是以市民为主要形象的新型严肃剧。莱辛以平民主义立场，强调了戏剧的人本特点："帝王和英雄的名字使一部分剧本显得壮丽和威严，但是他们不能感动人。那些周围处境和我们相近的人，他们的不幸自然是最深刻的打入我们的心灵之处；如果说，我们同情国王，那是因为我们把他们当做人来同情，并不是当做国王之故。他们的地位常常使他们的不幸显得重要，却也因而使他们的不幸显得无聊。往往是全体人民都被牵累进去，我们的同情心要求有一个具体对象，而国家对于我们的感觉来说是过于抽象的概念。"② 狄德罗和莱辛还对新型戏剧的审美特点、艺术结构等问题进行了深入考察，提出了比较系统的现实主义戏剧批评原则。

　　狄德罗从"美在关系"的唯物主义审美观出发，认为戏剧应该是自然与真实的。与其他启蒙思想家一样，狄德罗非常重视自然，并把自然作为艺术的重要特征。启蒙时期的自然观，受到泛神论影响，认为自然是无生命的物质世界和有生命世界的统一。狄德罗要求文学表现具有旷达、深沉、粗野的自然气息。他说："自然在什么时候为艺术提供范本呢？是在这样一些情境发生的时候：当女儿们在垂死的父亲床边扯发哀号；当母亲敞开胸怀，指着哺育过他的双乳恳请他的儿子；当一个人剪下自己的头发，把它撒在他朋友的尸体上；当他托着朋友的头部，把尸体扛到柴堆上，然后搜集骨灰装进瓦罐，每逢祭日用自己的眼泪去浇奠；当披头散发的寡妇，因死神夺去她们的丈夫，用指甲抓破自己的脸；当人民的领袖在群众遭遇到灾难伏地叩首，痛苦地解开衣襟以手捶胸；当父亲抱着他初生的儿子，高高地举向上天，指着婴儿起誓……"③ 粗犷的自然气息，为作品营造了崇高、宏伟的气魄，因此，狄德罗大力呼唤："诗需要的是巨大的、野蛮的、粗犷的气魄。"④ 他认为，诗人不是靡靡之音的弹唱者，而是"经历了大灾难和大忧患之后，当贫乏的人民开始喘息的时候"出现的。应该说，这是启蒙精神在文艺中的真实体现。对戏剧的真实性，狄德罗强调艺术的真实性不是自然的简单再现，而是体现了主体的能动性。那就是

---

①　［法］狄德罗：《关于〈私生子〉的谈话》，张冠尧 桂裕芳译，《狄德罗美学论文选》，人民文学出版社，1984 年第 90 页。

②　［德］莱辛：《汉堡剧评》，张黎译，上海译文出版社，1981 年第 74 页。

③　狄德罗：《论戏剧诗》，徐继曾等译，《狄德罗美学论文选》，1984 年第 205 ~ 206 页。

④　狄德罗：《论戏剧诗》，1984 年第 207 页。

艺术真实，只有到达艺术真实，才能塑造出艺术形象："戏剧里的真实是什么意思，指的是不是按照事物的本来面目表现它们？绝对不是。要这么理解，真就成了普通常见的。……舞台上的真到底是什么东西呢？这里指的是剧中人的行动、言词、面容、声音、动作、姿态与诗人想象中的理想典范保持一致。"① 从真实性出发，狄德罗对人物与环境的关系也进行了研究。狄德罗的文学思想，对形成启蒙现实主义的理论体系，具有重要的指向性。作为呼唤重建德国民族文化，希望以民族文化的复兴来实现国家统一的启蒙者莱辛来说，对市民剧性格是非常重视的。莱辛认为性格在与环境、情节的比较中，居于首要地位，他要求："一切与性格无关的东西，作家都可以置之不顾。对于作家来说，只有性格是神圣的，加强性格，鲜明的表现性格，是作家在表现人物特征的过程中最当着力用笔之处；最微小的本质的改变，都会失掉为什么他们用这个姓名而不用别的姓名的动机，而再也没有比使我们脱离事物的动机更不近情理的了。"② 莱辛从启蒙理性的本质论出发，认为性格在现实与历史的交叉穿行中，都需要对历史和现实进行虚构，才能创作出感人的形象。使形象达到理想的审美境界的原因，乃是存在一个普遍的、一致性的"内在可能性"范式。他指出："有什么会阻碍我们把从未听说过的，完全虚构的情节当成真实的呢？是什么首先使我们认为一段历史是可信的呢？难道不是它的'内在可能性'吗？"③ 莱辛看到了文艺在反映社会的方式上，与历史实录存在显著差别，这对现实主义艺术典型的创造，具有鲜明的启迪意义。通过典型形象的塑造，正好在戏剧舞台上，宣扬了市民代表社会新生力量的审美理想。莱辛还对戏剧的审美教育功能，戏剧的"净化"作用，戏剧的基本结构等问题，有过精辟的论述。与其他启蒙思想家相比，没有一位像莱辛那样执著于文学事业，并在不懈追求中，企望通过文化启蒙来实现国家和民族统一。

狄德罗和莱辛的文艺思想，具有鲜明的启蒙现实主义精神。那种认为启蒙与现实主义无关的观点，是不能成立的。恰恰是从启蒙时代开始，确立了一套以理性为价值坐标的解释体系，而理性在文学理论中的表现就是本质。由于这一点，要么继承这个传统，发扬现实主义的启蒙传统，要么以它为批驳的对象，分离现实主义，从非理性、非本质来言说启蒙，而问题的始终是围绕着现实主义。另外，与一般层面上的现实主义形态研究相比，启蒙的视野，是通过

---

① 狄德罗：《演员奇谈》，施康强译，《狄德罗美学论文选》，1984 年第 291 页。

② 莱辛：《汉堡剧评》，1981 年第 125 页。

③ 莱辛：《汉堡剧评》，1981 年第 101 页。

二元分析方法结构起来的，是一个特定的阐释视野。而一般现实主义形态研究，往往以描述式的方式，以一元分析方法来建构的，它缺乏独特的、以某一个突出问题为中心的阐释机制。

第二章

现实主义启蒙语境

当代背景下，现实主义遭受了前所未有的挑战。新的时代条件、审美追求、话语背景催促人们寻找适合自身的精神支柱，而在文化需求上，更多地体现着世俗、时髦的取向。过去意识形态倾向的理论监控，因为国际背景、国内市场经济多元价值向度的变化，已悄然式微。当然，国家的文艺政策、宣传策略仍然是很重要的，毕竟它对精神文明建设具有非同寻常的影响。面对此情此景，一些传统创作方法、理论体系将会发生怎样的转变？它们是否会在时代的大浪淘沙中消失呢？马克思分析古希腊神话的历史价值时曾说："希腊神话不只是希腊艺术的武库，而且是它的土壤。……一个成人不能变成儿童，否则也就变得稚气了。但是，儿童的天真不使成人感到愉快吗？他自己不该努力在一个更高的阶梯上把儿童的天真再现出来吗？在每一个时到，它固有的性格不是以其纯真性又活跃在儿童中的吗？为什么历史上的儿童时代，在它发展得最完美的地方，不该作为永不复返的阶段而显示出永久的魅力呢？他们的艺术对我们所产生的魅力，同这种艺术在其中生长的那个不发达的社会阶段并不矛盾。这种艺术倒是这个社会阶段的结果，并且是同这种在其中产生而且只能在其中产生的那些未成熟的社会条件永远不能复返这一点分不开的。"① 因此，精神的某种形式，不会像物质的消失那样一经淘汰就不再恢复，而是被作为人类文明的遗产继续流传，或在新的时代条件下产生某些转型，以切合现实和精神形式的特点。现实主义作为方法论和理论的精神形式，不会消失，而会获得新的发展。

但当我们追寻现实主义时，仍有必要追问：重提它的时代、文化、理论背景是什么？重提的意义何在？上世纪九十年代以来，现实主义遭受冷落，即使

---

① ［德］马克思：《〈政治经济学批判〉导言》，《马克思主义文艺论著选讲》，陆贵山 周忠厚编，中国人民大学出版社，2004 年第 165～166 页。

偶然掀起关于人文思潮、重温启蒙现实主义的声浪，也早已不如过去那样声势浩大。而今要把这一命题作为探讨的中心，在我们看来，既有其外在的时代形势，也有内在的研究要求。主要体现在：我们呼唤新时期现实主义的回归，再树启蒙现实主义，对于警醒人们追求世俗生活合理性的同时，重视民族精神、塑造时代典型具有重要意义。

本章里，我们梳理一下启蒙现实主义语境：重归语境——与启蒙时代关联的现实主义产生情境，即现实主义的哲学基础以及启蒙现实主义与新古典主义、民族文学、市民文学、哲理文学的关系；当下形势——现实主义所面临的各种挑战，如同质化危机、反启蒙等等；主流意识需求——构建社会主义和谐社会坚持先进文化的前进方向，对现实主义会有怎样的需求。

一、回归启蒙文学语境

启蒙现实主义有其重要的启蒙语境，亦即产生于启蒙时代前后的哲学基础和相应文学形态。

1. 哲学基础

近代欧洲理性主义哲学为西方近代各种文化思潮的兴起产生了重要影响。理性哲学的出现标志着划时代的转变。它把西方从中世纪迷信、蒙昧的状态下解放出来，为西方世界反封建、反宗教，壮大新型资产阶级力量，发展资本主义奠定了思想基础。它对后来的新古典主义、启蒙运动产生了显著影响。

理性主义哲学的产生不是偶然的，而是与近代自然科学的发展和社会变革的现实需要紧密联系在一起的。恩格斯认为，自然科学的每一次重大发现都标志着时代形式的改变。这一点，在欧洲近代社会变革和思想转型上表现得十分明显。十六世纪前后，欧洲自然科学得到了飞速发展，这时期哥白尼的太阳中心说、伽利略的天文望远镜、开普勒的行星运动三定律、哈维的血液循环理论、牛顿的经典力学和莱布尼茨的数学原理，都已出现，并逐渐发生影响，这些在改变着西方人的世界观、宇宙观。对于先进的欧洲思想家来说，最重要的是运用这些科学学说来为反对封建主义和宗教迷信服务。这些哲学家、思想家很多本人就是自然科学家，他们在建构自己的理论学说时，往往从自然科学的视野出发，这些学说具有明显的科学色彩。

"近代哲学之父"笛卡尔的"唯理论"奠定了理性主义哲学基础。他认为历史学靠的是记忆力和想象力，不是理性的应用，因而不是知识的一个分支，只有理性才是认识和解决理论问题和实际生活的唯一出发点。笛卡尔在他的哲学著作中阐述了这一点。笛卡儿代表作共四部：《方法论》《第一哲学沉思录》《哲学原理》《论灵魂的激情》。笛卡尔首先用怀疑的态度审视以往一切知识形态，他认为以往的知识是不可靠的，必须用怀疑和批判的态度对待："绝不把任何我没有明确的认识其为真的东西，当做真的加以接受……只把那些十分清楚明白地呈现在我面前的心智之前，使我根本无法怀疑的东西放进我的判断之中。"① 既然以往知识是伪命题，那么什么才是辨别真假知识的依据呢？这就是第二点：理性。他要用理性去摧毁中世纪经院哲学和宗教信仰，破解那些虚幻和神秘的东西。什么是"理性"？笛卡尔认为："那种正确的作判断和辨别真假的能力，实际上也就是我们称之为良知或理性的东西。"② 又认为："良知是世界上分配得最均匀的东西，因为每一个人自己在这一方面有非常充分的禀赋。"③ 从这里可以看出，笛卡尔的良知或理性，是先天就存在于人身上的。他以理性为武器，隐含着两方面的意思：一是把理性当做反对神学信仰的理性主义、科学精神，二是认识论中与感觉经验相对的理性思维。基于理性思维的先验性，存在、上帝、数学、公理和逻辑规律都是天赋的了。他说："我们不应把这些意念归诸于由研究得来的认识之列，因为它们是与生俱来的。"④ 这样，第三：二元论哲学观，就是他得出的必然推论。"我思故我在"中的"自我"和物质世界都是实体，"上帝"独立于"自我"之外构成另一个实体。"自我"是一元："我是一个实体，这个实体的全部本质或本性只是思想，它并不需要任何地点以便存在，也不依赖任何物质性的东西，因此这个'自我'，亦即我赖以成为我的那个心灵，是与身体完全不同的，甚至比身体更容易认识，纵然身体并不存在，心灵也仍然不失为心灵"⑤；"上帝"一元：它"是由一个真正比自我更完满的本性把这个观念放进我的心里来的，而且这个本性具有我所能想到的一切完满性，就是说，简单一句话，它就是上帝。"⑥ 那么既然"自我"还依赖于"上帝"的完满性，是不是它就不是独立的呢？笛卡尔特别加以说明：心灵和物质是"只需要上帝加被而不需要其他东西就

---

① ［法］笛卡尔：《方法论》，《十六世纪—十八世纪西欧各国哲学》，北京大学哲学系外国哲学教研室编，商务印书馆，1975 年第 144 页。
② 笛卡尔：《方法论》，1975 年第 137 页。
③ 笛卡尔：《方法论》，1975 年第 137 页。
④ 笛卡尔：《哲学原理》，《西方哲学原著选读》，北京大学哲学系外国哲学教研室编，商务印书馆，1962 年第 4 页。
⑤ 笛卡尔：《第一哲学沉思录》，《西方哲学原著选读》，1962 年第 369 页。
⑥ 笛卡尔：《第一哲学沉思录》，1962 年第 375 页。

能存在的事物",因为实体"只能看做是能自己存在并不需要别的事物的一种事物。"① 显然,"自我"只是在"上帝"的名义下而已。笛卡尔由"自我"推演出"上帝",又把"上帝"置于比"自我"更完满的境界,显露出"循环论证"的推理方式,这种方法恰好反映了他作为数学家的那种逻辑思维惯性。

　　笛卡尔的理性哲学是一种"形而上学"。他的目的是为了建立一种人们观察世界和思考问题的新范式,提醒人们不能从信仰出发,而要从科学的立场出发:"笛卡尔哲学目的和精神在于推动科学的发展,为科学的繁荣制定新的认识理论与方法。"② 与此同时,英国经验主义哲学也为科学史观的确立产生了重要影响。培根、霍布斯、洛克等唯物主义哲学家,强调用试验方法认识世界的真实性。他们认为感性认识是认识世界的基础,理性由于是推理的结果,是不很真实的。但他们并完全否定理性,他们都是从科学立场出发,为什么产生了"经验论"和"唯理论"的分歧呢?主要原因在于:一方面是当时科学哲学缺乏辩证思维方式,机械、静止的分析方法自然难以得出全面的结论;另一方面,经验主义和理性主义哲学家从事的科学门类不同,经验主义侧重于生理学、解剖学等试验学科,多运用归纳法,大陆的理性主义侧重于几何学、数学和物理学理论学科,多采用演绎法,这样形成了两派的对立。事实上,他们从两方面证明了科学在人类认识史上具有无可替代的先进性,是人类进步不可缺少的手段和方法。从这个角度来说,英国经验主义哲学的发展,为笛卡尔的大陆理性主义哲学提供了有利的佐证。因此,理性主义得到大力传播,理性成为反对封建制度和宗教神学的具有强大影响力的思想武器,恩格斯对此评价道:"他们不承认任何外界的权威,不管这种权威是什么样的。宗教、自然观、社会、国家制度,一切都受到了最无情的批判;一切都必须在理性的法庭面前为自己的存在作辩护或者放弃自己存在的权利……以往的一切社会形式和国家形式、一切传统观念,都被当做不合理的东西扔到垃圾堆里去了。"③

　　当理性成为时代的哲学基础,必然主导着文化思潮。但在不同的时期,理性往往在理论家所选择的视野里作了符合他们需要的理解和诠释,出现了名称一致、内涵不一致的情况,这在新古典主义、启蒙时代及其后都有所体现。

　　2. 新古典主义

① 笛卡尔:《哲学原理》,1962 年第 4 页。
② 钱广华主编:《西方哲学发展史》,安徽人民出版社,1988 年第 37 页。
③ [德]恩格斯:《社会主义从空想到科学》,《马克思恩格斯全集》(3 卷),人民出版社,1972 年第 404~405 页。

新古典主义与启蒙运动之间存在密切联系。从一定程度上说，启蒙运动是对新古典主义的扬弃。从启蒙运动与新古典主义的哲学思想渊源来说，强调的都是理性。但对理性的分析和运用上既有联系的方面，都认为理性是天赋的，理性能够成为引导文艺创作和理论建构的核心观念。却又存在很大区别，新古典主义理性是一种集体意志的体现，启蒙的理性则强调人本身的权利，天赋人权等等。启蒙时代的思想家通过对新古典主义的批判，建立起了符合资产阶级理想的新型观念。启蒙现实主义就是这种新型理想的反映。

文艺复兴以后，欧洲经历了一个曲折的时期。这种情况不仅表现于各国历史发展进程很不一致，而且在思想文化、文艺创作领域也存在巨大差别。在十七世纪，英国最早进行资产阶级革命，推翻了封建专制，但资产阶级政权与封建贵族妥协，中间又出现了封建政权的颠覆，直到十七世纪末期才完全建立起君主立宪的资本主义国家。在法国，通过长期战争，建立了封建君主专制的王政国家，资产阶级则成为中央集权的附属物，他们是软弱、怯懦的。西班牙和意大利则在宗教和封建专制的双重压制下，资本主义寸步难行，而此时的德国在内耗中四分五裂，处于落后的状态。与这种情形相适应，从十六世纪末期到十八世纪，欧洲大多数国家兴起了一股粉饰性的文艺思潮——巴洛克。巴洛克风格表现在文学、绘画、雕刻、建筑等各个领域，它以"一种无可制服的强劲冲力对立于文艺复兴的明确和理性……展示一切可以造就人们惊奇赞叹的东西。"① 巴洛克在激情和理性之间，展现了肉欲和昏眩的特质。它在宗教信仰的狂热追求中，呈现出一种刻意装点的神秘气氛。由于"在近两个世纪中，全欧洲都变成了巴洛克，并通过它构成了世界的主要部分"②，因此即使新古典主义，也打上了很多巴洛克的印记，像高乃依、拉辛、弥尔顿、马维尔等新古典主义作家都受其影响。但新古典主义在更多方面，对巴克罗进行了反驳，为理性的张扬树立了坚实的基础。当时唯一高度中央集权的法国，为新古典主义的兴盛做出了贡献，并使新古典主义成为十七世纪欧洲最主要的文艺思潮。

新古典主义是中央集权在文化领域里的反映。它打着复兴古典主义的旗帜，为封建专制摇旗呐喊。古典复归的隐在意图不是真正发扬古典的人文精神和艺术传统，而是要制定一套符合王政的文艺法典，使文艺形式格式化、规范化。它使集权不仅在政治上合法化，而且也要在精神领域得到最大程度的集中。新古典主义对文艺复兴以来的理想——人性自由和欲望的呼唤转化为以理

---

① ［德］雅克·德比奇：《欧洲艺术史》，徐庆平译，海南出版社，2002 年第 230 页。
② 雅克·德比奇：《欧洲艺术史》，2002 年第 228 页。

性为特征的王权意志，布瓦罗的《诗艺》就是这一意志在文艺理论中的体现。《诗艺》制定了哪些文艺法规控制文艺创作呢？首要的是理性准则："因此，首先需爱理性；愿你的一切文章 \ 永远只凭理性获得光芒。"① 布瓦罗的理性一方面继承了笛卡尔的理性观，认为理性是人的良知和天赋，理性制约情感。另一方面，他把人的理性做了政治化改造，提倡理性就是要求文艺服从君主专政的政治要求。因此，文艺作品中个人意志要服从国家意志，小我要服从大我。值得注意的是，布瓦罗不是理性的绝对化者，他认识到文艺如果离开了情感的表现就完全偏离的文艺本身，他要求作品"必需时时处处具有高尚的情感。"② 这个亮点使得布瓦罗所强调的理性不是一种抽象观念的表达，而是要通过具体的人物形象和艺术描写自然的表现出来，从而使作品具备相应的艺术感染力。优秀的新古典主义作品鲜明地体现了这一点。自然，个人情感要服从群体情感，当与理性发生冲突时，个人理智要服从理性。其次，崇尚古典，模仿自然。古希腊、罗马经典的艺术精神体现了一种宏大、高尚、悲情的特点，尤其是它的个人叙述隐藏在民族与家园叙述之后，这正好用来作为专制政权的最好借鉴。基于此，"模仿自然"就具有强烈的伦理色彩了。"自然"并非常言的大自然，而是古典精神和"常情常理"："切不可开玩笑，损害常情常理 \ 我们永远也不能和自然寸步不离。"③ 但"常情常理"不是一般意义上的孕育于人之本性中的情理，而是君、臣、民关系之情理，具有等级的内涵。布瓦罗要求艺术家"好好的认识都市，好好的研究宫廷 \ 二者都是同样的经常充满模型。"④ 所强调的就是这种"自然"。再次，划一的艺术定律——"类型化"与"三一律"。从崇尚古典而来，布瓦罗吸收和改造了亚里士多德和贺拉斯关于人物性格和文艺作品结构的艺术要求，整理出人物性格类型化和艺术创作的"三一律"。在《诗学》中，亚里士多德认为，人物性格在戏剧的六个构成要素中处于第二位，情节统摄性格，而情节具有整一性，因此性格也必须是稳定的、一致的。对于戏剧结构，亚里士多德提出"有机整体"观："美与不美，艺术作品与现实事物，分别就在于美的东西和艺术作品里，原来零散的因

① ［法］布瓦罗：《诗的艺术》，《西方古今文论选》，伍蠡甫主编，复旦大学出版社，1984年第 62 页。
② 布瓦罗：《诗的艺术》，1984 年第 64 页。
③ 布瓦罗：《诗的艺术》，1984 年第 66 页。
④ 布瓦罗：《诗的艺术》，1984 年第 66 页。

素结合为一体。"① 他说明了古希腊戏剧的整体结构美，并没有提出作品要素都一律。贺拉斯在《论诗的艺术》中提出以年龄为界限区分人物性格，要求性格自始至终保持不变，确定了人物类型说。文艺复兴时期，卡斯特尔维屈罗《亚里士多德〈诗学〉诠释》发展了亚里士多德的"情节整一"说，提出了"地点整一律"。布瓦罗通过对亚里士多德、贺拉斯、卡斯特尔维屈罗学说的改造，把性格类型化和作品结构"三一律"化，并规定为艺术创作必须遵守的法规：

> 剧情发生的地点也需要固定，说清。
> 比利牛斯山那边诗匠能随随便便，
> 一天演完的戏里可以包括很多年：
> 在粗糙的演出里时常有剧中英雄
> 开场是黄口小儿，终场是白发老翁。
> 但是我们，对理性要服从它的规范，
> 我们要求艺术的布置着剧情的发展；
> 要用一地、一天内完成的一个故事
> 从开头直到末尾维持着舞台充实。②

这样就形成了对艺术的僵化和制约，艺术创作就像填空，性格被类型化了，作品结构被规定死了。"三一律"表明布瓦罗对古典类型理论做了窜改。正如马克思指出的："路易十四时期的法国剧作家从理论上构想的那种三一律，是建立在对希腊戏剧的曲解上的。但是，另一方面，同样毫无疑问，它们正是依照自己艺术的需要来理解希腊人的。"③ 这样，新古典主义用三一律扼杀艺术表现自由的可能性，极大地强化了王权对文艺的控制。

新古典主义的理性和规约性的艺术技巧，从积极的层面考察，回归古典是对经典的重新阐释和发掘，弘扬了神话精神和文艺的历史传统；文艺是人学，可以反映重大的历史事件，可以刻画光辉伟大的英雄形象，表现重大的政治意义和民族情绪、时代精神，尤其当国家利益、人民意愿与历史发展方向比较一致的时候，国家理性和社会心理会在文艺作品中得到很鲜明的反映，这是每个

---

① ［古希腊］亚里士多德：《政治学》，《西方美学史》（2 版），朱光潜，人民文学出版社，2003 年第 76 页。

② 布瓦罗：《诗的艺术》，1984 年第 65 页。

③ 马克思：《致斐·拉萨尔》，《马克思恩格斯全集》（30 卷），人民出版社，1975 年第 608 页。

国家和民族在社会转型期出现的必然现象。文艺创作也要遵循一定的艺术规律，缺乏技巧的文艺往往是不成熟的、低劣的废品。新古典主义高举理性，制定"三一律"，意在努力发扬笛卡尔的理性哲学，企图在国家意志和人民心灵上达成协调，创造一体化的文化氛围。它在一定程度上实现了这一目标。新古典主义文艺创作取得了辉煌的成就，涌现了很多优秀的作家作品。作家在创作的过程中不一定完全按照理论家的要求，作家对准现实，表现普通人的生活愿望、心灵和情绪的倾向性总是有的。这些成为启蒙现实主义所继承的方面。从消极的层面来看，当统治意志与历史发展方向、时代潮流与社会心理不一致，甚至矛盾时，那么国家意志与民众心理会发生尖锐冲突，而统治者利用高压的权力杠杆来规范精神领域，强力推行一个标准、一种价值观，对于大多数人而言不得不屈从这样的压制时，那么理论就很可能蒙上谎言的面纱，文艺也可能成为奴婢，新古典主义恰好在相当程度上处于这种情况，这正是启蒙主义要纠正和批判的。

3. 民族文学、市民文学与哲理文学

民族文学、市民文学和哲理文学，在启蒙现实主义文学中占有重要地位。启蒙思想家通过与新古典主义的论战强调民族文学对于启蒙的重大意义，不仅如此，启蒙思想家还通过具体文学创作，以市民文学和哲理文学为主要体裁，来表达他们的启蒙观点，在理论和实践两方面掀起强大的启蒙思潮。

（1）民族文学

民族是在长期的历史进程中，那些具有共同地域、经济、文化、语言、风俗习惯等特点形成的稳定的共同体。文学作为一种精神文化形式，对于民族共同体的形成具有重要影响，一个民族是否具有自己的文学往往是衡量民族是否成熟、完善的标尺。在人类历史的演变中，由于复杂的政治、军事、经济和自身发展程度的差异，民族与民族之间出现了极不平衡的现象，而且强势民族会对弱势民族造成压抑，这就使得民族问题成为一个难解的问题。反映到文学艺术上，就是一些民族没有成熟的文学，在外在文化的干扰下难以取得独立的发展。因此对于民族文学的呼唤，在特定的历史时期往往就成为民族觉醒、民族解放和民族统一的突破口，文化先驱则在这一过程中扮演着精神导师的角色。

杨义在谈到当代中国文学研究的"文学的民族性"问题时，指出："文学应该回到文学生存的原本状态。中华民族的原本生存和发展状态，是多部族和民族在数千年间不断地以各种态势和形式交兵交和、交恶交欢、交手交心、交通交涉，扮演着的一幕幕惊天动地、悲欢离合的历史悲壮剧，从而衍生出灿烂辉煌、多姿多彩的审美文化创造，并最终形成一个血肉相连、有机共生的伟大民族共同体。这种历史和命运,历史的规定了文学的民族学问题,已经成为从总体上考察和重绘中国文学地图的根本问题。"① 这段论述对我们讨论启蒙时代的民族文学具有启迪意义。启蒙思想家确乎发现了这一点。从欧洲文学的历史渊源来看,那些重要的历史时期,文学的元生态状况往往是多种因素交互作用的。古希腊时期的史诗、悲剧、戏剧、酒神颂、竖琴乐等等无不反映了希腊民族的历史、地理和整体的民族文化情境,而这种民主文化转移到古罗马以后,又被古罗马艺术家思想家吸收借鉴,形成了古典主义的文化思潮。文艺复兴时代,但丁大力倡导建立意大利民族语言,呼唤用俗语替代陈腐偏废的古典语言,希望用语言的统一实现国家统一。他认为与书面语相比,俗语具有明显的优越性:"我们所说的俗语,就是婴儿在开始能识辨字音时,从周围的人们所听惯了的语言,说得更简单一点,也就是我们丝毫不通过规律,从保姆那里所模仿来的语言。此外,我们还有第二种语言,就是罗马人所称的'文言'。这第二种语言希腊人有,其他一些民族也有,但不是所有的民族都有。只有少数人才熟悉这第二种语言,因为要掌握它,就要花很多时间对它进行辛苦的学习。在这两种语言之中,俗语更高尚,因为人类开始运用的就是它;因为全世界人都喜欢它,尽管各地方的语言和词汇各不相同的,因为俗语对于我们是自然的,而文言却应该看成是矫揉造作的。"② 从更高的意义上说,语言的问题是民族文学与文化的活化石,我国古代秦王朝统一中国后推行的语言、货币、文字、吏制的统一,目的也是为通过民族文化的一致达到精神上帝制化的重要举措,"五四"新文化运动,更是打着推行白话文,反对文言文的旗号掀起了思想变革的时代潮流。

启蒙前后欧洲除英国建立起君主立宪的资本主义制度外,其他国家资本主义的步伐依然很慢,尚不具备暴力革命的条件。启蒙思想家并不企望诉诸暴力,而是希望通过思想启蒙,建立统一的民族文化,以唤醒民众意识,达到建立资产阶级政权的目的。自然,民族文学被赋予了启蒙的意义。民族文学的特点可以归纳为以下几点:第一、建立市民剧,推翻新古典主义悲剧角色为帝王将相的传统,让市民成为悲剧主人公。第二、反映当代现实,让民族戏剧切合市民社会的需要。第三、文学形式民族化,使文学语言,风格、体裁、表现手法具有新颖的时代特点。伏尔泰认为,是故土和民族培养了作家独特的审美趣

① 杨义:《重绘中国文学地图与中国文学的民族学、地理学问题》,《文学评论》,2005 年第 3 期第 35 页。

② [意] 但丁:《论俗语》,《西方美学史》(2 版),2003 年第 138 页。

味。他说:"在最杰出的近代作家身上,他们自己国家的特点可以通过他们对古人的模仿中看出来,他们的花朵和果实虽然得到了同一太阳的温暖,并且在同一太阳的照射下成熟起来,但他们从培育他们的国土上接受了不同的趣味、色调和形式。"① 只有把作家独特的审美趣味发挥出来,才有可能形成真正的民族文学特色。民族文学来自热烈的呼唤和呐喊,是在历史转折时期一场惊天动地的伟大斗争。要之,民族文学彰显了民族在披荆斩棘的奋进中的雄伟风姿。"什么时代产生诗人?那是在经历了大灾难和大忧患之后,当困乏的人民开始喘息的时候。那时想象力被伤心惨目的景象所激动,就会描绘出那些后世未曾亲身经历的人所不认识的事物。"② 而那些靡靡之音,缺乏形式创新的作品很难说能成为民族文学的代表。建立民族文学是一个艰难的过程。启蒙思想家意识到,只有理论建设还不足以实现启蒙的使命,他们还以大量的文艺创作来传递启蒙的呼声,狄德罗、伏尔泰、莱辛、卢梭等启蒙思想家同时又是杰出的作家。

然而民族文学并不是狭隘的民族主义文学,它鲜明的民族特色与开放的姿态是相互呼应的。民族文学本身的形成和发展无法离开与其他民族文学的交流和学习,启蒙思想家对民族文学的看法也是建立在这个前提下的。事实上,启蒙时代各国文学和文化正是在充分的交往中才形成了浩浩荡荡的文艺思潮。伏尔泰早就意识到这一点:"如果欧洲各国民族之间不再互相轻视,而能够深入的考察自己邻居的作品和风格习惯,其目的不是为了嘲笑别人,而是为了从中受益,那么,通过这种交流和观察,也许可以发展出一种人们曾经如此徒劳无益的寻找过的共同的艺术欣赏趣味来。"③ 歌德进一步发展了民族文学交流相通的思想,认为民族文学的交流可能到达一个最高的境界,即和谐、相融的"世界文学"。他的第一个前提是,世界是人类共同生存空间,文艺是人类活动的重要形式,因此文艺具有共同性:"我愈来愈相信,文艺是人类共同的财产,在各个地方,各个时代,在成千成百的个人身上表现出来。"④ 其次,他的"世界文学"观点建立在理想的、开放的资本主义市场体系上,他乐观的估计:"一种普遍的世界文学正在形成,其中替我们德国人保留着一个光荣的角色。"⑤ 马克思在《共产党宣言》中对"世界文学"也做过美好展望。然

---

① [法]伏尔泰:《论史诗》,《西方古今文论选》,1984 年第 71 页。
② 伏尔泰:《论史诗》,1984 年第 72 页。
③ 伏尔泰:《论史诗》,74 页
④ [德]歌德:《歌德谈话录》,《西方古今文论选》,1984 年第 101 页。
⑤ 歌德:《塔索》改本,《西方美学史》(2 版),2003 年第 425 页。

而，复杂的世界形势、巨大的东西方差异，战争、种族冲突等等以及后来随着资本"从头到尾都滴着血和肮脏的东西"的无限扩张，"世界文学"只能是一种乌托邦。但"世界文学"对民族文学的继承和发扬，仍然是有启迪意义的。

（2）市民文学

市民文学是城市化的必然结果。城市是农业、工业和商业分化、社会分工更加细微与多元化的情况下出现的。城市在促进经济聚合、人口结晶、文化交流，社会协作等等方面发挥着重要作用。在西方和东方，凡是城市化较早的国家和地区，其经济和文化发展水平就越高，反过来，经济和文化的发到又进一步强化了城市功能，从而把城市往更高的方向推进。当今世界涌现出数量愈来愈多、功能愈来愈齐全的国际大都会，往往成为这些地方文明程度的标志。难怪斯宾格勒感叹说，世界的历史就是城市的历史。然而，城市的历史也是一部血腥的历史，城市化意味着掠夺、破产、饥饿、杀戮等等人类的罪恶上演，但城市化毕竟是历史发展的必然趋势，它给社会和人们带来前所未有的机会，也孕育着新的社会形态。

市民文学在启蒙时代是一种主要的文学体裁，也是现实主义特点最鲜明的体现，那么是不是市民文学是在启蒙时代出现的呢？如果做这样的追问，就显得有些幼稚了。启蒙思潮本身是对文艺复兴以来的继承和发展，只是由于中间经历了封建主义、教会与资本主义的妥协，资产阶级革命远远没有完成。对于普通欧洲人来说，还处于封建、教会和贵族的蒙昧教化下，要实现社会转型，就必须唤醒新社会的主体即普通市民，这就决定了启蒙具有异乎寻常的意义。启蒙时代现实主义文学再度寻找市民文学，促进市民文学繁荣乃是题中应有之义。

市民文学产生于中世纪中后期，它是随着市民阶层的形成出现的。十、十一世纪，欧洲很多国家就产生了以手工业和商业为中心的城市，城市人口最多的是城市平民。他们由个体手工业者、失地农民、没落贵族、流浪汉、经纪人等组成，他们在经济上取得了一些优势，但是遭受来自封建贵族和教会阶层的残酷压榨，无法获得独立的社会权利，为了维护、发展自己的利益和争取独立，城市平民与封建阶级、教会进行了长期斗争，逐渐形成了城市文化，市民文学则是城市文化的重要表征。市民文学贴近现实，主要揭露封建贵族和教会的贪婪、愚蠢、赞扬市民的才智和反抗精神，也有一些对未来生活的美好想象。但是由于市民阶层处于城市的底层，被统治阶级剥夺了受教育的权利，生活也不允许市民阶层有许多时间专门从事文学活动，因此市民文化被排除在主流文化之外。这一情形使市民文学一反基督教神学的陈腐和呆板，使市民文学充满了浓郁的生活气息和世俗化色彩。这一情形，也使市民文学以民间文学与口传文学为主要形式。市民文学作品数量十分丰富，留存下来的却是少数。

市民文学的样式众多，主要有德国的民间笑话、民间故事，法国的故事诗、市民戏剧、市民抒情诗，西班牙的流浪汉小说等等。市民文学的艺术技巧主要表现在：①滑稽与幽默，往往以诙谐的口吻、戏谑的姿态讲述那些充满离弃的故事。②神奇的想象，真实的抒情，故事诗和歌谣中的主人公多是人化了的动植物，假托他们的传奇经历，表现市民的智慧和正义感。③短小精悍，语言通俗，有自述色彩。市民文学的这些特点，使得市民文学具有鲜明的资产阶级理想。作为反封建、反教会的新的文学形式，对启蒙思想发生了重要影响。这一点，在我国古代也有类似的情形，北宋首都开封最繁华时人口多达40万，商业发达，《清明上河图》就描述了当时市民社会繁荣的情景。贸易的发达，还促进了中国最早的纸币的产生。文化上，公众场合出现了"瓦肆"，艺人专门宣讲通俗化的传奇、话本、演义，它反映了市民的心声，表达了市民反封建专制、不满程朱理学、崇尚英雄、追求公平、正义和良知以及世俗生活的愿望，具有鲜明的启蒙意识。及至元代话本、拟话本、戏曲等文学样式，则已经是文人的自觉创作了，其反抗精神、市民观念就更加突出了。从某种程度上说，市民文学的出现、繁荣，预示着资本主义社会必将到来。这样，启蒙思想家掀起文化思潮时，把市民文学作为他们创作的重要文学形式之一。莱辛极力倡导民族文学和市民文学，以呼唤德国的民族精神觉醒，实现国家统一与民族和睦。他的名剧《萨拉·萨姆逊小姐》《明·那封·巴尔赫姆》《艾美丽雅·伽罗·蒂》《智者纳旦》都是市民文学的典范。借助于市民文学，启蒙现实主义文学创作及其文学批评取得了重要成果。

（3）哲理文学

从广义角度而言，哲理是文学作品中必不可少的因素，作品的思想就是哲理，文学只不过通过形象和语言来表达这种哲理罢了。从狭义的角度而言，哲理是指为了表现某种观念和思想，借用文学作品来传递它，同时也具有一定的文学性，如通过人物、情节和环境的关系来展示哲理，这样哲理就不是单纯的说理，而是形象化的说理。对于以传递哲理意味的作品而言，它在思想方面的强调胜过情感和性格。我国古代，尤其先秦时期，"诸子百家"不是为了进行文学创作，而是为了表达哲学观念，但由于有些著作采取了文学的手法，使它们具有很明显的文学性。另一个原因是魏晋以前，还没有形成文学的自觉时代，没有一套衡量是否文学或非文学的标准。于是像《庄子》《荀子》《墨子》等著作，文学性和哲理性兼而有之。古代的哲理，就是古典哲学中的

"道"或"理"。关于"道"，老子说："有物混成先天地生。寂兮廖兮，独立而不改，周行而不怠，可以为灭地母。吾不知其名，强字之为曰：道，强为之名曰：大。"① "道"就是宇宙万物之本，万物都是"道"派生的，终又回归"道"。但"道"又是不可描述的："道可道，非常道；名可名，非常名；无，名天地之始；有，名万物之母。"② "道"存而不可穷究，它就是哲学本体，具有极高的抽象性。"理"则是"道"的次级本体。"理"反映了实体的一定的东西，即所谓内容："道者，万物之所然也，万理之所稽也。理者，成物之文也；道者，万物之所以成也。……天得之以高，地得之以藏，维斗得之以成其威，日月得之以恒其光，五常得之以常其位，列星得之以端其行，四时得之以御其变气，轩辕得之以擅四方，赤松得之与天地统，圣人得之成文章。"③ 无"道"无"理"，任何精神产品都是不可能创造的，因为它们失去了依托。

这种情形，与启蒙时期的所言哲理存在很多类似。或许在中西方文化交流过程中，启蒙思想家受到了中国古代哲学家的影响，像伏尔泰对中国文化充满了好奇，甚至仿照《赵氏孤儿》写了一部戏剧《中国孤儿》。由此表明，中西方在本体论问题上有比较一致的看法。笛卡尔的理性主义哲学也是启蒙哲理文学思想的重要来源。

作为传递启蒙思想的一种形式，启蒙时期的哲理文学，发展到了一个很高的水平。他们创作了大量的哲理文学作品，壮大启蒙现实主义，哲理文学占据了启蒙文学的半壁江山。然而启蒙思想家并没有把理性本体僵化，他们把理性做了适当改造，将哲理转化为他们对政治、社会、人生哲学等具体的思想和见解。不同启蒙思想家对哲理的认识并不是完全一致的。伏尔泰处于由新古典主义向启蒙主义的过渡阶段，朱光潜先生评价说："作为启蒙运动的最高领袖伏尔泰在思想上还是保守的。在哲学上他相信自然神论，还未摆脱唯心主义；在政治上他提倡开明君主专制，对人民群众持鄙视态度；在文艺上他基本上还是留恋新古典主义传统，不但五体投地的钦佩拉辛，辩护三一律和其他规则，而且在自己的创作实践方面，还是用古典形式写史诗和悲剧，瞧不起反映叫做'流泪的喜剧'的新型剧种。"④ 在伏尔泰的哲理小说《老实人》中，就体现了这一点。尽管"老实人"和他的老师经历了太多的苦难，认识到"工作可以使我们免除烦闷、纵欲和饥饿三大害处"，最终是"种我们的园地要紧"。

① 老子：《老子·第二十五章》
② 老子：《老子·第一章》
③ 韩非子：《韩非子·解老》
④ 朱光潜：《西方美学史》（2 版），2003 年第 251 页。

作家把这种理想的实现寄托在所谓开明君主上，他所描述的桃花源似的王国不过是理性主义的美好蓝图。狄德罗站在唯物主义立场上，对封建主义及其宗教迷信的批判则要坚决得多。他的哲理小说《拉摩的侄儿》《宿命论者雅克》对封建社会的罪恶进行了彻底揭露，反映了对资产阶级的理想追求。而激进的启蒙主义者卢梭，对近代科技和启蒙文化产生了深深的质疑，批判了历史的进化论。他提醒人们注意：即使资本主义社会来临，依然还会存在各种偏见和恶习，人们不能对此抱任何"幻想"。人类社会要回归"自然状态"。但他所设计的"自然"是按照他的理想想象出来的乌托邦。

哲理文学的主要的目的是为了宣扬启蒙思想家的哲学观点，它在文学技巧上往往粗糙，文学性缺失。人物与人物语言常常充当了哲理的代言人，使作品变成了"时代精神的传声筒"。然而哲理文学是具有真实性、倾向性和一定的艺术性的，洋溢着强烈的启蒙现实主义精神。

二、现实主义的现代、后现代语境

对现代主义与后现代的热烈讨论，源于对中心论和本质主义的诘难，进而掀起了思想文化领域的一场声势浩大的革命。现实主义作为理性在文艺领域的表现形式，是以反映论和中心论、本质论建构起来的。它面临现代、后现代的抨击。现实主义危机由此产生，并对其启蒙精神消解。在此，我们探讨现代主义、后现代的反本质主义姿态，以揭示现实主义危机产生的原因。

1. 现代主义的改写

工业化和以电气化、自动化为特征的第二次科技革命浪潮，极大了改变了社会的生产方式和存在方式，与此对应，人类的生活方式，精神处境也发生了巨大的改变。新的先进技术在科学精神的旗帜下，建立了自己崭新的"理性"坐标。同时资本主义自身带来的各种危机就好像瘟疫一样腐蚀社会文明的机体，给人们的生存造成了巨大威胁。两次世界大战的爆发，给理性以毁灭性的打击，于是在文化上出现了反传统，反理性的态势，把社会推进到现代社会的焦虑时期。在审美和艺术方面，亦发生了前所未有的转轨和改向。它以摧枯拉朽之势对现实主义、浪漫主义以及其他一切艺术常规发动猛烈的进击。现代主义的前卫姿态让世界为之震惊，理性如惊弓之鸟一般逃逸到神秘的宇宙森林，不再出场。现实主义的启蒙理性、本质主义被非本质主义、文化相对主义改写。非本质论、文化相对主义基于以下的历史过程：

古希腊那句有名的"人不能两次踏进同一条河流"，本揭示了运动与静止的辩证关系。但后人发挥为，人一次都不能踏进同一条河流，与"庄周梦蝶"惊人一致。关于相对主义，普鲁泰戈拉曾说：事物对于你就是向你显示的样子，事物对于我，就是向我显示的样子。审美具有自由和相对性的特点，休谟结合审美趣味，认为审美趣味的标准就在于个体本人的经验和感悟，没有绝对的统一标准。他转而质疑关于所谓美的本质论的观点，以怀疑主义态度审问美的确定性，提出了相对主义的审美标准。康德试图修复休谟等人的思想，从四个向度规定美的实质，可是他自己又陷入到神秘主义的泥沼中，反而替非本质论下了注脚。其实，在他关于天才、艺术创造、才能、灵感的美学表达中，主要倾向是反本体，注重于神秘体验和异质性特征的。十九世纪初，叔本华唯意志主义把世界颠覆为"表象和意志的世界"，标志着西方审美理论由理性向非理性、本质主义向反本质主义、古典启蒙向现代启蒙的转向。当尼采宣布"上帝死了"，克罗齐"直觉说"横扫欧洲美学的神圣殿堂时，审美理性的大厦就行将崩溃了。

现代主义是现代性的一种否定性反思。现代主义的意图是在颠覆审美理性的前提下，力图找到为现代社会各种文化现象作出合理解释的方法论。但是由于过于复杂的现代状况，也使得对现代性的看法存在很大的分歧。一般来说，"关于现代性的话语很多，今后讨论现代性的话语也将同样的多。现代性一词指涉各种经济的、政治的、社会的以及文化的转型。正如马克思、韦伯及其他思想家那样，现代性是一个历史断代术语，指涉紧随'中世纪'或封建主义时代而来的那个时代。在一些人看来，现代性与传统社会相对立，它具有革新、新奇和不断变动的特点，所有关于现代性的理论话语都推崇理性，把它视为知识社会进步的源泉，视为真理之所在和系统性的知识之基础。人们深信理性有能力发现适当的理论与实践规范，依据这些规范思想体系和行动体系就会建立，社会就会得到重建。美学中的现代性出现在新前卫现代主义运动和波希米亚文化中，它们反对工业化与理性化的异化向度，试图改造文化，在文化艺术中寻求创造性通信方式的传播，现代性进入到人们的日常生活中。现代性借以产生一个新的工业与殖民世界的动态过程，可以描述为'现代化'——一个标示了个体化、世俗化、工业化、文化分化、商品化、城市化、科学层化和理性化等过程的词汇，所有这些过程构成了现代世界……现代性也产生了一整套规诫性制度、实践和话语，从而使它的统治和控制合法化。'启蒙辩证法'所描述的正是这种向其对立面转化，以及现代性的解放允诺掩盖其压迫与统治的过程。"① 我们并不完全同意上述对现代性侧重其理性的表述,尤其把现代性进程追溯到中世纪的分析,但在一定程度上,确实揭示了现代的真实处境。

中国的现代化进程,洋溢着鲜明的启蒙精神。五四时期,中国人为了寻求救国救民的真理,对中国传统文化进行了猛烈的批判,提出了诸如"桐城谬种,选学妖孽","打倒孔家店"等激进的口号。陈独秀《文学革命论》明确提出新文学内容应建立在反对藻饰浮华的贵族文学、铺张堆砌的古典文学、深晦艰涩的山林文学,建立平民的、朴实的、立诚的国民文学,以及白话文学的基础上。五四时期,先进的知识分子还把眼光转向西方,高举"民主"和"科学"的旗号,借以改造当下社会现实。鲁迅曾呐喊改造国民性,疗救病态的中国,而应者渺渺,可见启蒙之必要又十分艰难的历史情境。救亡图存的民族革命时期,中国现代化进程被迫中断,文化不得不为了战争的需要改变它的理性、人文的身份,成为意识形态的宣传品。时至今日,现代化建设虽然取得举世瞩目的成就,但我国仍处在一个"社会转型期",中国的现代化进程还有好长曲折的路要走。在这一情形下,当我们重新探讨启蒙现实主义形态时,面对非同一性的现代处境确有些尴尬,更需要勇气。

2. 后现代对本质论的解构

反本质主义的夹击,构成了现代性焦虑,而来自于后现代文化强大的掣肘构成了对现代性进程的巨大压迫。

其一来自于语言策略。索绪尔语言理论破解了元语言对语言的那种稳定的意指性,将能指和所指纳入意义运行的活动状态中。所指表明词语只是提供了意义指涉的可能性,而能指是滑动的,它只指向具体的语境所提供的不确定性。语言与本质无关:"我们表示语言事实的一切不正确的方式,都是由认为语言现象中有实质这个不自觉地假设引起的。"② 因此文本的美只是在相对阐释的过程中才产生出来。当维特根斯坦先以"图像时代"进击传统审美本质的分析时,还显露出本质的余味,晚期的维特根斯坦转之以"语言游戏"的"家族相似性"进行美学的分析,他说:"我们认为,我们必须谈论'这是美的'之类的审美判断,但是我们发现,如果我们必须谈论种种审美判断,我

---

① [美]道格拉斯·凯尔纳 斯蒂文·贝斯特:《后现代理论——批判性的质疑》,张志冰译,中央编译出版社,1999年第2~6页。

② [瑞士]索绪尔:《普通语言学教程》,高名凯译,商务印书馆,1982年第169页。

们就根本找不到这些词，而只能找到伴随某种复杂的活动，使用某种姿势的词了。"① 显然，他的意图是取消对美的实体性把握，以词的语用来说明美的某种状态。以语言解析攻击本质主义，彰显出现代语言学理论的崭新思路，确实得到了很好的效果，但似乎有点现代性的残余。

其二是后现代对现代性的全面撕裂。道格拉斯·凯尔纳和斯蒂文·贝斯特教授认为，后现代话语抛弃了"现代话语和实践的新的艺术观点、新文化观点或新理论观点。所有的'后'字都是一种符号序列，表明那些事物处在现代之后并接现代之踵而来。因此，后现代话语涉及一些描述历史、社会、文化和思想中的一组关键性变化的断代术语。"② 在两人看来，尼采是后现代的始作俑者，他对现代性、包括启蒙和理性，进行了系统的攻击。他们沿引哈贝马斯的分析，指出由尼采、海德格尔、巴塔耶以及法国后现代理论之间构成了一条明显的反思启蒙线索。后现代理论家对现代性的攻击强硬而激烈。德里达打断了现代性理路的逻辑情结，指出："意义的意义是能指对所指的无限的暗示和不确定的指定……它的力量在于一种纯粹的、无限的不确定性，这种不确定性一刻不息的赋予所质疑的意义……它总是一次又一次地进行着指定和区分。"③ 在德里达的文本体系中，只有"悬置"、"断裂"、"意义的踪迹"、"散播"等关键术语。对于德里达而言，"他的整个作品读作是对当代和传统思想的大量无意识或自然化的二元对立的揭示和说明，其中最著名的是那些反对言语和写作、存在和不在、正常和异常、中心和边缘、经验和补充、男性和女性"④ 的思想。

后现代的写作背景，表明为一种后现代主义风格——不确定性。"不确定性决定一篇本文如何被人阅读。作品的意义取决于解释这一作品的方式，而不是取决于一系列固定不变的规则。去寻找意义既无可能又无必要，阅读行为和写作行为的'不确定性'本身即'意义'。"⑤ 因此，后现代性就处在一种漂浮的状态，而对现代性构成了挑战。即使有一些后现代理论家对现代性保持某

① ［奥］维特根斯坦：《美学演讲》，《二十世纪西方美学名著选》，蒋孔阳主编，复旦大学出版社，1988 年第 92 页。
② 道格拉斯·凯尔纳 斯蒂文·贝斯特：《后现代理论——批判性的质疑》，1999 年第 37 页。
③ 道格拉斯·凯尔纳 斯蒂文·贝斯特：《后现代理论——批判性的质疑》，1999 年第 27 页。
④ ［美］杰姆逊：《政治无意识》，王逢振 陈永国译，中国社会科学出版社，1999 年第 101 页。
⑤ ［美］韦勒克 沃伦：《文学原理》，刘象愚等译，北京三联书店，1984 年第 327 页。

种同情如墨霏、克拉劳，但他们仍然站在后现代立场，严厉批判现代性："他们比哈贝马斯更严厉的批判了启蒙运动的普遍主义和理性主义，更积极的倾向于用后结构主义和后现代主义理论来重建现代政治。尤其是，他们批判了那种为社会历史、主体等概念建构了普遍或先验本质的本质主义观点，批判了基础主义试图把理论建立在一个稳固的基础之上，由此来建立体系的做法。"① 其他后现代理论家福柯、利奥塔、德勒兹、哈桑、加塔利等也无不对现代性进行了深入的批判。

后现代不是指出现在现代之后，"后"并不完全指历时态而是在共时态上，与现代性构成了抵制和决裂。"后"之意，乃为反。在很大的程度上，后现代与现代性相互交织，后现代风潮冲击之际，现代性仍然在顽强抗辩，哈贝马斯就是一位杰出的现代性捍卫者。在《现代性：一项未竟的事业》《现代性的哲学话语》等著作中，通过对后现代的剖析，力图重建现代性。"哈贝马斯对启蒙哲学家用理性来组织社会健全地协调发展的思想，态度鲜明的拥护。他确信现代性是一项尚未完成的构想。但理性的发展却使现代性产生了难题，而这难题无论是持理性立场还是非理性立场的思想家，在意识哲学范围内都无法解决。……他认为，为了推进现代性，启蒙的缺陷应由进一步的启蒙来解决。"② 哈贝马斯进而通过对后现代的吸收和现代性的反思，创建了主体间性为特色的交往行动理论。

审视现代性之路，充满了艰难，它在本质理论和反本质主义的较量中确立前进的方向，改变了人们习惯性的直线思维模式。来自现代性内部的诸多矛盾，又使现代性呈现出多元分层的样态，从当代意义上来讲，现代性已经是理性和非理性之间的那种情形。在社会和伦理的层面上，应以理性为标准，在审美和艺术的层面上，要充分突出自由和诗意化的心灵憧憬，表达人们对彼岸的向往。在当代，建设具有中国特色的先进文化，我们要张扬以人为本、强调个体化，尊重个人自由的现代性追求，同时对转型期社会秩序的建构中，树立公共规范，确立群体共存共荣的元范畴。在二十一世纪文化生态中，形成一个主导意识和多声部、狂欢化共构的生命世界！

基于以上复杂的理论背景，我们不能忽视现代主义和后现代对我国文化建设的启迪意义。现实主义面临着话语转型的问题，中心论和本质论需要做新的

---

① 道格拉斯·凯尔纳 斯蒂文·贝斯特：《后现代理论——批判性的质疑》，1999 年第 252 页。

② 陈嘉明：《现代性与后现代性》，人民出版社，2001 年第 417 页。

思考，应该发展为动态的、交往理性为特色的能动反映论。启蒙现实主义批判、反思精神，以人为中心的典型理论、叙述技巧和艺术结构，历史性、民族性等启蒙精神都需要大力弘扬。为应对复杂的现代、后现代理论背景，进行新的阐发，挖掘新的思想内涵，为创建和谐文化理论提供一份答卷。我们不能吸纳不经任何改造的所谓"新的理论"，即使现实主义及其理论处境尴尬，可那些"新的理论"不经意会给人们带来混乱。这种混乱在当代文学创作和某些理论建构上已经产生了消极影响，我们的文化主流显然还难以接受。中国社会现实和文明德性还在吁求属于时代、民族本性的东西，还需要启蒙精神！

三、和谐文化建设

面对当"全球化"挑战，我们不要忽视：它是建立在各个国家、民族发展、壮大的基础上的。脱离自我的发展既不现实，也不可能。正是在这个前提下，中国提出了建设和谐社会的奋斗目标。和谐社会不仅仅意味着物质生活的丰盈，也是文化发达、民族素质高、精神文明程度高的社会。文学艺术作为精神文明建设的构成部分，一定会在和谐社会建设中发挥愈来愈重要的作用。在此，我们把和谐作为文艺学术语"至境"看待，认为和谐是一种最高的艺术境界。这样规定，显然带有理想的色彩。事实上，和谐本身是一个多样规定的综合，是一个不断朝美好理想追求的过程，它有一个隐在的前提，即存在不和谐的情形。文学艺术在和谐社会的建设中有必要把不和谐转化为和谐。在新的时代条件下，关注现实主义，也是和谐文化建设所必需的。

为什么要把和谐社会建设需要作为启蒙现实主义形态研究的一个重要原因呢？从外部条件来说，政治状态和意识形态对我国文艺事业的重要影响一直是文学史的一个传统。历史上的某些特殊时期，文艺被演化为政治斗争的奴婢，成为意识形态的御用工具，从而使文学非文学化。文学的人性、反思、批判等启蒙精神，文学的艺术形态、表现技巧丧失殆尽。政治清明时期，文化政策上提出了尊重文艺规律的"百花齐放，百家争鸣"方针，但仍然有一定限度。政治时常保持着对文艺事业的高度敏感。开放、宽容的文艺政策会大力促进文艺事业的发展，也引导着文艺事业的发展方向。从文学的内部条件来说，现实主义必须在时代的发展中，顺应文艺政策的要求，主动承担启发民智、进行启蒙的历史责任。在当代社会转型期，多元价值取向使人们获得了自由。但也存在着精神迷失，价值观念混乱，背离文明精神的种种情形。这些观念影响到文艺领域，就是对优秀传统的抛弃。其中之一，就是现实主义在文艺领域遭受冷遇，现实主义的启蒙精神被弱化。对此，国家文艺方针再度提出重建民族精神传统，重树文学启蒙的旗帜，是顺应时代要求的。

1. 主流倡导

现实主义因为它宏大的"史诗性"和叙事性，总是被作为国家和民族大叙事的重要构成部分，对于主流意识形态来说，现实主义常常是推行其文化策略和理论宣传最重要的手段和方法，中国文化语境也决定了现实主义始终站在话语政治的前台，经历各种风风雨雨。

当前我国社会建设和文化建设进入了一个与以往完全不同的时期。2006年全国文联、中国作协召开了全国代表大会，胡锦涛总书记出席开幕式，对文艺工作发表了重要讲话。温家宝总理在 2006 年 11 月 13 日对文联、作协作经济形势报告时，以平和的语气、谈心的口吻和实事求是的态度，专门阐述了文学艺术工作，传递出崭新的时代声音，表露了中央政府对文艺工作和前进方向的原则。温总理的讲话，经整理以《同文学艺术家的谈心》在全国各大媒体刊载，产生了重大影响。温家宝总理对文艺工作谈了四点意见：

①文学艺术要追求和弘扬真善美。

②繁荣文学艺术要解放思想，贯彻"双百"方针。

③文学艺术家要有强烈的社会责任感。

④希望文学艺术界多出精品，多出人才。

谈到文学艺术要追求和弘扬真善美，是从"当代中国文艺功能和艺术家实践层面上，追求真善美。我们讲'真'，就是要反映真实，表现真情，追求真理，就是要认识事物的本质，认识世界的发展规律，真理是人类共同的追求。我们讲善，就是要为了中国的光明未来而追求真理的进程中，与人为善，尊重人、理解人、关心人、爱护人……今天强调善，就是要求人与人之间友善相处，团结互助，讲信修睦；就是要提倡每个人要为他人，为社会、为人民谋利益，树立有利于维护社会稳定的道德规范；就是要鼓励充分发挥人的自由意志，为每个人的自由发展创造良好的环境……文学艺术家要积极反映和大力弘扬那些善的事物和行为，这有利于构建和谐社会，我们讲美，就是要在真和善统一的基础上，满足人们对美的追求和需要，给人精神上的愉悦。"

谈到第二点，温总理说："今天，我们贯彻这一方针，对于建设和谐文化，构建和谐社会，推进现代化建设，具有重要的指导意义……要在艺术创作上提倡题材、样式和风格的多样化发展，在理论上提倡不同观点和学派的自由讨论。……要充分发扬学术民主和艺术民主。……要让一切有利于创新的智慧源泉涌流，让广大文艺工作者的创造活动竞相迸发，真正形成百花争妍，万紫千红的大好局面。"

对文学艺术家，温总理要求文学艺术家要有强烈的社会责任感，这种责任感最重要的表现是："他们的作品应该促进国家变革和社会的开放包容，鼓舞人们刚健自强，艰苦奋斗，给人以真善美的启迪和享受，应该反映社会的现实，人民的意愿，歌颂先进事物，鞭挞丑恶现象，鼓舞人们团结向上，把国家建设好。"①

谈心从文学艺术的发展方向、题材、内容、指导方针、艺术审美规律、创作使命和社会责任等等方面进行了十分具体的阐述。其中非常重要的一条，就是文学艺术要有鲜明的现实主义倾向。当代社会在经济腾飞、文化多样化的背景下，人们的世界观和价值观呈现多元化，文学艺术在引导人们追求人生和理想的过程中，具有不可替代的作用，而文化主流的引导尤其具有重要的意义。追求具有鲜明时代内涵的真善美，承担历史责任，创造社会和谐，培育积极向上的情感和心理，是文学艺术的神圣使命。

就现实主义来说，"五四"时代在"民主"、"科学"旗帜引导下，现实主义取得了重大成就，为实现民族启蒙、转变时代风气发挥了重要作用。当国家和民族处于生死存亡的历史关头，《延安文艺座谈会上的讲话》确立了"文艺为人民服务"，"怎样服务"以及"一是政治标准，二是艺术标准"的方针，把文艺的使命提高到革命高度，是特殊的时代条件需要。这种政治的现实主义放到具体历史语境里是可以理解的，何况解放区文艺取得了重要成就呢？新时期以来，强调现实主义仍然是与时代的需求紧密联系的。我们认为，对主流话语中的政治意识和现实要作辩证分析，不可否认主流话语中具有策略与规范性指向，但当国家利益和人民利益一致时，政治意识和现实何尝不能在文艺中得到肯定的表现呢？温总理认为我们当代的文学艺术要坚持以人为本，要"为生活而艺术，为发展而艺术，为人民而艺术。"②"生活的艺术"、"发展的艺术"、"人民的艺术"，是崭新的文学理论术语。它既强调了文艺的思想内容，突出了文学的现实性、民族性、人民性、动态性，也尊重了文艺创作的特殊规律。谈话传递出强化现实主义、启动文学启蒙的信号。

2. 当代文学创作与研究的需求

① 温家宝：《同文学艺术家谈心》，《炎黄春秋》，2007 年第 1 期第 3～5 页。
② 温家宝：《同文学艺术家谈心》，《炎黄春秋》，2007 年第 1 期第 3 页。

现实主义是整个文学活动的重要构成部分。现实主义为表现新的时代精神，再现改革、开放进程中丰富、复杂的社会生活，表现特定时期人民的社会心理，尤其为呼唤启蒙、确立的新的人文精神、树立正确的价值导向，曾做出了重要贡献。

展望二十一世纪文学艺术的前景，有的学者呼吁："面对文坛的当下现实，我们认为新人文精神应作为二十一世纪文学艺术的价值取向。"① 这一呼吁，是有鲜明的指向性和预见性的。在世纪转折的关口，特别是进入二十一世纪以来，随着市场经济的推进，俗文学和大众审美文化的振兴，现实主义文学遭受到了前所未有的冲击。一是创作者身份的转变，部分作家下海经商。文化体制转轨，作家的精英身份被大众身份取代，生存原则成为越来越现实的问题。创作的出发点在于金钱的诱惑，媚俗和身体欲望表达、个人隐私的刺激等等，销亮成为亮点。二是大众传媒、新型写作、新的文艺样式等多层冲击，消解了传统文学观，非文学合法化了。这就使得高雅文学，精英文学有可能边缘化，文学生态面临严峻挑战。伴随而来的就是文学中人道主义品质的丧失，即人道主义提倡尊重人、理解人、爱护人、使人得到自由全面的发展，倡导积极向上的人生态度的原则，遭到了挑战。任何时候，民族、国家假如迷失了明确的文化方向，很有可能被外来文化同质化，从而丧失民族文化精神，沦为他者的奴婢。因此，强调现实主义文学的启蒙意向，并把新人文精神作为构建现实主义文学的重要元素，是现实主义获得鲜活的生命力的重要手段。在现实主义文学中，新人文精神"就是指体现当下社会主义现代化建设时代精神的人文关怀，主要表现为对人的尊重、人的关爱，它包括对弱势群体的关注，对残疾人的重视，树立人与人之间的平等意识，官本位意识的下降，法律意识的增强，追求公平公正等等。"② 同样，新人文精神也只有在现实主义文学的主导下，才能落到实处。"从中外文学史上看，现实主义历来是更为根本的现象。它源远流长、绝非偶然。因为归根到底，现实生活总是作家创作的源泉。提倡现实主义就是提倡作家深入生活，熟悉生活，不要割断这个源泉。"现实主义"当然也需要发展，需要在开放中勇于创新探索……要创作出思想和艺术都真正厚重的作品，还基本上要靠现实主义。"③ 新人文精神尊重人、关注人、对

① 蒋述卓 李自红：《新人文精神与二十一世纪文学艺术的价值取向》，《批评的文化之路》，蒋述卓主编，中国社会科学出版社，2003 年第 91 页。
② 蒋述卓 李自红：《新人文精神与二十一世纪文学艺术的价值取向》，2003 年第 95 页。
③ 张炯：《论九十年代我国文学的走向与选择》，《世纪之交文论》，李复威主编，北京师范大学出版社，1999 年第 124 页。

人的自由的呼唤等等，就是在对现实的艺术描写中，作家把人文精神的整体因素，渗透到他所塑造的形象里。这样，新人文精神在文学艺术中才能得到具体的呈现。新人文精神作为人道主义在新时代的延续，文艺工作者必然将它当做自己的生命品质，在创作中"把人当做世界的主人来看待，当做'社会关系的总和'来理解的。他是用一种尊重的、同情的、充满人道主义精神的态度来描写人、对待人的。"①

因此，当下现实主义文学创作，要继承文学的优秀传统，又顺应时代的变化，不断把社会和时代发展中的新人物、新事物、新气象、新情绪，进行艺术的审视。应始终把人的生存、人的价值理性，作为艺术理想的支点。现实主义文学才会在与颓废、商业化、情色等去理想化、疏离人性化文学的对峙中，体现出旺盛的文学精神。

从现实主义理论来看，一方面现实主义理论要不断总结创作经验，为创作水平的提升创造有利条件。这些年来，有迹象表明理论有些落后于创作了，因而有可能造成理论家是文学领域中"多余人"的嫌疑，这对文学事业的发展十分不利。另一方面，现实主义理论作为相对独立的文学形态，也要不断提高和创新。理论从来不是僵死的，理论界有必要在时代变革大潮中根据变化了的形势，提出新观点、新思想。

当然，面对现实主义的冷落场景，我们不能一叶障目，忽略现实主义探讨的必要性。事实上，近些年里围绕启蒙精神、启蒙与现实主义的关系、现实主义的构建及其演变，涌现出一批有分量的理论文章。例如：南帆《典型的谱系》、程红兵《批判现实主义的建设之路》、洪峻峰《从思想启蒙到文化复兴——二十年来"五四"阐释的宏观考察》、夏林《从现代性的基础看两种启蒙及其历史表现》、宋剑华《二十世纪中国现实主义文学运动之反思》、徐岱《反本质主义与美学的现代形态》、崔志远《关于马克思恩格斯现实主义理论的历史反思》、洪俊风《启蒙现代性与五四文学的历史规定性》、王嘉良《现实主义"社会批判"传统及其当代意义》、蒋述卓《新人文精神与二十一世纪文学艺术的价值取向》等等，都是可喜的收获。这些文章，体现出鲜明的当代意识，传达了文艺理论的关注情怀和忧患意识。

但从文学理论研究的整体状况来看，对现实主义的研究是远远不够的。具体到启蒙现实主义的探讨，还需要大力开拓。它的窘境来自于以下方面，一是

① 钱谷融：《论"文学是人学"》，《中国当代文学史·史料选》，洪子诚主编，长江文艺出版社，2002年第360页。

启蒙现实主义文学经验，呈现出式微的迹象。这对理论研究形成了冲击。二是文学研究的风尚趋向于大视野、文化全球化以及新理论、新方法的开辟，轻视了现实主义。三是历史原因造成的对现实主义的误解，人们担心提现实主义牵涉到政治，影响到安全感，不如避而远之。四是对启蒙、外国现实主义文学的陌生感。如何摆脱窘境，就成为我们当代启蒙现实主义形态研究必须思考的问题。本书选择启蒙现实主义作为研究对象，就是在历时与共时、横向与纵向、中西比照的前提下，探讨启蒙与现实主义的关系以及建构形态。

小　结

在绪论里，我们分析了启蒙话语、现实主义以及选取启蒙视野的意义、方法，还对现实主义的启蒙语境进行了追溯，在整体上建构本书的基本框架。对于一个包含多层涵义的复合命题，如何把握问题的关键牵涉到构想的成败。在论题中，现实主义是主题词。由于启蒙的限定，我们必须把现实主义放置到与启蒙联系的文化语境里。启蒙是不断变形的，它在古典和现代的变迁中，呈现出两种不同的形态：理性启蒙和非理性启蒙。一般而言，理论界把古典启蒙看成启蒙的正宗，这有一个伟大的时代——启蒙运动为标志。现代启蒙恰好是以古典启蒙为批判对象的。但它从非理性角度，提出了启蒙的另一层意义，也是有价值的。现实主义在启蒙的这一情形下，也呈现着以理性为中心的基本形态与非理性制约下的转换形态。在古典启蒙和现代启蒙里，现实主义都是一个被关注的文学理论问题。在古典启蒙中，现实主义的合理性得到充分体现，在现代启蒙中，现实主义的合理性遭受质疑。在现代启蒙者的心中，他们认为除非推翻了这个话语，才可能在艺术理论上消解古典启蒙的合理性。现实主义也是他们关注的问题，只不过换了一种方式而已。

上 篇
古典启蒙与现实主义基本形态

　　由于启蒙运动对理性的大力提倡，十八世纪被称为"理性的世纪"、"批判的世纪"。理性在思维方式上，体现为科学的探索精神。理性对时代潮流产生了深刻影响，它引导人们用冷静、理智、客观的态度分析社会现象。到后启蒙时代，福斯特、赫尔德等启蒙思想家把历史观加入到启蒙理性中，使理性具有了科学和历史的双重内涵。启蒙运动之后，理性在十九世纪继续发生影响。它与十九世纪社会状态相连接，形成与理性匹配或对立的文化思潮。表现在文艺领域：要么超越理性，追求自我，形成浪漫主义；要么把理性运用于社会问题的分析，形成批判现实主义；要么，把理性自然化，形成自然主义。但它们又不是决然对立，而是相互影响、渗透的，整体上体现出社会批判的精神取向，具有启蒙的特点。批判现实主义就是这种文学思潮的整体性在创作理论上的体现。它以理性为价值坐标，构建启蒙现实主义创作论。俄国民主主义批评家的文学批评，则构建了启蒙现实主义文学批评话语。

第三章

启蒙现实主义创作论

启蒙现实主义创作论，以批判现实主义创作论为突出代表。

轰轰烈烈的启蒙运动之后，欧洲进入到一个新的历史转折时期。十九世纪，欧洲在历史上经历了资产阶级争取政权、获得政权、巩固政权等一系列复杂过程。这个过程里，资产阶级政权与封建王权、资产阶级与封建贵族、无产阶级与资产阶以及其他形形色色的社会势力的矛盾、斗争纠结在一起，构成了一幅波澜壮阔的历史画卷。哲学上，出现了德国古典哲学、实证哲学、自然科学哲学，唯意志主义、精神分析理论等等。文学上，经历了由早期的浪漫主义、现实主义到自然主义的转变。现代主义也在十九世纪后期孕育成形了。就浪漫主义、现实主义和自然主义而言，在不同的时段，也呈现出并不完全一致的形态。创作经验的总结，文学理论的建构，在不同文学潮流、创作方法之间也存在差异。

浪漫主义出现在十八世纪后期，它是在德国古典浪漫哲学、神学，以及对中世纪民间故事、传奇文学的影响下形成起来的。它的直接目的是对新古典主义的反动和批判。资本主义发展的过程中，所暴露出的众多矛盾对浪漫主义也发生了重大影响。面对十九世纪的复杂图景，浪漫主义对启蒙宣言——理性、自由、平等、博爱，也产生了深深的怀疑。为寻求出路，浪漫主义者掀起了一个宣扬自我，表现心灵的思潮："唯有它是无限的和自由的，它承认诗人的凭兴之所至是自己的基本规律，诗人不应当受任何规律的约束。"① 浪漫主义文学理论的代表是施莱格尔兄弟。由于对现实、理想的态度不同，形成了积极浪漫主义和消极浪漫主义。它们在创作方法、理论上，也体现出不一致的价值取向。

---

① 中国社会科学院文学研究所：《古典文艺理论译丛》（2册），人民文学出版社，1961年第54页。

批判现实主义是十九世纪欧洲文学的主流，它最初是在浪漫主义的旗号下出现的。司汤达、巴尔扎克，最初都称自己是浪漫主义作家。当资本主义的复杂矛盾不断激发时，这些作家感到批判现实、揭示社会的种种弊病乃是他们更为紧要的责任。他们转而倾向现实主义。以司汤达、巴尔扎克、狄更斯、托尔斯泰等为杰出代表，批判现实主义在创作和理论上都取得了巨大成就。批判现实主义也对浪漫主义的空想进行了反驳，在理论上为文学历史主义的产生奠定了基础。

十九世纪是科学突飞猛进的世纪。进化论、能量转化定律、细胞学说是其中三大突出的科学成就。自然科学的突破对新的哲学思潮形成产生了重要影响，实证哲学、社会进化论学说等哲学思潮就是在这种条件下产生的。这对文学创作和理论也发生了直接影响，自然主义就是这些哲学思想在文学上的表现。自然主义一方面法排斥浪漫主义的激情、想象、夸张、抒情等因素，另一方面又轻视现实主义典型化，追求"血淋淋"的真实。它主张用现代医学、生物学、解剖学的方法，写出病态的、家族的文学自然史："既然医学是门艺术而又正成为一门科学，那么文学本身借助实验方法为何不能成为一门科学呢。"[1] 自然主义在理论上的代表人物左拉和龚古尔兄弟。

十九世纪的浪漫主义、现实主义和自然主义，是启蒙精神在文学上的延续，他们对启蒙在新的时代召唤下，做出了新的诠释，把启蒙推向社会批判、弘扬人道主义的新时代。尤其是批判现实主义，对启蒙的推进起到了重要作用。有学者认为："十八世纪启蒙思想家的思想血液在十九世纪现实主义作家的血管中流淌着……法国现实主义文学的锐利批判精神是同火热的人道主义思想紧密联系在一起的，是十八世纪启蒙思想家的人道主义思想在新的历史条件下的一种否定性表现形式。"[2] 由于浪漫主义、自然主义与现实主义的密切联系，在此，我们把自然主义作为启蒙现实主义的另类表述，浪漫主义作为启蒙现实主义的先兆。十九世纪的启蒙现实主义，是在文学的社会学、历史学、科学学和文学流派、文学方法多样性相互交叠的前提下抒写出来的。

---

[1] ［美］雷纳·韦勒克：《近代文学批评史》（4卷），杨自伍译，上海译文出版社，1997年第17页。

[2] 朱立元：《现实主义理论的一个重要阶段——对马克思、恩格斯现实主义理论的历史回顾》，《理解与对话》，华中师范大学出版社，2000年第106页。

一、历史清单

巴尔扎克把文学比作是风俗和社会的历史，他要对整个社会和人生世相进行深入解剖，以到达对丑恶的鞭挞，对金钱社会里赤裸裸的人际关系作深刻揭露。在此，我们不妨把批判现实主义创作论称为"历史清单"的启蒙创作论。

1. 启蒙背景

十八世纪末至十九世纪三十年代，是浪漫主义的辉煌时代。浪漫主义是在反对新古典主义的过程中，受到浪漫哲学和神学观念的深刻影响，逐渐成为十九世纪前期西方最有影响的文学思潮和理论形态的。可以说浪漫主义在承续后时代启蒙精神方面做出了重要的历史贡献。按理说，现实主义和浪漫主义具有明显差别的文学流派和创作方法，但具有讽刺意味的是批判现实主义是在浪漫主义主义的阵营中孕育出来的。司汤达、巴尔扎克最初把自己看成是浪漫主义作家，二十年代当司各特的历史小说风靡一时的阶段，他们才感到实现创作倾向的转变成为他们创作追求和理论探究的必要选择。遗憾的是尽管批判现实主义取得了惊人的创作成就，瞩目的理论建树，但他们没有给自己的这一鲜明的文学运动命名。最初提出"批判现实主义"的是高尔基："现在我要简单的谈一谈现实主义，它是十九世纪一个主要的，而且是最壮阔、最有益的文学流派……资产阶级的'浪子'的现实主义，是批判的现实主义。"①

"现实主义"作为方法论和文学形态，源头上可以追溯到亚里士多德的"模仿"说。它成为影响欧洲 2000 多年的文学反映论。文艺复兴时期，现实主义在莎士比亚、塞万提斯、拉伯雷的创作中得到了体现。他们的现实主义作品，洋溢着强烈的人文精神。十八世纪的启蒙运动领袖狄德罗和莱辛，继承了亚里士多德的反映论，吸收了莎士比亚的创作经验，批判了新古典主义，阐述了启蒙时代的现实主义创作论，弘扬了文学的启蒙精神。后来席勒在《论素朴的诗和感伤的诗》中系统论述了文学发展的两种基本倾向：素朴的诗和感伤的诗。素朴的诗就是现实主义的诗，首次使用"素朴的诗"这一概念，来概括真实地反映现实，再现生活的现实主义创作方法。但文学上的"现实主义"概念依然没有出现。直到 1850 年 9 月，小说家尚夫勒里用"现实主义"

---

① ［前苏联］高尔基：《和青年作家谈话》，《论文学》，孟昌等译，人民文学出版社，1978年第 14 页。

来评价画家库尔贝的绘画，"现实主义"才首次以正式的名义露出庐山真面目。而在此时，司汤达和巴尔扎克已经去世。其他批判现实主义作家也没有把他们的文学活动称作现实主义。但我们并不能因此否定，批判现实主义没有自己的宣言。司汤达在1823～1825年间写作的、被称作"现实主义文学宣言"的《拉辛与莎士比亚》，批判新古典主义是"偏偏生在一个儿子不像父亲这样的世纪。"① 他进而宣告："我们进入新的生活秩序必然会产生新的文学。"② 继之，一大批作家群起响应，为这种从浪漫主义母胎中孕育出来的新文学形态摇旗呐喊。

批判现实主义的这种情形还表现在它所产生的社会背景和时代土壤，并不像人类的历史进化那样，新社会形态一定会使人类朝预期的目标迈进上。资本主义社会顺应了商品经济发展的历史潮流。作为新的社会形态，在它的初期人们充满了希望，马克思曾高度称赞："资产阶级在历史上曾经起过非常革命的作用。"③ 法国、英国、意大利、德国等资本主义发展程度较高的国家，确立了资产阶级的绝对统治地位，他们所创造的生产力在不长的时间里，"比过去所创造的生产力还要多，还要大。"④ 但资本主义制度作为私有制，存在着自身无法克服的矛盾，而且它的矛盾隐藏得更深，更为复杂、尖锐，即：资产阶级和无产阶级、大资产阶级和小资产阶级、资产阶级和农民、资产阶级和贵族、教会以及各种阶级之间的矛盾和斗争不断交错的状态。在那里，金钱被视为唯一追逐的东西，人道的神圣性遭到严重扭曲："资产阶级在它已经取得统治的地方把一切封建的、宗法的和田园诗般的关系都破坏了。它无情的斩断了把束缚于天然首长的形形色色的封建羁绊，它使人和人之间除了赤裸裸的利害关系，除了冷酷无情的现金交易，就再也没有任何别的联系了。"⑤ 更为突出的是，作为资本主义严重痼疾的经济危机，早在1825年，第一次经济危机就在英国发生了，以后呈现周期性爆发。这样，资产阶级就打破了由他们所宣扬的一套对于人类美好未来的幻想，而是给历史留下了一幅血淋淋的画卷。资本主义社会的种种罪恶、件件难堪，也消除了由浪漫主义所颂歌、抒情的诗句，残酷的现实迫使作家不得不对此作出冷静的思考和批判。这样，批判现实主义就在这尴尬的处境下出炉了："真正的艺术，即如今人们趋之若鹜的现实主义

---

① ［法］司汤达：《拉辛与莎士比亚》，王道乾译，上海译文出版社，1979年第62页。

② 司汤达：《拉辛与莎士比亚》，1979年第100页。

③ 马克思：《共产党宣言》，《马克思恩格斯全集》（5卷），人民出版社，1972年第26页。

④ 马克思：《共产党宣言》，1972年第28页。

⑤ 马克思：《共产党宣言》，1972年第26页。

艺术……像工人们从喷水井里吸水一样重视挖掘和追求自然的艺术,这种艺术是对沙龙风格、贡哥拉风格之实践者的有用的回击。"① 在《拉辛与莎士比亚》一文中,司汤达提出了在当代文学中,是选择拉辛还是选择莎士比亚的质疑。拉辛是新古典主义的巨擘,莎士比亚是人文主义的杰出代表,而对新的生活秩序抱有必然产生新的文学信念的司汤达来说,自然选择后者。

启蒙现实主义创作论的背景,在理论的延续性方面显然具有裂变似的特征。启蒙运动依据的哲学根基是笛卡尔的理性主义哲学。虽然这种理性主义哲学也在现代自然科学的摇篮中催生,但与十八世纪后期以及十九世纪的科学程度相比,要落后得多。因此启蒙运动中的理性,似乎还在科学理性和人性、神性和遵从心理的混杂之间游荡。启蒙运动的现实主义还无法摆脱古典的影响。而对于十九世纪的批判现实主义创作论建构来说,它的理性是建立在科学取得重大成就的基础上,它已经把启蒙理性的混杂性进行了清洗,留下了科学的成分。这样,启蒙的理性哲学实际上就转化为一种新的哲学理论——实证主义了。孔德认为:"实证哲学的首要特征在于,它认为一切现象都是服从与一些恒定不变的自然规律……我们的任务是发现这些规律……确切的分析现象的状况,并以相继和相似的自然关系去连接它们。"② 因此启蒙现实主义创作论建立在精细、科学的观照上,对社会采取冷静的批判姿态。

2. 启蒙的深度审视

十八世纪启蒙运动时期现实主义由于历史观点的缺乏,在分析文艺问题时往往采取一种机械或静态的方法。像莱辛就把美归结为形式,不涉及内容。他在《拉奥孔》中分析诗画分界时认为诗只适合于表现动作,画只有在表现美的动作和形体时才是美的。狄德罗对美的本质进行探讨时,把美分为关系到我的美和外在的美,但关系到我的美和外在美到底有多少差别,怎么看待这种差别,他没有给出合理的解释。而伏尔泰、卢梭、孟德斯鸠、高特雪特等启蒙理论家还保留着较明显的新古典主义痕迹,不可能具有历史观的渗透。黑格尔的历史哲学在十八世纪还没有创立,他生活在 1770~1831 年间。历史哲学发生影响应是在十九世纪,因此十八世纪之前,把精神活动看成是一个延续的、发展的过程并没有进入理论分析的视野,也就是它没有成为理论阐述的方法论。文学理论领域同样是这种情形。批判现在主义恰逢其时,历史哲学业已形成,

---

① [法] 让·贝西埃编:《诗学史》(下),史忠义译,百花文艺出版社,2002 年第 584 页。
② [美] H·D. 阿金:《思想体系的时代》,王国良等译,光明日报出版社,1989 年第 126 页。

司各特的历史小说创作也影响到他们的创作。他们转而撕裂浪漫主义旗帜，倡导一种新的文学样式，发出具有革新特色的时代声音。这样具有历史性的文学创作和文学批评就成为启蒙现实主义创作论的显著特色。

历史性！文学理论史上新的亮点。那些蜚声世界文坛的批判现实主义文学大师和文学批评家，在启蒙方面做出了更具深度的审视。以巴尔扎克、托尔斯泰等为杰出代表，他们把文学看成是比历史在精神史上更精确的书写。托尔斯泰说："我曾无数次动手来写 1812 年的历史，但却又把它放弃。这段历史等我愈来愈认识清楚，便愈来愈迫切的要求用清晰而明确的形象把它写在纸上。有时，我想把自己认识到和感觉到的那个时代的一切都写出来，但我又知道不可能的。"[1] 基于此，托尔斯泰认为文学的历史书写比历史本身的书写要复杂和困难得多："我开始写一部关于过去历史的书，在描写时，我发现这段历史的真相不仅没有人知道，而且人们所知道的和记载的完全与史实不相反。"[2] 巴尔扎克在理论上更是系统阐述了他文学创作的审美追求和理论主张。他把启蒙深度推进到一个前所未有的层次。文学——历史清单，这是他的创造："偶然是世界上最伟大的小说家：如果要想取得丰硕的成果，就必须将它仔细研究。法国社会将成为历史学家，我只应当成为它的秘书。编制恶习和德行的清单，搜集激情的主要表现，刻画性格，选取社会上的重要事件，就若干同质的性格特征博采约取，从中糅合出一些典型；做到了这些，笔者或许就能够写出一部许多历史学家所忽略了的那种历史，也就是风俗史。我就将不厌其烦，不畏其难，来努力完成这套关于十九世纪的著作。"[3] 他的文学历史清单思想实际上把文学放在比历史更具哲学成分的层面上："同历史学家相比，我在这方面还做得略胜一筹，因为我更自由。"[4] "历史与小说不同，它的信条并不在于走向理想的美。历史是或者应该是当时的实录；而'小说则应该是那个更为美好的世界'。"[5] 这与托尔斯泰的看法是一致的。

对文学来说，历史观点的渗透无疑强化了文学作为审美意识形态的社会批判、反思、重建功能。即使是历史，它在对社会文化进行概括和书写的过程

---

[1] ［俄］托尔斯泰：《〈战争与和平〉序和跋》，伊锡康译，《古典文艺理论译丛》（1 册），人民文学出版社，1957 年第 112 页。

[2] 托尔斯泰：《〈战争与和平〉序和跋》，1957 年第 113 页。

[3] ［法］巴尔扎克：《巴尔扎克论文艺》，袁树仁等译，人民文学出版社，2003 年第 258 页。

[4] 巴尔扎克：《巴尔扎克论文艺》，2003 年第 263 页。

[5] 巴尔扎克：《巴尔扎克论文艺》，2003 年第 264 页。

中，也是体现了鲜明的主体性的。海登·怀特说："历史学家的论说是对他认为是真实故事的一种阐释，而叙述则是对他认为是真实故事的一种再现。一种特定的历史话语，可能在事实上是精确的，在叙事方面与允许的证据一样准确，但是，在论说方面，它仍可能被评价为错误的、无效的或不适当的。陈述的事实可能是真实的，而对这些事实的阐释则可能误入歧途。或者反过来来说，对事件的解释，可以是启发性的、精彩的和明晰的等等，但是它的正当性仍有可能得不到事实的证明，仍有可能在话语的叙事方面，同有关的故事不相符合。"① 这就说明，历史的价值只有在历史学家的思想体系中才能得到真正的体现。历史是写作主体对以往事实的一种评价和自我思考。历史书写的主动性，哲学家认为比历史事件更为重要。因为"历史不能够预言将来的事件，它只能解释过去。但人生是一个机体，在其中一切元素互相蕴含，互相解释。结果自然是，一种对过去的新了解，同时给予我们一种对未来的新展望，而它复又变成了一种对理智和社会生活的推动力。"② 文学创作是形象塑造的事业，主体性比历史更强。当历史进入文学表现领域之后，历史就演变成为形象的活动史。这样，作家就可以把他对社会、人生、文化的理解全部转化为历史的叙述。这大大开拓了文学的阐释空间和理论深度。

既然文学是一部社会的历史，是"风俗研究"、"哲学研究"、"分析研究"构成的形象"研究"工程，那么作为历史清单的批判现实主义创作论就体现在：

第一、文学理性的强调。理性是本质的表现，对于现实主义本质论而言，在于它是从反映论出发，重视再现，以存在体现本质。巴尔扎克在《〈古物陈列室〉〈钢巴拉〉初版序言》中认为，文学是以现实生活为基础，反映客观世界的。他的作品都取自生活，是根据事实，根据观察，根据亲眼看到的生活的图画，根据从生活中得出来的结论写出来的③。但绝不止于纯粹的反映，反映还必须体现在创作主体鲜明的思想和情感渗透到文学的形象中。没有思想的作家和不思想的创作，也就不可能写出历史。形象作为历史的载体，只有把单纯的历史现象和历史事实进行评价和理解，转化为人的历史观念之后，才可能真正写出文学历史清单。像在《欧也妮·葛朗台》中，作家通过对葛朗台为财

① ［美］海登·怀特：《形式的内容——叙事话语与历史再现》，董立河译，文津出版社，2005 年第 36～37 页。
② ［德］恩斯特·卡西尔：《论人——人类文化哲学导论》，刘述先译，广西师范大学出版社，2006 年第 252 页。
③ 潘翠菁：《西方文论辨析》，中山大学出版社，1984 年第 256 页。

而生、为财而乐、为财而死的人生轨迹的描画，揭示了资产阶级暴发户的丑恶本性，对资本主义社会拜金主义和人性丧失做了深入的揭露和批判。

第二、真实而典型的人物形象塑造。真实是文学反映的必然结果，真实是建立在作家仔细、冷静观察的基础上的。巴尔扎克认为，一部长篇小说只不过是描写社会历史长河的一个章节，一方面作家要选取社会生活作为对象，另一方面，作家也不必任何事物和人都进入作品，凡事必录。即使作家把文学当做历史，也不能记成历史的流水，文学创作的中心任务是塑造人物形象，而人物形象最重要的是典型。"'典型'指的是人物，在这个人物身上包括所有那些在某种程度跟他相似的人们的最鲜明的性格特征；典型是类的样本。"① 巴尔扎克明确提出了典型问题，这是对十八世纪启蒙文学家现实主义文学批评的进一步发展。怎样去创造典型呢？就是"取这个模特儿的手，取另一个模特儿的脚，取那个的肩。艺术家的使命就是把生命灌注到他所塑造的这个个体里去，把描绘变成真实。"② 典型是在具体而活生生的环境中存在的，巴尔扎克把典型放入到环境中，由此突出了典型人物与典型环境的关系："刻画一个时代的两三千名出色的人物的形象，这绝不是一件轻而易举的工作。因为说到底，这就是一代人所涌现的典型……不仅人物，而且生活里的主要事件都有典型的表现。有一些情境人人都经历过，有一些发展阶段十分典型，正好体现了我全力追求那种准确性。我竭力反映我们美丽国土的四面八域。我这套作品有它的地理，也有它的谱系与家族、地点与道具、人物与事实；还有它的爵徽、贵族与市民、工匠与农户、政界人物与花花公子，还有它的千军万马，总之，是一个完整的社会。"③ 与此联系，典型是通过细节的真实刻画来完成的，典型环境和典型人物的关系也只有在细节的叙述中得到体现。更为深刻的是，巴尔扎克把握到形象系列虽然是栩栩如生的社会镜子，但文学之所以为文学，对于小说而言叙事文本蕴含深刻的思想才是最重要的，就像一个人，如果他只是外表漂亮，而没有任何人生智慧，就等于行尸走肉，他说："艺术作品就是用最小的面积惊人地集中了最大量的思想，它类似总结。"④

第三、文学救赎与作家使命。批判现实主义深入到资本主义社会的一切领域，把以往人们梦寐以求的社会状态进行冷静的勾画，揭示出原来那些美好的设想不过是种种假象，丑恶才是这个社会的花瓶，巴尔扎克认为文学有必要救

---

① 巴尔扎克：《巴尔扎克论文学》，王树荣编，中国社会科学出版社，1986 年第 169 页。
② 巴尔扎克：《巴尔扎克论文艺》，2003 年第 143 页。
③ 巴尔扎克：《巴尔扎克论文学》，1986 年第 267 页。
④ 巴尔扎克：《巴尔扎克论文学》，1986 年第 10 页。

赎。他的那些"形象云集，悲、喜剧同台演出的作品，表现了以各种手段来到达各种各样的社会效果，并通过对喜怒哀乐的一一描绘，谢尽了思想的波澜。"① 对作家而言，"教育他的时代，是每一个作家应该向自己提出的任务，否则他就是一个逗乐的人罢了。"②

巴尔扎克作为突出代表，以启蒙现实主义创作论，吹响了欧洲十九世纪文学嘹亮的号角，给世界文学史留下了一份厚重的精神遗产。他们为挖掘历史深处隐埋的考古学、人类学知识提供了详尽的材料。他们对资本主义的批判，为文学开创了一个进行独特的历史分析的视角。恩格斯对此予以高度评价："他在《人间喜剧》里给我们提供了一部法国'社会'特别是巴黎'上流社会'的卓越的现实主义历史，他用编年史的方式几乎逐年地把上升的资产阶级在1816年至1848年这一时期对贵族社会日甚一日的冲击描写出来……他汇集了法国社会的全部历史，我从这里，甚至在经济细节方面（如革命以后动产和不动产的重新分配）所学到的东西，也要比从当时所有职业的历史学家、经济学家和统计学家那里所学到的东西还要多。"③

3. 启蒙现实主义创作论启蒙维度

启蒙现实主义创作论除其哲学和科学的理论基础外，它的巨大冲击力与批判现实主义斐然的创作成就密切相关。在此，我们试图通过其创作成果阐明批判现实主义的启蒙维度。从司汤达发表《拉辛与莎士比亚》一文为标志，文学转向为对浪漫情怀的否定，倡导对现实和关注和描写，进而在不久的时间内掀起了轰轰烈烈的现实主义浪潮，之后通过传承，将这一运动持续了一个世纪。我们可以开列一份长串的作家名单：法国的司汤达、巴尔扎克、梅里美、福楼拜、莫泊桑、都德、罗曼·罗兰；英国的狄更斯、萨克雷、盖斯凯尔夫人、夏洛蒂·勃朗特、哈代、萧伯纳、高尔斯华绥；德国的海涅、亨利希·曼、托马斯·曼；俄国的普希金、莱蒙托夫、果戈理、屠格涅夫、陀思妥耶夫斯基、托尔斯泰、契诃夫与及北欧的安徒生、易卜生、勃兰兑斯；美国的马克·吐温、德莱塞等等。通过他们的杰作，现实主义影响了整个时代。这表明批判现实主义作为世界性的文学潮流，已经针对资本主义社会制度进行批判了。

作为文学思潮，批判现实主义创作论在文学经验上渗透了浓厚的启蒙精

---

① 巴尔扎克：《巴尔扎克论文艺》，2003年第269页。

② 巴尔扎克：《巴尔扎克论文学》，1986年第82页。

③ 恩格斯：《致玛·哈克奈斯》，《马克思恩格斯全集》（4卷），人民出版社，1972年第462页。

神。首先是他们在人物塑造和性格刻画上呈现出多样化和本色化。启蒙时代，尽管现实主义在人物塑造方面打破了新古典主义的神话，但在人物多元化表现上还存在一定局限，就是在莱辛和狄德罗的笔下，新人物还是市民阶级，而且女性形象占据相当数量。批判现实主义作家的人物形象画廊里，悬挂的则是资本主义社会中形形色色的人物。巴尔扎克说："我企图写出整个社会的历史。我常常用这样一句话说明我的计划：'一待就是四五千突出的人物扮演的一出戏'，这出戏就是我的著作。"① 对性格的刻画上，批判现实主义已经突破启蒙时代现实主义的种种局限，把人物和他们所处的历史背景和环境紧密结合起来，从历史和环境的演变中揭示人物性格形成、变化的原因。写人，是文学创作的核心问题，而性格最重要的体现就是情欲。因为"情欲就是全人类。没有情欲，宗教、历史、小说、艺术也就没有什么用处。"② 其次，批判现实主义在题材、体裁、语言、结构比启蒙时代的现实主义有更深入的探究。作家探讨题材的广泛性和体裁的多样，侧重个性化的语言和在语境中滑动的言语。单就小说而言，结构上就改变了十九世纪以前单向的"流浪汉"小说结构，设计出复杂的小说叙事模式和叙述结构，创造出"复调"的、由外部历史装饰到心理历史挖掘的现实主义艺术结构，大大推动了现实主义在艺术形式上的转变。再者，批判现实主义发展了启蒙时代现实主义的方法论、技巧论，在更纵深的层面上使现实主义创作论走向完备。

二、生理解剖

正像批判现实主义孕育于浪漫主义一样，自然主义首先是在批判现实主义还处于上升时期就涵孕其中的。1850 年，杰出的现实主义大师巴尔扎克英年早逝，文学巨星的陨落行将标志着一个时代的结束。后几年批判现实主义似乎经历了一个短暂的沉寂。大师已去还没有新大师出现之前，对于文坛而言，可能是文学衰落的征兆，也可能预示着某种新的迹象，批判现实主义恰好属于后者。1857 年，福楼拜发表《包法利夫人》，立即引起巨大反响，为批判现实主义重新点燃了新的火炬。可"世易时移"，福楼拜在创作方法上把现实主义由

① 巴尔扎克：《致〈星期日〉编辑卡斯狄叶先生书》，沈宝基译，《古典文艺理论译丛》（1 册），1957 年第 2 页。
② 巴尔扎克：《巴尔扎克论文艺》，2003 年第 265 页。

冷静观察、客观叙述引向到纯粹客观的叙事方面去，他强调作家要在作品中完全隐藏自己，不对形象作任何评价，保持绝对冷静和"无我"，倡导科学的客观性。这种偏至，标志着现实主义向自然主义的转移。从一定角度说，福楼拜是批判现实主义和自然主义的中介，他的创作论不完全同于自然主义创作论，也不全同于巴尔扎克的历史清单论，然而，自然主义已经从中萌芽了。

1. 理论背景

对于自然主义来说，虽然它早孕育于批判现实主义后期文学中，可在声势浩大的朝科学化浪潮的迈进中，其文学主张却是以一种更加明确的方式传递出来。自然主义创作论是不会谦虚地说，我们还没有做好准备。这样，有必要追溯自然主义主义创作论为何如此闪亮登场的理论背景，可能更有利于挖潜出自然主义本身所具有的启蒙策略，以便回应长期以来人们对自然主义颇有微词的诘责。

社会背景。十九世纪中叶，欧洲大陆主要资本主义国家已经完成了资本的原始积累，资产阶级曾经作为新的社会形态的代表取得了绝对统治地位。他们所宣传的资产阶级意识形态"自由"、"平等"、"博爱"、"天赋人权"也成了社会的主流思想。但正如历史上任何曾经先进的阶级在与旧阶级斗争的过程中必需发动广大的社会大众，把他们的目的、利益说成与社会大众的目的、利益一致，然后一旦成为了统治阶级，并仍然沿袭旧的社会形式就与社会大众分裂进而剥削、压迫他们一样，资产阶级在商品拜物教的崇敬当中，也越来越成为社会大众的对立面，因而曾经为人们引以骄傲、自豪的资产阶级人文主义旗号，越来越蒙上谎言的面纱。而当尚未清醒的人们还沉浸在睡梦中，就很容易被谎言蒙骗，甚至成为统治阶级的帮凶。批判现实主义作家作为清醒的、社会良知的代表，在一片赞歌的浪漫主义情调中冲杀，以他们的作品警示人们：资本主义社会并不是幻想的天堂，而是充满了种种罪恶、黑暗、腐朽。思想矛盾的巴尔扎克，在杰出的艺术描写中，冲破了他的政治同情和阶级偏见，给人们提供了一部法国"社会"特别是巴黎"上流社会"的卓越的现实主义历史。然而，批判现实主义侧重文学对社会历史的解剖，主要从经济的、阶级对立的等外在层面上，揭示资本主义复杂、鹰隼的经济关系，伦理关系、文化关系和情欲关系等等。它对由于金钱至上、腐化堕落造成对人身体的戕害，似乎在批判现实主义创作中没有明显揭示。身体对于人，是实存的外壳，自然是十分重要的。自然主义清醒地意识到，转换批判现实主义视角，对人的生理和医学病理进行精细的表现，正好弥补批判现实主义之不足。这样，资本主义社会倒不是由于金钱万能导致社会肌体的生脓、溃烂、腐化，而是它正像一个人或一个家族那样，由于病变、退化、衰朽，面临着灭绝的可能。启蒙的社会理性就在商品的扩张之中，转化为生物学的理性。这是另一个深刻的启蒙思路。

科学背景。欧洲具有悠久的科学传统和科学精神。从古希腊毕达哥拉斯学派的数学研究始，到亚里士多德的物理学研究、古罗马的欧几里得几何学、文艺复兴时期贝多芬的工程力学、哥白尼的太阳中心说、凡尔纳的血液循环说、伽利略的天体物理学、莱布尼茨的微积分、牛顿的经典力学、达尔文的生物进化论一直到近代、当代自然科学的突飞猛进，构成了西方自然科学漫长的历史发展轨迹。这种背景对社会科学、人文科学、文学艺术等等都产生了重要影响。尤其是自然科学方法论向精神科学的渗透以致偏转，会使精神领域、人文世界黏合着明显的自然科学因素。在特殊的情形下，科学因素不加分析的运用到精神领域，就可能造成社会科学和人文精神的科学化。自然主义创作论显然受到这种科学背景的强烈影响。它比批判现实主义创作论对实证科学方法的运用走得更远。自然主义创作论的科学背景是建立在进化论、实验医学的基础之上的。

哲学背景。十九世纪进化论、能量守恒与转化理论、细胞学说被恩格斯称赞为自然科学的三大发现。恩格斯认为自然科学"不仅能够指出自然界中各个领域内的过程之间的联系，而且总的说来也能指出各个领域之间的联系了……以近乎系统的形式描绘出一幅自然界联系的清晰图画。"[①] 而"自然科学的每一次伟大发现都改变着社会运动的形式"（《反杜林论》）。这种社会运动形式的改变在哲学领域首先得到响应。先后出现了斯宾塞的"社会达尔文主义"和孔德的实证主义哲学。所谓实证就是通过"精细地分析产生现象的环境，用一些合乎常规的先后关系和相似关系把它们相互联系起来。"[②] 实证哲学直接影响到文艺理论领域，则是通过圣伯夫和丹纳的理论建构，形成一种生物学分析法和自然环境决定论的文艺思想。丹纳说："我把生理学运用于精神问题，仅此而已。我借鉴了哲学及实证科学的方法，在我看来，它们对于心理科学是有效而适用的。"[③] 这对自然主义创作论产生了重要影响。左拉表述道："我受过三种影响，即斯宾塞、福楼拜的影响和丹纳的影响。"[④] 这也是很切合他的文学创作真实状况和批评实际的。

---

① 恩格斯：《马克思恩格斯全集》（4卷），1972年第241~242页。

② ［法］孔德：《西方文艺理论名著教程》（上卷），胡经之主编，北京大学出版社，2003年第525页。

③ ［法］丹纳：《近代文学批判史》（4卷），1997年第38页。

④ ［法］左拉：《西方文艺思潮论丛·自然主义》，柳鸣九主编，中国社会科学出版社，1988年第35页。

2. 改写启蒙

自然主义的创作论内核无疑是我们有必要探讨的问题。其创作论以左拉《实验小说论》《论小说》《〈黛莱丝·拉甘〉序言》《〈卢贡·马卡尔家族〉序言》《关于作品总体构思的札记》《自然主义戏剧》《我们的戏剧作家》,龚古尔兄弟《〈杰米妮·拉赛朵〉初版序言》,霍尔茨的《艺术的本质和规律》和史拉夫"每秒钟"风格论等等体现出来。

自然与自然主义概念。"自然"是一个多义的概念,至少包括三方面的含义:一是指与人类社会相对应的自然界中的"自然",它是不以人的意志为转移的客观物质世界,如"多么壮丽的自然"。一是指事物的本真状态,在不受到任何外在力量的制约与影响的前提下,保持它原初的面貌和状态,如卢梭在《论人类不平等的起源》中所描述的"自然"与"自然人"。一是指道德层次上,顺应真和善,保持一种无为而无不为的最高境界。老子说:"功成事遂,百姓皆谓'我自然'"①;"希言自然,故飘风不终朝,骤雨不终日,孰为此者?"②"人法地,地法天,天法道,道法自然。"③ 从一定程度上说,现实主义创作论吸收了自然概念的多重因素,可看成是一种"自然主义"创作论。左拉就对巴尔扎克充满了倾慕之情,把"巴尔扎克奉为'自然主义'之父,是描写整个法国而所不见无所不言的作家……在左拉看来,巴尔扎克和司汤达是自然主义小说的两位先驱。"④ 这就使得现实主义创作论和自然主义创作论之间存在交叠。然而,自然主义作家在提出他们的观点时剔除了现实主义创作论内涵的社会现实,回到单纯的自然概念中去了。左拉宣称"自然主义就是回到自然"。他说:"文学中的自然主义同样是回到人和自然,是直接的观察,精确的解剖以及对世上所存事物的接受和描写。"⑤ 自然式的文学写作"就不用抽象的人物,不再有谎言式的发明,不再有绝对的事物,而只有真实的人物,每个人物的真正故事,日常生活中的相对事物,一切都必须从头开始,在像那些发明典型人物的理想主义者那样地作出结论之前,必须先从人的存在的本源去认识人;作家们今后只需从根本上来重新把握结构,提供尽可能多的有关人的文献,按这些文献的逻辑来展现它们,这就是自然主义。"⑥ 左拉以明

---

① 老子:《老子·第十七章》
② 老子:《老子·第二十三章》
③ 老子:《老子·第二十五章》
④ 韦勒克:《近代文学批判史》(4 卷),1997 年第 20~21 页。
⑤ 左拉:《西方文艺理论名著教程》(上),2003 年第 526 页。
⑥ 左拉:《西方文艺理论名著教程》(上),2003 年第 527 页。

确的态度表明，自然主义的"实验小说"："掌握人体现象的机理；依照生理学将给我们说明的那样，展示在遗传和周围环境影响下，人的精神行为和肉体行为的关系；然后表现生活在他创造的社会环境中的人，他每天都在改变这种环境，他自身在其中也不断发生变化。这样，我们依靠生理学，从生理学家手中把孤立的人拿过来，继续解决这个问题，科学地解决人在社会中如何行为的问题。"① 自然主义创作论在言语的表达上，务必把文学创作和批评引向完全的科学主义。在一定程度上，又呈现出批判现实主义的倾向，从另外的层面上改写文学启蒙。

真实性。真实是现实主义文学区分其他类型文学首要的标志。左拉拒绝他人称自己为现实主义者，甚至对现实主义"嗤之以鼻"。但他对真实性的强调比现实主义作家更加明确，他把真实性作为自然主义创作论的首要条件："小说家最高的品格是真实感。这正是我所谈的。真实感就是如实地感受自然，如实的表现自然。"② 作家怎样实现真实呢？"首先就是认识它（生活），然后再传达出它的准确的印象。"③ 为获得真实准确的印象，作家就必要切近人，通过观察、实验，整理，获得关于人实际的生存的材料。真实就要在写作中排除情感和想象，具有完全的自然逻辑性："小说家只要把事件合乎逻辑的加以安排，从他所了解到的一切东西中间，便产生出整个戏剧和他用来构成全书骨架的故事。小说的妙处不在乎新鲜奇怪的故事；相反，故事愈是普通一般，便愈有典型性。"④ 文学的主观性被自然主义批评家挤兑到写作的视野之外。这种真实性就与现实主义的真实性有了原则的区分。现实主义的真实性是主观和客观、感性与理性、存在和本质，想象和情感的同一，而且在趋向历史进步性方面是与人类社会具有一致性的。自然主义创作论的真实性，也提醒了人们以往还没有注意到的方面，即人类的历史不是完全社会性的，也具有自然性的一面。生命的碎片如果从生理角度来加以考量，也是对人的存在及其价值的关注。这难道不是对人文精神的另外一种解读吗？自然主义的真实，在批判和解剖病态以及生命的衰微方面也是启蒙。

文学的实验方法论。现实主义的方法论侧重对事物和现象的观察。这种观察建立在寻找对象和它的本质或内在性的关系的目的上，也就是要把存在作为必然性的一种硬性的结果。认为形象只不过是外在的表现形式，通过文学形象

① 左拉：《实验小说论》，吕永真译，《西方文艺思潮论丛·自然主义》，1988 年第 477 页。
② 左拉：《论小说》，柳鸣九译，《西方文艺思潮论丛·自然主义》，1988 年第 499 页。
③ 左拉：《论小说》，1988 年第 500 页。
④ 左拉：《论小说》，1988 年第 501 页。

主体和客体、内在和外在建立起阐述式的结构链。方法既是实现意义的，又是合乎意图和偶然性的。这种经典的方法论在自然主义创作论那里遭到挑战。自然主义不愿意"走任何人走过的路"，极力去寻找一种实现文学意义的新的方法论，这个新的方法就是实验医学方法。左拉毫不犹豫的宣称，实验医学的方法不用做任何改变就可以原封不动的迁移到文学中来。把文学进行医学式改革，能够唤醒现实主义者陈旧的睡梦，开创一个全新的叙事时代——自然主义时代。他规定："应当像化学家和物理学家研究非生物及生理学家研究生物那样，去研究性格、情感、人类和社会现象。"① 刻画性格要"以生理学为基础，去研究最复杂、最微妙的器官，处理的是作为个人和社会成员的人的高级行为。"② 左拉甚至乐观地认为，科学在今后会找到人的一切精神现象与肉体现象的决定因素。左拉的自信，来自于贝尔纳的实验医学理论，他把贝尔纳推向到至尊的地位。《实验小说论》引用贝尔纳的话说："我们把现象的直接的或决定性的原因称之为决定因素。我们从来不对自然现象的本质施加影响，而只是对其决定因素施加作用，而且只是通过这一点对它施加影响，决定论与宿命论是不同的，因为宿命论认为我们不能对必然注定的命运施加任何作用，一种现象是必然注定的，与其条件毫不相干，而决定论认为决定因素仅仅是一种现象的必然条件，这种现象的表现形式也不是注定如此。一旦探求现象的决定因素作为实验方法的根本原则，那时便不再有什么唯物论和唯灵论，不再分什么无生命物质和有生命物质，所存在的只是一些现象，我们需要确定其条件，即构成这些现象直接原因的环境。"③ 贝尔纳既然把一切生命现象都纳入到来自它们生命的原本状态中去了，还原人的物质性，因此探究人的社会性是没有出路的。显然，自然主义的方法论就不需要考察矛盾及其存在的种种表现，大大简化了文学的忧患意识和历史使命。

　　3. 诊脉式文学疗法

　　自然主义似乎在开辟一个全新的文学领地，自然主义思潮取得了一定成就。这一点马克思主义文艺理论家梅林给予了很高评价："自然主义只是在它自己突破了资本主义的思想方式的地方，并且知道从内在的本质上去理解一个崭新世界的开始时，它所起的作用才是革命的，它才成为一种艺术形式的新形式。这种新形势就其独特的广度和力度上绝不次于先前任何一种形式，并且在

---

① 左拉:《实验小说论》,1988 年第 483 页。
② 左拉:《实验小说论》,1988 年第 484 页。
③ ［法］贝尔纳:《实验小说论》,1988 年第 486 页。

美与真上终将超过它们。"① 梅林同时也指出，自然主义只有在对资本主义进行深刻批判，深入揭示资本主义社会复杂的矛盾时，才真正具有文学史意义。自然主义创作论的宣传者口头上显然不愿承认这一点，实际上自然主义批评家又在干着偷梁换柱的"勾当"。他们否认现实主义，却有意无意地在与现实主义靠近。在此，简要分析现实主义与自然主义的关系，希冀把自然主义从"诊脉疗法"的误区中"解救出来"，赋予它现代价值。

从作家身份来说，自然主义批评家把批判现实主义作家尊为伟大的自然主义者。左拉把司汤达和巴尔扎克看成是自然主义的两个前驱，而把同时代、年龄稍长的福楼拜称为从现实主义向自然主义转折的关键人物。可以看出，在自然主义批评家的意识深处，并没有一个明确区分自然主义和现实主义的标准。巴尔扎克写出了一部资本社会的"风俗史"，左拉几乎照搬巴尔扎克的文学构建方式，设计出家族"自然史"，这其中的借鉴关系是很明显的。

从创作论来说，自然主义创作论宣扬真实的描写现实，倡导侧重写出自然本性中的人，这就继承了现实主义创作论重要的方面，是现实主义在科学时代的延续和发展。从某一个角度来说，文学写作由社会历史方面转到自然方面，实现艺术科学化和科学艺术化，有一定的合理性。二十世纪科幻小说的盛行，无不从自然主义创作论方面得到启发。美学方面也有托马斯·芒罗的自然科学美学。时至今日，各种实用美学和欲望化的文学表达，难道不具有明显的生物学、生理学的倾向？

从技术手段来看，自然主义与批判现实主义一样，运用精确、细致的观察和描写，去把脉社会和人的存在状态。运用严谨的结构、明晰的语言和其他构形手段，创造文学的殿堂。这些都是以非常严肃而认真的态度构筑出来的虚拟世界。因之，自然主义作品呈现出整体、逻辑性的风貌。自然主义作品中的人，多是中下的普通民众，即使不加修饰的描写他们，把他们自身和周际病态的实况，真实地再现出来，那以他们为主体的语言世界也是最可信任的，也许从这些可看出人类最朴实、最去"文明化"的那一面。

自然主义文学经验与创作论，是具有社会倾向性的。自然主义是启蒙现实主义另类体现形式。

---

① ［德］梅林：《论文学》，张玉书译，人民文学出版社，1982 年第 256 页。

三、主体放逐

讨论启蒙现实主义创作论，我们不能不对浪漫主义给予应有阐释。如果说现在主义创作论强调文学反映论、侧重对真实性的把握、企望文学的客观性的话，那么对主观性亦及自我的张扬就是浪漫主义的重音了。古典启蒙思想家大多张扬理性，把科学和理性看成是人类走向进步和文明的标志，特别重视本质、中心和规律，强调启蒙在改造社会、促进理智的完善等方面，具有重要作用。但在卢梭看来，启蒙的价值却不是理性，而是感性，即人的感觉、情绪、幻想、生命自由和存在的自然状态，才是启蒙策略的意旨所在。卢梭认为，以近代工具理性为特征的文明形态，压抑了个体的生命自由，剥夺了人的内心对快乐和享受的追求，反而是不文明的。卢梭的启蒙思想，对浪漫主义产生了重要影响。学术界传统观点认为，启蒙对浪漫主义方面的影响远远大于现实主义，虽不完全符合事实，却在很大程度上，揭示了启蒙与浪漫主义的密切关系。由于这一点，浪漫主义在对现实主义的形成、发展以致流变的过程中产生了不容忽视的影响，成为现实主义不可绕过的一个门槛。对启蒙思想的改写与扬弃，使得二者具备了同样的文学史价值。

浪漫主义风行于十八世纪末十九世纪上半叶。作为世界性的文学潮流和理论体系，它是世纪转折时期社会心理、文化状况和时代情绪在文学记录本里的折射，也是对自新古典主义以来哲学理论的驳正。那么，浪漫主义是在怎样的时代环境中呼之欲出的？首先，浪漫主义创作论是世纪末政治风雨的感应。欧洲资产阶级革命曾经给人们带来乐观的幻想，但革命的另面就是血腥的掠夺、屠杀和生存的困境，这给充满希望的人们带来了悲观、失望和迷茫，使得这个社会笼罩在失落的情绪中。浪漫主义文学转而抛弃新古典主义的陈规陋习，追求新的文学表现手法，浪漫主义创作论就在浪漫主义文学的实践中获得了理论资源。其次，浪漫主义创作论受到德国古典哲学、空想社会主义的影响。"德国古典哲学本身就是哲学领域里的浪漫运动，它成为文艺领域里浪漫运动的理论基础。"① 康德、费西特、谢林、黑格尔的主观唯心主义哲学，对浪漫主义理论家产生了直接影响，空想社会主义者的"理想社会"实验和对美妙、幻觉似的未来世界的空言描述，刺激了浪漫主义创作论对"自我"的想入非非。

---

① 朱光潜：《西方美学史》（下），人民文学出版社，1979 年第 723 页。

再次，就文学本身而言，浪漫主义继承了自中世纪以来传奇文学、民间故事的优良传统，将幻想、夸张、幽默、乖谬、变形、睡梦等非现实的观照手法，引入到文学创作的技巧中。启蒙理论家倡导的个性解放、自由、回归自然、自我情感表现等，也极大的启发了浪漫主义作家。

浪漫主义者之间因其对自我和现实的态度具有明显差异，形成了消极浪漫主义和积极浪漫主义。然而，浪漫主义潮流在时序上是连接的，具有整体的、强势的冲击力。浪漫主义在世界文学版图上，创造了辉煌业绩。这一运动从耶拿派开始，再经海德堡学派、"狂飙突进"运动，"湖畔派"、激进派到"流亡文学"派，再扩散到美洲，劲吹了半个多世纪。浪漫主义理论大多是浪漫主义作家在表达他们的创作主张、总结创作经验时表达出来的。他们是：施莱格尔兄弟、诺瓦里斯、歌德、席勒、克·布伦塔诺、华兹华斯、柯尔律治、骚塞、拜伦、雪莱、彭斯、济慈、雨果、斯达尔夫人、乔治·桑、夏多布里昂、裴多菲、霍桑、惠特曼等。

1. 浪漫理论

浪漫主义诗人创造了属于自我的、人类的、个性化的世界。他们通过自我的声音，表达的其实是时代的情绪。不管他们的政治立场怎样，诗人都要以他们的作品来实现使命意识。浪漫主义创作论就此而来。其内涵甚丰富，像历史主义的研究方法、挖掘心灵的奥秘、对个性解放的倡导以及回归自然的呼吁等等①。我们不打算分析浪漫主义创作论的所有内涵，只选取浪漫主义创作论核心的因素分析，以揭示浪漫主义与启蒙的潜在关联。

自我理论。自我是人确证自己感性生命存在的依据。但自我意识并不是在人类历史的长河中一下子就形成了的，在人类的童年时代以至相当长的一段时间里，人类把自我看成是整体的、属于生命本体的一种形式。表现在文学中，作者往往被潜藏起来。作者视反映对象为整体，把人加以类的归纳。自古希腊延续而来的类型说，就说明了这一点。浪漫主义创作论把自我放到一种对人本身解放的视角上，是具有鲜明的开创性的。文学要表现的是什么？就是自我的心灵和情感，就是使自我得以充分实现的那些东西，也就是自由。自我是"无限的和自由的，它承认诗人的凭兴之所至是自己的基本规律，诗人不应该受到任何规律的约束。"② 迪克小说《威廉·洛维尔》说：我本身就是整个自

---

① 董学文：《西方文学理论史》，北京大学出版社，2005 年第 121 页。
② ［德］弗·施莱格尔：《断片》，《古典文艺理论译丛》（2 册），人民文学出版社，1961 年第 54 页。

然的唯一法则，一切都得服从这个法则。自我，在文学中就是自我的绝对放逐。自我是人的内心情感的流露，表现自我就是表现情感。华兹华斯说："一切好诗是强烈情感的自然流露……因为我们的思想改变着和指导着我们的情感的不断流注，我们事实上是已往一切情感的代表，我们思考这些代表的相互关系，我们就发现什么是人民真正重要的东西，如果我们重复和继续这种动作，我们的情感就会和重要的题材联系起来。"① 消极浪漫主义诗歌流露的是对中世纪宗法和田园生活的美好向往的情感。积极浪漫主义诗歌流露的是对资产阶级革命的热情颂歌，并把诗人的个人情感转化为民族的、昂扬向上的情感："在一个伟大民族觉醒起来为实现思想上或制度上的锐意改革而奋斗的人们当中，诗人是一个可靠的先驱、伙伴和追随者。"② 前者以温婉、神秘的方式抗拒现代资产阶级革命，体现出消极、颓废的倾向。后者以激越、奔腾的方式赞颂新的时代和新的阶级，体现出对民族解放必然胜利、未来必将美好的积极倾向。自我也是想象。想象是心灵的产物，浪漫主义理论推崇想象。想象在他们的作品中是一种无所不在的动力。依靠想象，诗人塑造了自我的新意象。想象是"融化、分散、消耗，是重新创造；如果这个历程走不通，它至少也努力把对象理想化和统一化。他的本质是活泼的，与一切物体是固定的、死的，有所不同。"③ 柯尔律治认为："变为万物而又保持本色，使无常的上帝在江河、狮子和火焰之中都能被人感觉到——这才是，这才是真正的想象力。"④ 可见，想象力最能体现诗人的自我。自我理论对理性是排斥的，他们对理性启蒙持怀疑态度。怀疑体现了浪漫主义者另一种对待启蒙的策略，即把回归本真看做是人类寻求出路的方式。

　　自然理论。自然在浪漫主义创作论中占有重要位置。浪漫主义诗人喊出了"回到自然"的口号，借以表明对现代资本主义社会的城市化和工业文化的拒斥。自然是一个具有多个涵义的概念，在不同浪漫主义作家那里，对自然的理解也不一致。歌德认为，艺术所要表现的是现实生活，就是自然，在一定程度上，自然与自我是完全可以统一的。他从"泛神论"出发，把自然当做具有人的意识和感性生命活动的整体。歌德说："对艺术家所提出的最高的要求就

---

① ［英］华兹华斯：《〈抒情歌谣集〉序言》，刘若端译，《十九世纪英国诗人论诗》，刘若端编，人民文学出版社，1984 年第 6 页。

② ［英］雪莱：《诗辩》，伍蠡甫译，《西方文艺理论名著选编》（中），北京大学出版社，1986 年第 80 页。

③ ［英］柯尔律治：《西方文论选》，伍蠡甫主编，上海译文出版社，1988 年第 30 页。

④ 柯尔律治：《文学生涯》，《近代文学批评史》（4 卷），1997 年第 198 页。

是：他应该遵守自然，研究自然，模仿自然，并且应该创造出一种毕肖的作品。"① 自然毕竟还要经过艺术家的创造，转变为艺术家内心的物象的时候，才具有精神产物的品质，他认为："艺术家要通过一种完整体向世界说话。但这种完整体不是他在自然中所能找到的，而是他心智的结果，或者说，是一种丰产的神圣的精神贯注生气的结果。"② 积极浪漫主义诗人雪莱和拜伦，对自然也加以热烈崇拜。在他们的诗歌中，自然就是展现在世人面前的美丽的自然风光。他们通过对自然的热情讴歌，表现自己对未来社会的美好憧憬，显示出积极的，昂扬的情调。在消极浪漫主义诗人看来，中世纪的宗法社会就是自然。他们的作品流露出一种病态、感伤和颓废的情绪。有人认为："华兹华斯对自然抱有厚爱，并在诗歌中尽情地歌咏自然精神，正是这种对大自然的执著热爱以及从大自然中获得快乐，以自然来启迪人生并拯救灵魂的思想，使他成为十九世纪浪漫派诗歌的重要代表。柯尔律治也十分重视人与自然的协调，在他看来，异化是指人与自然的疏离状态。"③ 这种评价肯定了消极浪漫主义反对新古典主义、重视自然的一面。但没有看到，消极浪漫主义对自然的重视是建立在他们心中感伤情调的基础上的，华兹华斯一再强调："一切好诗都是强烈情感的自然流露"④，诗是"起源于在平静中回忆起来的情感"⑤，可是这种流露的"自然"和平静中回忆起来的情感，是消极浪漫主义诗人心中过滤了的"自然"和忧伤。自然理论还包括浪漫主义诗歌创作在题材、语言、结构、技巧等方面，要求不矫揉造作，按照对象本身的样子不加修饰的进行表现。华兹华斯总结《抒情歌谣集》的语言实践时，说道："在这本集子里，也很少看见通常所称为的诗意辞藻，我费了很多力气避免这种词汇……我之所以这样做，理由已经在上面讲过了，因为我想把我的语言接近人们的语言……我时常都是全神贯注地考察我的题材；所以，我希望这些诗里没有虚假的描写，而且我表现思想都是使用适合于它们各自的重要性的文字。这样的尝试必然会获得一些东西，因为这样做有利于一切好诗的一个共同点，就是合情合理。"⑥

从浪漫主义创作论两个关于自然的理论来看，它希冀在自我感怀的抒情言

① 歌德：《〈希腊神庙的门楼〉的发刊词》，《西方美学史》，朱光潜，人民文学出版社，2003年第425页。
② 歌德：《歌德谈话录》，朱光潜译，人民文学出版社，1978年第137页。
③ 蒋承勇主编：《世界文学史纲》，复旦大学出版社，2000年第125页。
④ 华兹华斯：《十九世纪英国诗人论诗》，人民文学出版社，1984年第6页。
⑤ 华兹华斯：《英国作家论文学》，汪培基译，北京三联书店，1985年第15页。
⑥ 华兹华斯：《十九世纪英国诗人论诗》，1984年第9页。

说中尽情放逐自我，从而颠覆了新古典主义的理性和"三一律"的作品结构陈规。浪漫主义对启蒙理性，也产生了质疑。"浪漫主义的主要特点是：厌恶资产阶级现实，坚决反对资产阶级启蒙运动和各种古典主义的纯理性原则，怀疑作为启蒙运动者特征、并为新古典主义作家所继承的理性崇拜。"① 这一评价未免言过其实。浪漫主义并非完全否定启蒙主义，只是对启蒙思想在新的时代条件下进行改写，企图把从对理性的过度关注转移到对感性的重视。浪漫主义的启蒙姿态，处在古典启蒙向现代启蒙推进的中介。浪漫主义具有鲜明的启蒙精神。

　　2. 游移与纠结

　　浪漫主义以法国大资产阶级革命为历史背景。轰轰烈烈的资产阶级革命带来了关于未来的希望，但也留下了难以弥补的血腥沧桑。人类的美好理想在革命外衣的掩饰下，被残酷的掠夺和屠戮所代替。为此，浪漫主义撕下了人道主义的假面具，希望以全新的观念去树立新的人道主义理想："'浪漫主义是对理性、科学、权威和传统、秩序和纪律的全面的反抗，它在十八世纪中期这样一个大致推测出来的时代里震撼了整个西方文化。这种反抗在社会的、政治的和道德的变革中，特别是在艺术中突出的表现出来。它所引起的各种艺术上的变化，使得人们把浪漫主义作为艺术中的两种相互对立的基本倾向之一的古典主义相提并论。"② 可见，浪漫主义开创了一个新的时代，一个与陈旧的观念决裂的时代，也就是一个批判的时代。它采取的主要方式是对情感的热烈抒发。与此同时，由于"没有也不可能有一个统一的浪漫主义"，消极浪漫主义和积极浪漫主义又分别体现出不同的情感色调和审美倾向。消极遁世和激进入世就在人道精神的追求上产生了差异。不管怎样，浪漫主义已作为新的文学思潮产生了巨大影响。1830 年以雨果《欧那尼》的成功演出，标志着浪漫主义取得了完全胜利。与此同时，在浪漫主义思潮内部，自称为浪漫主义干将的司汤达、巴尔扎克却在改弦更张，转到现实主义创作方面来了。他们是以羞涩的启蒙方式登场的，他们没有给新的文学表现方式命名。这一点还不是主要的，我们要追问的是，浪漫主义与现实主义究竟在何种程度上存在差异，他们之间有没有同质的地方呢？在我们看来，浪漫主义是在游移的呐喊中，与现实主义发生对接、纠缠、沟通，并形成互文性的阐释方式。正如高尔基说的："巴尔扎

---

① 华东六省一市二十院校编写组：《外国文学教学参考资料》（3 册），福建人民出版社，1980 年第 38 页。

② 华东六省一市二十院校编写组：《外国文学教学参考资料》（3 册），1980 年第 35 页。

克、屠格涅夫、托尔斯泰、果戈理、列斯科夫、契诃夫这些古典作家，我们很难完全正确的说出，——他们到底是浪漫主义者还是现实主义者。在伟大的艺术家们身上，现实主义和浪漫主义好像是结合在一起的……浪漫主义和现实主义合流的情形是我国优秀文学突出的特征，它使得我们的文学具有那种日益明显而深刻地影响着全世界文学的独创性和力量。"① 朱光潜先生谈到两者的关系时，也非常深刻地指出："浪漫主义和现实主义的区别不是绝对的。同一作家可能兼有浪漫主义和现实主义的因素。……现实主义和浪漫主义在伟大作家的身上总是结合在一起的。这种结合不但是文学史所已证明的事实，而且也是正确的美学观点所必然达到的结论。一切真正的艺术都必然是要反映现实，要有客观基础，浪漫主义也不例外。同时，一切真正的艺术也都必然要表现理想，具有一定的教育目的和倾向性，现实主义也不能例外。浪漫主义和现实主义的区分起于对客观现实与主观理想各有所侧重，侧重并不是对另一方面就完全排斥。"② 因此，我们在分析现实主义创作论时，把浪漫主义作为批判现实主义的启蒙先驱，就具有了必要性。也许，通过这些分析，可能实现文学思想的互证。陈寅恪先生以诗证史，以史证诗的大分析视野，不也说明了人类的心灵在不同的记录方式那里，可以不同但也相通。

---

①　高尔基：《论文学》，1982 年第 163 页。
②　朱光潜：《西方美学史》（下），1979 年第 739～744 页。

第四章

启蒙现实主义文学批评论

启蒙现实主义文学批评论，以俄国民主主义者的文学批评实践为主体。

地域版图上的俄国，是一个横跨欧亚的大国，而文化和历史版图上的俄国却是一个典型的欧洲国家。但这并等于说俄国在文化上与欧洲大陆主要国家具有发展的同步性。恰恰相反，俄国在资本主义转型的近现代时期，远远落在欧洲中心之后。欧洲中心是以德、意、法、英为代表的。这种背景为我们分析启蒙现实主义文学批评论提供了前提条件。当然，我们也没有必要割裂俄国与欧洲中心国家的联系来单纯的探讨启蒙现实主义批评论，那样就找不出它的进步性在什么地方。在俄国，启蒙现实主义文学批评体现为政论性式的民族文化创建。

俄国的历史并不很长，当其他欧洲国家经历文艺复兴、启蒙运动等伟大事件之际，俄国还处在奴隶制向封建制转轨的过程。由于地理位置的特殊性，俄国以莫斯科为中心，在很短的时间内，很快向四周延伸，取得了与周围其他国家的联系。因此它在文明进程和文化的交流上体现快捷和多样化的特点。俄国向现代社会转型的可能性方面要也比其他国家经历的时间短，它没有漫长的中世纪，又受到欧洲资本主义生产方式的影响，孕育着资本主义的因素。这种多重社会体制的交叠，使俄国充满了复杂的社会矛盾。在复杂矛盾的情形中，农奴阶级、新型资产阶级和封建农奴主之间的矛盾最为突出。十八世纪后期，俄国资本主义经济得到一定程度发展，但以沙皇为代表的封建阶级，阻碍着资本主义生产方式的发展。受启蒙运动与法国大革命影响，俄国农民暴动频繁发生，直至 1825 年 12 月"十二月党"人运动大规模爆发。运动很快遭到镇压，俄国进入了残酷的黑暗时期。

马克思认为：关于艺术，大家知道，它的一定的繁盛时期绝不是同社会发展成比例的，因而也绝不是同社会发展的骨骼的一般的物质生产的发展成比例的。十九世纪的俄国在物质生产上是落后的，统治阶级是可耻的；但在文学艺术方面形成了世界文学史上的高峰。从十八世纪末到二十世纪初，俄国文学艺术蔚为大观，星光灿烂，涌向出一大批杰出的文学艺术大师和批评家。他们以文学艺术为武器，与统治阶级展开不屈不挠的斗争，创造了不朽的文化成就。其中的代表有：文学上的普希金、莱蒙托夫、果戈理、屠格涅夫、陀斯妥耶夫斯基、托尔斯泰、契诃夫；绘画上的布留洛夫、伊凡诺夫、魏涅济安诺夫、列宾、列维坦、谢罗夫；音乐上的柴可夫斯基、格林卡、穆索尔斯基、巴列基；戏剧上的格里鲍耶陀夫、奥斯特洛夫斯基等等。从创作风格上说，浪漫主义、现实主义、现代主义都有体现，其中批判现实主义处在主导地位，浪漫主义和现代主义围绕着现实主义展开。时代的特殊性，也使得文学艺术的忧患意识和历史使命，即它的文化批评和社会救赎功能得到强化。在文学批评领域以"尼古拉三雄"——别林斯基、车尔尼雪夫斯基、杜勃罗留波夫为标志，创造了一个辉煌的文学批评时代—俄国民主主义批评时代。

在此，我们还需简要讨究的是：为什么他们的文学批评是属于民主主义的现实主义文学批评而不是批判现实主义创作论或其他类型的理论？民主主义从政治意义上说，是要推翻封建专制建立社会民主，它的领导者是先进的资产阶级知识分子和无产阶级；从理论建设的层面上说，民主主义批评论是要配合革命斗争的需要，使理论成为社会革命的一部分："革命民主主义者是把政治斗争和文学与美学的斗争紧密结合在一起的。"① 并通过刊物宣传他们的理论主张；从最终指向来说，民主主义者的社会理想是建立民主共和的社会制度，创造属于人民大众的文学艺术。因此，民主主义批评论倾向现实主义，但与欧洲的批判现实主义创作论既有必然的联系，也具有明显的超越性。它在启蒙路向上，体现为政论性启蒙。有理论家嘲笑："我们必须认识到他们主要关心的根本不是文学。他们是革命者，文学只是其战斗中的一种武器。他们所看不到而且也不想看到的是：人们面临的问题超乎其本时代的问题；艺术提供的洞达生存的全部意义的识见未必产生于个人直接倾注的社会工作。"② 这话未面失之偏颇。民主主义对艺术本身规律性是有深刻的见解的，可这话也说出了民主主义批评论确实有缺陷，尽管很多是时代造成的。

启蒙现实主义批评论代表以别林斯基为领衔的探路者，车尔尼雪夫斯基为漂泊的接力者，最后的杜勃罗留波夫则是一颗飘飞的流星。他们以《现代人》为思想阵地，系统阐述了具有民族救赎特点的启蒙现实主义批评思想。

---

① 朱光潜：《朱光潜美学文集》（4卷），上海文艺出版社，1984年第545页。
② 雷纳·韦勒克：《近代文学批评史》（4卷），1997年第309页。

一、宏大叙事

1. 民族性

文学的民族性似乎在当代文学理论的前卫话语中被删除了，取而代之的是现代、后现代话语。我们并不否认文学理论是随时代和学科本身的发展而发展的，但对于某一学科的理论来说又有它特有的基本构成，如果由于为所谓创建新理论的需要而把根基抛弃，一定得不偿失。民族性就是文学理论的一个基本概念，它是思想内容和艺术形式、表达方式和文艺传播、接受效果方面的特有文学表现。文学的民族性在民族和国家的特殊历史时期，还可能成为唤醒民族意识、振奋民族精神的口号。

别林斯基特别重视民族性，把民族性作为文学进行论战的有效手段。他认为民族性是"民族特性的烙印、民族精神和民族生活的标记。"① 文学就是要表现民族特有的生活、风俗、情绪、愿望、社会心理和各种它的种种文化状况，这是现实主义文学的重要体现。民族性在一定程度上，就是真实的反映民族生活："如果生活描绘是真实的，那就必然是民族的。"② 在别林斯基看来，真实性是民族性的重要体现，"一部真正的艺术作品，总是以真实性、自然性、正确性、现实性来打动读者……在艺术中，一切不忠实于现实的东西，都是虚晃，它们所揭示的不是才能，而是腐碌无能。艺术是真实的表现，而只要现实才是至高无上的真实，一切超出现实之外的东西，也就是说，一切为某一'作家'凭空虚构出来的现实，都是虚晃，都是对真实的诽谤……"③ 别林斯基把现实作为最高的真实，是有鲜明的针对性的。当时俄国文坛上，罗蒙洛索夫、茹科夫斯基等人的作品充满了外来文化的气味，缺乏自己民族的声音，对此别林斯基呼吁把本民族的生活、习俗和文化作为文学的对象。他对被保守派讽刺的果戈理"自然派"给予热情肯定，并通过《俄国中篇小说和果戈理的中篇小说》等文章，批评保守派的无理责难。他确信"自然派"文学才是俄国文学的未来："别林斯基以毫无疑问之处的完整回答了对自然派的一切责备；他用历史来证明现在文学倾向的必然性，用美学来证明它的规律性，用道

---

① [俄] 别林斯基：《别林斯基选集》（1 卷），满涛译，时代出版社，1953 年第 107 页。

② 别林斯基：《别林斯基选集》（1 卷），1953 年第 190 页。

③ 别林斯基：《别林斯基选集·玛尔林斯基全集》（2 卷），满涛译，上海译文出版社，1979 年第 284～285 页。

德要求来证明它是我们社会所必需的。"①

别林斯基还认为，独创性是民主主义文学的重要方面。他说："几乎同样的话也可以用到独创性上面：正像民族性一样，它也是真正才能的必要条件。"② 俄国新型的"自然派"文学正是在题材、风格、技巧方面具有独创性的体现。普希金、果戈理、屠格涅夫的作品，或对俄罗斯民族英雄历史、或对腐朽的俄国社会体制进行了辛辣的批判。别林斯基认为，这才是文学民族精神的象征，他们的作品才代表俄国文学的新方向。

文学语言绝不是一个纯粹符号的问题，符号作为剥离实存物的观念载体，具有形体特征，也具有指意性。每个民族在自己的文化传统中由于历史的积淀，会在自己民族的语言中把民族的综合因子融化到语言中去，使得语言成为民族特性的重要表征。尤其在社会的转型时代，文学语言充当着新的历史里程碑的一个标志。文艺复兴时期，但丁在《论俗语》中，把外来语叫文言，民族日常用语叫"俗语"："'俗语'更高尚，因为人类一开始就运用它；因为全世界的人都喜欢它，尽管有的地方的语言和词汇各不相同；因为对于'俗语'对于我们是自然的，而'文言'却应该看成是矫揉造作的。"③ 但丁的《神曲》就是用"俗语"写作的典范，他给陈旧的意大利文学注入了崭新的血液。但丁把俗语看成"实现统一意大利和建立意大利民族语言的政治理想中的一个重要环节。"④ 这些给了别林斯基以启示，他把俄罗斯民族语言作为现实主义文学的重要特点，在《文学的幻想》中主张用言辞等表现手段，把大自然一般生活的理念描写出来，并尖锐批判了"文学迁移派"和守旧派脱离民族语言，在文学中歪曲描写的语言"癖性"："旧诗学也容许描写农民，可是必须穿上戏装，表达跟他们的生活、身份以及教养不相合的感情和观念，并且采用任何人都不说、尤其农民决不说的语言，——点缀着此、彼、孰者、如此之类的字的文学语言。"⑤ 强调语言的民族性，就在理论上解决了文学语言到底往何处去的疑问，为形成清新、朴素、自然、活生生的文风创造了条件。

别林斯基通过文学民族性的强调，为启蒙现实主义文学批评奠定了基础。

---

① ［俄］车尔尼雪夫斯基：《西方美学通史》（5卷），张玉能，上海文艺出版社，1999年第330页。

② 别林斯基：《西方文艺理论史精读文选》，章安祺编，中国人民大学出版社，2003年第440页。

③ 但丁：《论俗语》，《朱光潜美学文集》（4卷），朱光潜，1984年第148页。

④ 朱光潜：《朱光潜美学文集》（4卷），1984年第147页。

⑤ 别林斯基：《1847年俄国文学一瞥》，《西方古今文论选》，1984年第289页。

他把文学关注现实，揭露黑暗，针砭时弊确立为一个重要主题，事实上意在实现文学作为当代革命的一个武器，一种历史文化的确证。

2. 人民性

"人民性"一词，在文艺复兴时期人文主义思潮兴起时，就被提出来了。人文主义学者认为，古代民间文学作品中，渗透着鲜明的民间意识。民间的文化主体就是人民。以后，"人民性"被不同文学流派赋予不同的含义。俄国民主主义时期，"人民性"被纳入现实主义批评论之中，作为一个重要概念评价当代文学的价值取向。现实主义文学呼唤人民性，要求把民族的思想、感情方式以及民族的风俗、信仰、习惯等民族特点渗透在文学作品，体现出人道主义的理性追求。在别林斯基那里，人民性就是民族性，即民族意识和民族精神。车尔尼雪夫斯基认为，人民性就是以生活为中心的审美趣味。杜勃罗留波夫把人民性问题作为现实主义批评论的一个主要特征，在继承先驱的基础上，做了更深入的探讨。

与杜勃罗留波夫出身低微、生活经历坎坷紧密相关，"人民"一词具有特别的分量。在他看来，人民不是指饱食终日的俄国贵族，而指当时占绝大多数的俄国农奴，即处在社会最底层、受剥削压迫最深重的社会阶层。文学要表现的是他们的生活和感情，文学要把他们内心深处的精神世界揭示出来。但在以往的文学中，"十来个不同派别中，几乎没有人民的一派在内。"① 因此，在当代文学中，"所谓人民作家这个嘹亮的称呼，在我们这里也是没有根据的。"② 而时代真正需要的是人民作家，人民性的作品。他们能够唤醒民众的需要，使文学真正成为时代声音的表达手段，结果"当社会或是人民，一旦觉醒起来，就会感觉到自己的自然需要，虽然是朦胧的，开始去搜寻满足自己的要求的手段——而文学也立刻成为他们的利益的表达者了。"③ 杜勃罗留波夫指出："现在俄罗斯所最关心的，把其余一切问题远远推到后面去的——就是改变地主和农民之间的关系。"④ 在这里，杜勃罗留波夫已经在强烈呼吁现实主义文学的表现对象了：农民，只有农民才是当代现实主义文学对象的主流！这就比别林斯基的民族性更为具体。列宁说过，在每个民族里都有统治阶级和被统治阶级的两种文化，这两种文化都具有民族性，但当代所需要的是不是前者的文化

---

① ［俄］杜勃罗留波夫：《杜勃罗留波夫选集》（2卷），辛未艾译，上海译文出版社，1983年第138页。

② 杜勃罗留波夫：《杜勃罗留波夫选集》（2卷），1983年第136页。

③ 杜勃罗留波夫：《杜勃罗留波夫选集》（2卷），1983年第132页。

④ 杜勃罗留波夫：《杜勃罗留波夫选集》（2卷），1983年第133页。

呢？显然不是。杜勃罗留波夫也比车尔尼雪夫斯基说得更为准确。车尔尼雪夫斯基的生活中心论中，"生活"到底是谁的生活、怎么样的生活？似乎是含糊的。杜勃罗留波夫深化了现实主义批评论中文学对象的问题，把思想启蒙由民族精神的启蒙提炼为人民性的启蒙，在一定意义上，这样的理论吁求为1861年俄国农奴制改革起到了一定的推动作用。

人民性不仅表现在文学对象民族化（面向农民）上，还要表现为文学接近实际的生活，随着实际的生活而改变、转化，这样文学才具备真正的生命力。杜勃罗留波夫认为，表达人民性的思想，应"通过文学的形式得到吐露，应该让这种思想在那些对实际生活有直接和密切关系的人们的脑子中，长时期、不知不觉地成熟起来。文学就拿它在生活中所发现的东西，来回答生活的问题。因此，文学的倾向和内容就是公众追求的是什么，哪一些问题使公众激动，公众最同情的是什么的最可靠的证据。"① 杜勃罗留波夫进一步指出，文学理论的建设也不是从先念的哲学演绎出发，而应是文学实践基础上的理论批评："生活不是按照文学理论而前进，而是文学随着生活的倾向而改变。"② 十九世纪上期，生活在俄罗斯文学中的表现已经有了很大转变，即对自然和民众生存状况的描写，成为自然派的主要倾向，基于这一点，杜勃罗留波夫兴奋而忧伤的表述道："在新的活动家中，却没有一个人在天才和影响上，是和果戈理或者别林斯基并驾齐驱的。今天已经没有像先前这一类文坛的领袖了；他们一个接一个的消失，俄国文学就在别林斯基去世的那一年，或者稍后的时期，失去这些领袖的。"③ 杜勃罗留波夫"不识庐山真面目，只缘身在此山中"，其实，车尔尼雪夫斯基和他已经是民主主义文学的领路人了，他们在时代潮流的搅动中，把"真理和人道主义这面纯洁的旗帜"④ 举得高高！

人民性还体现在"人民性形式"。杜勃罗留波夫是在批评普希金作品缺乏人民性的内容时提出这一命题的。他特别强调现实主义文学人民性的内容，而普希金作为浪漫主义诗人，他的诗歌很多是带有回忆历史和歌颂民族精英的英雄史诗，这与杜勃罗留波夫所说的文学主要对象应为农民有相当差距，所以普希金"要真正成为人民的诗人，还需要更多的东西：必须渗透着人民的精神，体验他们的生活，跟他们站在同一水平，丢弃等级的一切偏见，丢弃脱离实际

① 杜勃罗留波夫：《杜勃罗留波夫选集》（2卷），1983年第32页。
② 杜勃罗留波夫：《杜勃罗留波夫选集》（2卷），1983年第130页。
③ 杜勃罗留波夫：《杜勃罗留波夫选集》（2卷），1983年第124页。
④ 杜勃罗留波夫：《杜勃罗留波夫选集》（2卷），1983年第124页。

的学识等等，去感受人民所拥有的一切质朴的感情。"① 杜勃罗留波夫肯定普希金的诗歌，在形式上具有民族特色，这正是人民性形式的具体体现。对自然的美丽描写，鞭辟入里的词汇、忠实的表现仪式、风俗习惯的本领以及诗歌的自由式结构、真实感情的自然抒发等等，就是新的人民性形式。"人民性形式"观点的提出，是杜勃罗留波夫对别林斯基的典型论、车尔尼雪夫斯基的切入心灵理论的继承和转换，使现实主义批评论在文学技术的研究方面又取得了新的进展。我们知道，启蒙时代的现实主义批评家莱辛、狄德罗等，也很重视市民戏剧的形式探讨。民主主义者虽然由于特殊的时代需要，强化了文学的政治和社会救赎功能，但不是忽视文学本身的特点的，可以说，"人民性形式"丰富了文学民族性的表现技巧，发展了现实主义批评论。

民族性与人民性的呼唤，是民主主义者启蒙救赎的伟大构想，是他们站在时代思想前沿所做的深度思考，是先进知识分子忧患意识和精神导师的具体表现。他们"背叛了其贵族的本原，着迷于一个绝对变化的历史观念，即如何使他们的祖国摆脱落后，把农奴从沙皇的压迫中解放出来。作为一个有教养的阶层，俄国知识分子强调颠覆现存的落后的社会制度……这些知识分子坚信，积极的人类意志可以塑造未来，而新知识的传播和对现存衰落社会的质疑，有助于推进社会的变化。"② 他们推动社会变化的努力就是大力宣传新颖的、具有鲜明时代精神的民主主义思想。他们把民族性和人民性作为文学批评的重要标准，显示出将文学精神与民族革命直接连接起来的理论追求。站在当时的历史条件下考察，它们具有鲜明的现实意义和历史价值。民族性和人民性，也是启蒙精神在俄国的延续和扩展。早在启蒙运动时期，伏尔泰就写了《论风俗》。他认为，表现人道主义不只是强调个人的幸福和解放，而要从宏观的视野表现民族和时代的人道主义。《论风俗》的目的"不是描述独特的细枝末节，而是表现'时代精神'和'民族精神'。"③ 莱辛非常重视文学的民族性，在对《论风俗》的评论中指出："看待人有两种方法：或是把他视为特殊，或是把他视为一般。很难说第一种方法是人类的最崇高的追求。把人视为特殊会是什么情境呢？会把人看作傻瓜和恶棍。……把人视为一般，情况就大不相同了。于是人就显示出伟大和神圣的起源。"④ 莱辛的《汉堡剧评》就是以民族性作为戏剧批评的基本标准的。俄国民主主义者不过是在他们处的历史条件

---

① 杜勃罗留波夫：《杜勃罗留波夫选集》（2卷），1983年第184页。
② 周宪：《审美现代性批判》，商务印书馆，2005年第444页。
③ E·卡西勒：《启蒙哲学》，1996年第210页。
④ E·卡西勒：《启蒙哲学》，1996年第210页。

下，结合时代赋予他们的使命，超越个人的人文追求，转而弘扬了集体的人道主义。民族性和人民性概念，也是启蒙理性的思维方式在文学批评中的运用。在文学作品中，文学形象都是以个体的方式存在的，如何使个别的形象上升为整体性的范畴呢？这就需要聚合，即把无限多个因素，像类似的形象群、环境、风俗、地理、语言、习惯、思维方式等等，纳入到批评的范畴进行整合，再与哲学、宗教、道德以及其他文化形态连接，形成一个综合的概念。民主主义者强调以人民、尤其是人数最多的下层农民，作为文学的反映对象，这就把广泛的农民社会生活场景整合，提升到民族性和人民性的层次。这种启蒙理性的思维方式，在特殊的历史时期，就是推行思想启蒙和社会革命的文化策略。

二、典型理论

典型论一直是现实主义批评论中一个重要命题。亚里士多德在《诗学》中就提出了"性格"说。他为性格做了四点规定：性格应好，性格适宜，性格相似、性格一致。但亚里士多德把性格置于情节和行动之下，认为性格不是戏剧塑造的中心环节，而是为推进戏剧的叙述结构服务的，还是朴素的唯物主义性格论。古罗马时期，性格论发展为类型说。文艺复兴时期，卡斯特尔维屈罗在《〈诗学〉诠释》中，再度提出了亚里士多德的性格论，但并没有多少推进。启蒙运动时期，狄德罗和莱辛以市民剧为启蒙文学体裁，对性格进行了探讨。他们把性格放在环境中，重视外在因素对性格形成和演变的重要影响，性格论往典型论方面推进了一大步。但他们的性格说，缺乏历史的视野，具有机械和形上的特点。至别林斯基，他接受了黑格尔的唯心主义历史观，在弘扬民主主义的精神时，对现实主义的性格论做了再度深化。具体来说，别林斯基典型理论包括以下几点：

"情致说"。别林斯基在《论俄国的中篇小说和果戈理的中篇小说》中提出，一切诗歌都不外乎用理想和现实的方法创造出来的，即现实诗和理想诗。在强调民族文学的真实性时，别林斯基格外强调现实诗的客观性，以至否定了诗歌的主观性："一切超出现实之外的东西，也就是说，一切为某一作家凭空虚构出来的现实，都是虚晃，都是对真实的诽谤……"[1] 作品是以形象塑造为

---

[1]　别林斯基：《别林斯基选集·玛尔林斯基全集》（2 卷），满涛译，上海译文出版社，
　　　1979 年 285 页。

中心的,而人就是文学形象塑造的中心之重心,它是主观性最重要的体现之一。后来,别林斯基认识到不能因强调现实性而否认主观性,否则就取消了人物形象存在的可能性。他提出了"情致说":"诗作品中的思想就是情致。情致就是对某一思想的热烈的体会和钟情。"① 有人认为,别林斯基的"情致说",仅仅指出了作者人格、精神倾向、激情、意蕴等主观因素。在我们看来,"情致说"还深蕴着典型创造的意思。典型不是现实中的人物原型,而是虚构和想象的人物形象,这在启蒙时期就提出来了。现实主义文学中,作者的激情、思想和情感等主观因素不是直接显示出来的,而是渗透在人物形象中。从一定程度上说,典型是作家人格和思想的具体写照。别林斯基进一步指出,思情是作品形象性的存在方式,"情致"为中介:"情致把单纯通过理智得来的理念转化为对那理念的爱,充满着力量和热情的奋斗。在哲学中,理念是无形体的;通过情致,理念才转化为行动,为现实的事实,为有生命的作品。……每一部作品都应该是情致的产品,都应该是由情致渗透。"② "情致说"透露出别林斯基鲜明的民主主义意识。这对俄国文学来说,别林斯基希望通过文学创造出具有浓烈的时代精神和鲜明特色的典型来。"多余人"形象,"奥勃洛摩夫"性格,不正是当时渗透着现在主义作家激烈情感和个性的时代典型,甚至象征的形象吗?

典型是聚合。与俄国民主主义立场一致,别林斯基的典型论具有特殊的时代意义。他继承了典型说的历史因素,并在叙事文学中加以具体运用。别林斯基认为文学中的典型人物应是劳苦大众,而不是贵族。现实主义文学只有把形象由贵族转移到农民方面来,在文学中对俄国农奴制进行激烈批判,才能实现民主主义的历史使命。别林斯基所说的典型,是聚合的文学形象。

典型是类属。"什么是作品中的典型?——一个人,同时又是许多人,一个人物,同时又是许多人物,也就是说,把一个人描写成这样,使他在自身中包括表达同一概念的许多人,整类的人。"③ 别林斯基视典型为体现一般性格的人物形象,受到类型说的影响。它的积极意义在于把人物放在一定的情境下,使人物体现出时代和某一群体特性的共同倾向。这一共同倾向,就是俄国先进的知识分子提倡的启蒙精神。强调典型的类属性,表明别林斯基重视艺术形象的概括化。概括化的基本特征是从大量生活现实中采掘形象塑造的资料,

---

① 别林斯基:《朱光潜美学文集》(4卷),1984年第567页。
② 别林斯基:《朱光潜美学文集》(4卷),1984年第570页。
③ 别林斯基:《现代人·断片》,《西方古今文论选》,1984年第282页。

再以此为基础，进行人物形象的提炼，把最能体现时代特征和民族精神的品质融入到形象中。这一点，高尔基做了进一步深化："当一个文学家在写他所熟悉的一个小店铺老板、官吏、工人的时候，他或多或许少能创造出这一个人的成功的肖像，但这只是一个失掉了社会意义与教育意义的肖像而已，在扩大和加深我们对人和社会的认识上，它几乎是毫无用处的。但是假如一个作家能够从二十个到五十个以至从几百个小店铺老板、官吏、工人中每个人身上，把他们最具有代表性的阶级特点、习惯、嗜好、信仰和谈吐等等抽取出来，再把他们综合在一个小店铺老板、官吏、工人上，那么这个作家就能用这种手法创造出'典型'来。"① 离开文学的现实生活基础，凭空想象出来的形象，是民主主义者不耻的。别林斯基否定浪漫主义的主观创造也说明了这一点。

典型即个性。启蒙时代批评家那里，人物性格就被当做一个重要的理论命题来阐释。狄德罗和莱辛强调文学的启蒙精神首先在于打破新古典主义陈规，塑造新型资产阶级的人物形象，并使这些形象具有鲜明的个性特征。德国古典美学时期，个性化成为美学家论述的中心问题之一。歌德在《关于艺术的格言和感想》的书信中谈到：诗人究竟是为一般而找特殊，还是在特殊中显出一般，这中间有一个很大的分别。只有在特殊中显示一般，才真正体现了诗歌的本质。黑格尔关于理想艺术的性格的论述中，认为"性格就是理想艺术表现的中心工作，因为它把前面我们作为性格的整体中的各个因素来研究的那些方面都统一在一起。"② 他深入分析了作为个性化的形象。个性是一个完满的整体："每个人都是一个整体，本身就是一个世界，每个人都是一个完满的有生气的人，而不是某种孤立的性格特征的寓言式的抽象品。"③ 个性化，是衡量形象塑造是否成功的一条重要标准。别林斯基推崇个性化，他结合俄国文学的实际情形，强调："必须使人物一方面是整个特殊的人物世界的表现，同时又是一个人物，完整的个性化的人物。只有在这种条件下，只有通过这些对立现象的调和，才能成为一个典型人物。"④ 没有个性化，是不可能创作出典型来的。

典型的独特性。民族性被别林斯基看作民主主义者艺术创造的一个显著标志，并且把它与独创性联系在一起，认为真正的民族文学是在独创性的基础上创造出来的。民族文学是一个立体的、多层的文学地图的描绘。很显然，文学

① 高尔基：《论文学》，1978 年第 160 页。
② ［德］黑格尔：《美学》（1 卷），朱光潜译，商务印书馆，1997 年第 300 页。
③ 黑格尔：《美学》（1 卷），1997 年第 303 页。
④ 别林斯基：《西方文艺理论名著教程》（上），2003 年第 550 页。

形象也属于这一整体工程的重要构成。别林斯基把独创性贯彻到典型理论中来："创作独创性，或者更确切地说，创作本身的显著标志之一，就是这典型性——如果可以这样说的话，——这就是作者的纹章印记。在每一位具有真正才能的人写来，每一个人物都是典型，每一个典型对于读者都是似曾相识的不相识者。"① 在《1847 年俄国文学一瞥》中，别林斯基认为自然派作家用现实主义方法创作出了切近现实生活的人物形象，给俄国荒凉的文学星空增添了闪耀的光彩。这些新的人物形象，就是以农民为反映对象的、独特的典型。他们的出现，顺应了时代潮流，体现了民主主义的文学精神。

　　形象思维是典型塑造的思维方式。性格塑造是文学的主要任务，性格是通过一种什么构思方式创作出来的？历代诗学中并没有明确提及。到俄国民主主义阶段，文学评论作为民主革命的启蒙策略，在意识领域中发挥着举足轻重的作用。别林斯基作为领衔的探路者，既从宏观视野细致探讨了文学的外在性，也从微观角度研究文学的内在特性。对文学思维方式的论证，就是别林斯基的开创性贡献。在西方美学史上，别林斯基是第一个系统探讨文学创作思维的批评家。别林斯基把文学思维作为一个重要的理论命题，是在 1841 年的《艺术的概念》中明确提出的："艺术是对于真理的直感的观察，或者说是用形象来思维。"② 在他看来，文学创作的思维方式就是形象思维。这样，他对"逻各斯"中心的思维方式提出了挑战，把现实主义批评论中被长期忽视的问题凸显出来了，补充了反映论中对艺术性强调不够之不足。别林斯基在很多文章中都提到形象思维，但表述方式有一定差异，据统计，从 1838 年至 1845 年，他在七篇著作中提及这一问题，表述为："寓于形象的思维"、"用形象来思考"、"形象的思维"、"形象中的思维"等③。尽管如此，形象思维的本意没有变。后来，随着别林斯基民主主义立场的日益成熟，他在思想上进一步转变为唯物主义。他对形象思维的论述更深刻了。他把形象思维与科学思维进行比较，揭示出由于思维方式的不同，就形成阐述世界的不同方式。别林斯基说："艺术和科学不是同一件东西，却没有看到它们之间的差异根本不在内容，而在处理特定内容时所用的方法。哲学家用三段论法说话，诗人则用形象和图画说话，然而他们说的都是同一件事。政治经济学家被统计材料武装着，诉诸读者或听众以理智，证明社会中某一阶级的状况，由于某些原因，业已大为改善，或者

---

①　别林斯基：《别林斯基选集》（1 卷），满涛译，上海译文出版社，1979 年第 440 页。

②　别林斯基：《别林斯基选集》（3 卷），满涛译，时代出版社，1953 年第 93 页。

③　胡经之主编：《西方文艺理论名著教程》（上），2003 年第 552 页。

大为恶化。诗人被生动而鲜明的现实描绘武装着，诉诸读者以想象，在真实的图画里面显示社会中某一阶级的状况，由于某些原因，业已大为改善，或者大为恶化。一个是证明，一个是显示，可是他们都是说服，所不同的只是一个用逻辑结论，另一个用图画而已。"① 这一论断在当时的历史条件下，无疑是具有开创意义的，为后来马克思论述人类对世界的掌握方式提供了启示。

典型塑造作为文学形象的中心任务，是通过形象思维创造出来的。从别林斯基的论述来看，典型是高度概括化和个性化的结果，它是在一系列的构思技巧综合运用下取得的。其中最重要的是想象。作为人的心理能力，想象不仅使人区别于动物，也使诗人区别于其他人。凭借想象的翅膀，诗人在感性世界中"高傲的飞翔"。别林斯基特别指出，现实主义文学"若要忠实的摹写自然，仅仅能写，就是说，仅仅驾驭抄写员和文书的技术，还是不够的；必须能通过想象，把现实的表现出来，赋予它们以生命。"② 想象，使文学区别哲学和科学，使典型超越一般形象，使文学的意义超越于历史的意义。可见，别林斯基的形象思维理论，为现实主义创作论奠定了基础，具有鲜明的启蒙色彩。

三、批评理论

1. 切入心灵的批评

俄国民主主义者的文学批评由于切近革命斗争的需要，强调文学的内容和外部作用，似乎是一个普遍的特点。文学作为一种意识形态，最终转化为对社会和历史前进起作用的力量，在历史的转折时期甚至可以成为最重要的力量之一。批判的武器不能代替武器的批判，但没有批判的武器是万万不行的。启蒙现实主义批评论，就是在特殊的时代背景下形成的"批判武器"。但我们不能因此认定，他们就完全忽视文学作为一种艺术形式的特殊性质。事实上，在他们的理论中，有一些闪光的分析，对文学的形式特点进行了深度阐述。我们已经分析了别林斯基的典型理论，那么，作为接力者的车尔尼雪夫斯基在文学批评方面同样提出了一些很重要的方法，最重要的是切入心灵的文学批评。

不妨先分析一下想象。想象是文学创作和文学欣赏不可缺少的心理能力，浪漫主义文学是想象的产物，现实主义文学是写实的产品，但也需要想象，只

---

① 别林斯基：《1847 年俄国文学一瞥》，1984 年第 292 页。

② 别林斯基：《1847 年俄国文学一瞥》，1984 年第 291 页。

是想象的程度和表现的方式与浪漫主义不一样而已。对于想象,车尔尼雪夫斯基从"生活中心"论出发,确有贬低想象的一面,他认为想象的形象只是一种苍白的、而且几乎是不成功的改作:"诗人'创造'性格时,在他的想象面前通常总是浮现出一个真实人物的形象,他有时是有意识的、有时是无意识地在他的典型人物身上'再现'这个人。"① 但车尔尼雪夫斯基看到,文学离开想象是不可能存在的。他又认识到想象的重要性,他说:"诗人的创造力的活动范围,不会因为我们对艺术本质的概念而受到多少限制。"② 他进一步指出,现实主义也不是完全服从生活原初的样子,创作过程需要一定的主观能动性,才使素材成为题材,对于作家来说"只把客观现实看做一种材料和自己的活动场所、并且利用这现实、使它服从自己这一最主要的人的权利和特征。"③ 可见,想象在车尔尼雪夫斯基看来是自由的,必要的创作素质。

车尔尼雪夫斯基重要的贡献是在文学批评中发现了心灵分析方法,这一方法是在《〈童年〉与〈少年〉,战争小说集》中通过对托尔斯泰作品的分析阐发出来的。据查证,发表在《现代人》上的这篇小说,是车尔尼雪夫斯基看到的托尔斯泰为数不少的小说中非主要的作品,而车尔尼雪夫斯基看到托尔斯泰作品并不多。但从《〈童年〉与〈少年〉,战争小说集》短评来看,显示出车尔尼雪夫斯基惊人的洞察力,他发现了伟大的托尔斯泰作品最主要的特点,而这一特点却是现实主义小说在艺术上最突出的特征之一。车尔尼雪夫斯基称之为"心灵辩证法"。

车尔尼雪夫斯基首先认为俄国那些杰出的作家都有不同寻常的观察力和表现力。他们的作品显示出鲜明的特色:"洞察一切,心理分析的细致,自然风光的富于诗意,质朴以及优雅——凡是这一切您在普希金、莱蒙托夫、在屠格涅夫的作品中都能找到,——要断定这些作家中每一位的才能,只消用这些形容词就能显得公正不阿了。"④ 但对于托尔斯泰的作品做这样的分析,还是远远不够的。托尔斯泰比他们还要高明得多:"对托尔斯泰伯爵还是重复这同样的话,也还不算是把他的才能的独特风姿琢磨透了,也还算不上揭示了这一位

---

① 车尔尼雪夫斯基:《西方文论辨析》,1984 年第 338 页。
② 车尔尼雪夫斯基:《艺术与现实的审美关系》,周扬译,《西方文艺理论史精读文选》,2003 年第 65 页。
③ 车尔尼雪夫斯基:《艺术与现实的审美关系》,2003 年第 105 页。
④ 车尔尼雪夫斯基:《车尔尼雪夫斯基论文学》(下),辛未艾译,上海译文出版社,1982 年第 258 页。

卓越的天才所以不同于其他许多同样的天才的特点。"① 托尔斯泰天才的表现力就在于"心理过程本身，心理过程的形式，心理过程的规律，用明确的术语来表达，这就是心灵的辩证法。"② 托尔斯泰作品描写极其精微，心灵的表现往往是与社会现实的复杂性、残酷性、虚假性等联系在一起的，所以"必须全神贯注地来观察它，只有这样我们才会理解这种特征对他的作品的艺术价值的重要性。心理分析几乎就是赋予他的创造才能以力量的最根本的素质。"③ 车尔尼雪夫斯基的判断可谓一针见血，异常准确地揭示了现实主义文学在艺术表现方面的新创造、新成就和未来。与此为前提，车尔尼雪夫斯基还敏锐的指出，托尔斯泰的作品透露出以道德情感的纯化来达到文学救赎的目的。他说："在托尔斯泰伯爵的才能中还有另外一种通过他的非常突出的生气蓬勃的精神，——通过对道德的纯洁使他的作品添上一种完全独特的力量。……在他身上，道德感情不是只依靠反省或者生活经验而复活的，这种感情从来不会动摇，它一直保持所有年轻人的真诚和朝气蓬勃。……那种直接的、仿佛保持着纯洁的青年时代一切清白的道德感情的活力，正给诗歌添上一种独特的——令人感动而和谐的——魅力。托尔斯泰伯爵的短篇小说的魅力，依我们的意见看来，有许多地方就爱这个因素所决定。"④ 车尔尼雪夫斯基确实发现了道德教化在托尔斯泰作品中的体现。这个评价是一个惊人的预见，托尔斯泰后期的重要作品《复活》《安娜·卡列尼娜》等都体现了这一特色，这个特色在十九世纪后期俄国批判现实主义文学里起到了引领的作用。托尔斯泰的道德教化也产生了不好的影响，这一时期俄国民主主义革命已经如火如荼，单纯的道德教化不可能代替实际的斗争。正是如此，列宁在高度评价了托尔斯泰的成就之后，对其作品的致命弱点进行了尖锐批判。

车尔尼雪夫斯基从文学内在的角度揭示现实主义的特色，发现心灵表现在文学中的作用，对现实主义文学批评做出了新贡献，我们以为，他开创了以下分析问题的视角：①细读作品，掌握作品的内在张力；②力透纸背的理论分析，揭示作品的深层意蕴；③文化的审视视野，把文学放在广阔的背景下比较；④正确的文学批评观，找到历史发展的线性之路。

2. 事实性批评

像别林斯基和车尔尼雪夫斯基一样，杜勃罗留波夫把文学批评作为推进现

---

① 车尔尼雪夫斯基：《车尔尼雪夫斯基论文学》（下），1982 年第 259 页。
② 车尔尼雪夫斯基：《车尔尼雪夫斯基论文学》（下），1982 年第 261 页。
③ 车尔尼雪夫斯基：《车尔尼雪夫斯基论文学》（下），1982 年第 266 页。
④ 车尔尼雪夫斯基：《车尔尼雪夫斯基论文学》（下），1982 年第 268～269 页。

实主义批评论构建的重要方式。事实上，他以《现代人》为阵地，以文学批评栏目为窗口，展开了富有成效的文学评论，阐发了以切近事实为批评范式的文学批评。

与他的两位先驱相比，杜勃罗留波夫更加注重对具有人民性特征的作家作品的批评。别林斯基和车尔尼雪夫斯基侧重对以果戈理为代表的作家作品的分析，以确立文学上的"自然派"对媚外派和消极浪漫主义的胜利，杜勃罗留波夫已经不是简单的再度去评论果戈理，而是把批评的视野扩大。他把代表性作家纳入文化思潮的视阈中，来挖掘农奴制改革以前俄国文学整体的得失。杜勃罗留波夫选择了系列具体的文学批评群，来充分阐述其批评思想。像《杜勃罗留波夫选集》两卷收集的论文：《阿·瓦·柯尔卓夫》《索洛古勃伯爵的作品》《论〈外省散记〉》《什么是奥勃洛莫夫性格?》《黑暗的王国》《俄罗斯文学爱好者谈话良伴》《俄国文学发展中人民性的渗透》《旧时代地主的乡村生活》《真正的白天什么时候到来?》《黑暗王国的一线光明》《逆来顺受的人》等就是如此。我们选取《黑暗王国的一线光明》探究杜勃罗留波夫的一个重要批评理论——"事实性"文学批评。

事实性批评必须选定和进入文本。文本是进行文学批评的前提条件，因此，对文本的选取，就决定着批评的范围和向度，而是否进入文本，直接影响着批评的价值和意义。自然，选择什么文本还与批评家的哲学思想、理论追求和批评立场有一定关系。杜勃罗留波夫非常注重文本的选择，他总是选择那些最能体现民主主义特点的文学作品开展评论。在他看来，奥斯特洛夫斯基的《大雷雨》是当时俄国文学中最具有民主主义特色的喜剧，形象地称它为"黑暗王国中的一线光明"。但在那些保守的文学家视野中，他们无法发现《大雷雨》的价值在什么地方，即使说出了"人民性"这样的字眼，也不能阐明它的真正含义。究其实质，他们根本没有进入文本，因此他们的批评"在我们看来是十分可笑的。"① 格里高列叶夫等人怀疑我们"在奥斯特洛夫斯基的作品里不曾看出人民性! 其实我们就是从它开始，以它为结束的。我们寻找过，奥斯特洛夫斯基的作品究竟把人民生活，人民的追求怎样表现，表现到什么程度，如果不是人民性，那又是什么呢? 但是我们并不是每隔两行，就加上惊叹号，为它而叫嚷，而是努力阐明它的内容，格里高列叶夫却从来不认为应该这样做。"② 杜勃罗留波夫说的"以它开始，以它结束"和"寻找"，就是贴近

---

① 杜波罗留波夫：《杜勃罗留波夫选集》(2卷)，1983年第370页。

② 杜勃罗留波夫：《杜勃罗留波夫选集》(2卷)，1983年第370~371页。

文本的方法。他认为只有这样才可能真正阐释出《大雷雨》的事实性价值，只有如此，才可能排除当时对《大雷雨》种种误读和嘲笑。

事实性批评是在真实的基础上，经过一系列过程对作品所做的合理评价。别林斯基所说的真实与文学的民族性与文学的典型性相联系，车尔尼雪夫斯基所说的真实建立在现实美高于艺术美的前提下，亦即生活本身就是最真实的。在杜勃罗留波夫看来，真实自然是一个重要的标准："我们还要求文学有一个因素，缺了这种因素，文学就没有价值，这就是真实。"① 杜勃罗留波夫并不止于此，他把真实与事实性结合起来。认为只有尊重了事实，才可言说真实，事实经过链条式的解读就可以达到真实。他说："批评的第一个工作——发现事实，指出事实——就能够顺利地、不致引人反感地完成了。接着另一个工作——根据事实进行评判——也能够根据下面这一点而相继进行了……批评——正像我们所理解的，不是法庭判决，而是普通的批评——它的好处就是：向那些还不曾习惯在文学上集中他们思想的人，把作家作所谓扼要的叙述，从而使他们能容易理解他的作品的特色和意义。"② 依据这一批评原理，"发现"、"指出"、"判断"活动也是介入文本的内在意蕴的过程，这就与车尔尼雪夫斯基文学批评原理——切入心灵有类似之处了。可能由于文本选择的差异，车尔尼雪夫斯基侧重阐释托尔斯泰作品心灵叙事的内在冲突的真实性，杜勃罗留波夫更强调作品呈现的事件本身的真实性。作品中的事件并不完全等同于现象，为消除人们对这一问题的疑虑，杜波罗留波夫分析道："在历史性质的作品中，真实的特征当然是事实的真实；而在艺术文学中，其中的事件是想象出来的，事件的真实是想象出来的，事实的真实就为逻辑的真实所取而代之，也就是用合理的可能以及和事件主要进程的一致来代替。"③ 这个观点是很中肯的。

事实性批评要由真实性达到人民性。杜波罗留波夫认为艺术作品中的真实是逻辑性的，但还只是作品价值的前提，本身不是价值。价值是客体和需要的主体之间关系的反映。在一定程度上说，主体即作家的审美取向对作品价值的确定才是最重要的。杜波罗留波夫准确地发现了这一点。他把作家的审美取向归结为人民性，他说："说到价值，我们要根据作者看法的广度，对于他所接触到的那些现象的理解是正确的，描写是否生动来判断。"④ 那广度的含义和作者的理解是否正确的依据是什么呢？杜勃罗留波夫提出批评"最重要的，

---

① 杜波罗留波夫：《杜勃罗留波夫选集》（2卷），1983年第362页。
② 杜勃罗留波夫：《杜勃罗留波夫选集》（2卷），1983年第339页。
③ 杜波罗留波夫：《杜勃罗留波夫选集》（2卷），1983年第362页。
④ 杜波罗留波夫：《杜勃罗留波夫选集》（2卷），1983年第362页。

就是弄清楚作者和人民身上已经觉醒的，或者，由于当前事物规律的要求立刻应当觉醒的那些自然追求是否站在一同水平上，然后才是，他究竟能够把它们了解和表现到什么程度，他是否抓住了问题的本质，抓住了它的根呢，还只是它的表面，他是否抱住了对象的共同性呢，还是只是几个方面。"① 这就清楚地表明：杜勃罗留波夫把人民性看成是真实性的内在构成了，或者说真实性是人民性的转化形式。为更深入强调事实性批评要具有人民性，杜勃罗留波夫在《黑暗的王国》、《什么是奥勃洛莫夫性格？》等论文中，尖锐了批评了亚尔马淑夫、阿赫莎鲁夫等人离开人民性去空谈文学理想的错误。他强调要树立正确的世界观，才可以创造真正具有价值的作品。他认为："诗是以我们内部的感情、以我们的内心对一切美丽、善良并且理智的事物的向往作为基础的。因此，凡是只有我们的精神生活这些方面的某一方面来参与，彼此相互压制的地方就不会有诗了。"② 运用这些原则，杜勃罗留波夫对奥斯特洛夫斯基、冈察洛夫、屠格涅夫等大师的文学成就做出了正确分析。

尽管杜勃罗留波夫的现实主义批评论有一些偏颇，尤其是在评价作家作品的时候，显得偏激，但这是一种革命激情的体现，他只活了 25 岁，而他的主要文学活动还要早得多，他对民主主义事业的执著和牺牲精神，有几个比得上呢？如果他的文学批评是四平八稳的，才是不可理解的，在那样的年代里没有这种可能。

总之，以别林斯基、车尔尼雪夫斯基、杜勃罗留波夫为代表的俄国民主主义的启蒙现实主义批评论继承了启蒙时代的优秀传统，又在自身特定的历史条件下，对其做了新的转化和升华，将启蒙提炼为具有鲜明民主主义色彩的精神，现实主义批评论朝着马克思主义文学批评方面迈开了步伐。

小　结

在上篇里，以批判现实主义创作论、俄国民主主义民族救赎的现实主义批评论为对象，分析了古典理性启蒙下现实主义基本形态。本书把它们归结为古典启蒙的理性思路下构建起来的一个类型，认为它是启蒙规约之下的现实主义

---

① 杜勃罗留波夫：《杜勃罗留波夫选集》（2 卷），1983 年第 364 页。
② 杜勃罗留波夫：《杜勃罗留波夫选集》（1 卷），辛未艾译，上海译文出版社，1983 年第 7 页。

基本形态。在本小结中，有必要再进行一下总结，描绘出它是怎样的基本形态。首先，它是以理性为思维的基本方式，来对创作经验和文学现象进行概括或文学批评的。古典启蒙的理性受到笛卡尔理性主义哲学思维方式的影响，遵循从某一抽象的规定性出发，再演绎出具体的叙述话语，这是一种比较严密的逻辑思维方式。在考察现实主义的思路上，就表现在：作家和批评家头脑中事先被置入预定的概念范畴，存在一个本质的现实或现实的本质。本质在很多场景下，与中心、自我等交叉。但古典启蒙的理性也不仅仅是笛卡尔理性主义哲学的唯一表述。按照 E·卡西勒的观点，启蒙运动的理性超越了笛卡尔抽象演绎的思维方式，而是用分析、综合的方法对现象和事实进行归纳，再达到一个同一性或本质。虽然演绎与分析、综合的路向不同，但它们都把理性视为逻辑终点，因而，本质、中心始终是理性思维的标杆。这是启蒙现实主义基本形态之一。其次，在理性的主导下，现实主义侧重于从政治、历史、哲学、道德等文化视野来评价作品、分析文学思潮和文艺运动，显示出宏大叙事倾向。文学家把现实主义发展为具有社会救赎和神圣使命的文化理论，表现出人道主义的精神价值取向。这是启蒙现实主义基本形态之二。再者，现实主义对文学艺术性的解读上，阐释出形象、典型、真实、自然、情感、想象等叙述话语。这也是与理性密切联系的，不过理性转化为分析艺术形式的价值理性罢了。这是启蒙现实主义基本形态之三。

理性之维，是近代科学发展的结果。但作为研究人类内在世界的心理学，不像数学、物理学、化学出现得那样早。直到十九世纪下叶，冯特创办第一个心理学实验室，才标志着心理学的正式诞生。随着现代社会对理性的怀疑日益增强，心理学的发展以及现代艺术的兴起，理性就转化为非理性。现实主义就在现代启蒙的情境下，发生转变，这是我们要在中篇讨论的问题。

中 篇
现代启蒙与现实主义转换形态

十九世纪的欧洲历史，从多个层面上说，都在人类历史上留下了光辉的一页。这是一个转折时代的历史，一段惊心动魄的历史。在上篇里，我们分析了古典理性启蒙下现实主义基本形态。在这篇里，我们转移视角，以现代启蒙为切入点，考察非理性之下的现实主义转化形态。从辩证的角度看，古典启蒙\现代启蒙、理性\非理性、现实主义\现实主义转换、人道主义\反人道主义等等本是一枚银币的两面。我们通过研究现代启蒙影响下现实主义的转变，正好可以印证启蒙现实主义的曲折历程，发现其中隐含的某些规律。这也有利于我们把现实主义形态研究引向深入。

任何思潮和理论都是有其产生的内外背景，现代启蒙亦然。现代启蒙是一种明显的人本主义思潮。古典启蒙与现代启蒙都体现人道主义精神，但人道主义精神的内涵和阐述的方式是不完全相同的。探讨现代启蒙背景下现实主义的转变，又需要参照古典理性启蒙。

如果把时间从十九世纪再往前稍微延伸一点，溯源到十六世纪，那么探讨的问题还可展开一些。从历史看，人本主义从古希腊神话就见出端倪了，著名的"司克芬司"之谜，就是追问"人是什么"的。人文主义思潮是从十六世纪的文艺复兴时期开始的，经过笛卡儿时代、启蒙运动、德国古典哲学、马克思主义再到十九世纪的浪漫主义、现实主义。它们大多是以理性主义为哲学基础的，即把社会归结为按照一定的规律运行的文化结构，把人归结为理性的存在。总之，把理性当做衡量精神的尺度。恩格斯指出："宗教、自然观、社会、国家制度，一切都受到了最无情的批判；一切都必须在理性的法庭面前为自己的存在做辩护或者放弃存在的权利。思维着的悟性成了衡量一切的唯一尺度……人的头脑以及通过它的思维发现的原理、要求，成为一切人类活动和社会结合的基础。"① 在

---

① 恩格斯：《马克思恩格斯全集》（3 卷），人民出版社，1972 年第 56 页。

此，我们把人道主义分为古典启蒙人道主义和马克思主义人道主义两类，先试作分析，再回复到现代启蒙。

笛卡尔理性主义对新古典主义和启蒙运动产生了直接影响，成为国家主义和集体意识的理论支柱。理性主义者认为人的平等、自由、仁爱和解放，都以个性服从共性、情感服从理智、感性服从理性为前提的。这种理性主义哲学理论，是自然科学的理论方法直接转化为精神领域分析方法的理论，是一种机械与形上的人道主义。这样，笛卡尔式的启蒙主义都具有很鲜明的空想色彩，启蒙时代现实主义文学创作与现实主义批评论也无法避免这一点。

马克思主义理性和人道主义与笛卡尔理性主义具有巨大差异。从马克思主义的三大来源——英国古典政治经济学·德国古典哲学·法国空想社会主义看，它具有广泛的哲学基础和理论视野，最重要的是马克思主义是从社会问题的考察为出发点着手解决人的解放问题的，因此具有先进的、革命的性质。我们不赞成把马克思主义简单地理解为辩证唯物主义和历史唯物主义，而应理解为灵活的、具体的实践唯物论和发展论。马恩把人的解放作为历史活动的最终目标，这一点与启蒙主义类似。马恩把人的解放看成首先不是个体的解放，而是群体的解放。他们认为，只有从经济方面分析人类不平等的原因，才是可行的。这就需要用革命斗争推翻不合理的社会制度，建立公有制的社会制度才能使人获得自由、平等与自我。这些是启蒙主义者无法做到的，因此只有马克思主义人道主义才是真正的人类理性，才是真正的人的身体解放的理论。马克思主义由于与现代资产阶级价值观发生尖锐冲突，必然会遭受现代资产阶级和各种反历史思潮的攻击，这也是非理性主义诋毁它的一个重要原因。

现代启蒙非理性主义思潮，也在十九世纪闪亮登场了。但现代启蒙非理性主义采取了同启蒙主义与马克思主义完全不一样的立场。他们把人的存在归结为单个的自我现象，认为排除人的社会性和历史性，在自我的审视中就能得到自我拯救。他们转而朝内转，探讨人的心灵世界。

我们有必要追问的是，既然现代启蒙非理性主义同马克思主义都是出现于十九世纪，那非理性主义为什么走向了完全不一样的路径呢？这就不得不从其他方面寻找原因。我们必须考察非理性主义的创造主体。我们知道，非理性主义作为反理性思潮，产生于十九世纪的德国，然后向其他主要资本主义国家延伸。这一转向，是以叔本华和尼采为代表的唯意志主义。

马克思主义经典作家指出，近代德国的知识分子整体上是一个软弱的群体。在十九世纪复杂的社会斗争面前，他们显得十分恐惧，并采取了逃避的态度。他们的理论话语，充满了中庸和妥协。既然他们对如火如荼的社会变革采取逃避的态度，那么他们在早已迷失的自我选择中，必然转向消极和落后。这样，他们对启蒙运动以来的理性、正义、永恒真理、公平、博爱等价值观产生了深深的怀疑和拒斥。于是他们发现了人的意志。在唯意志主义者看来，意志可以不受理性的任何制约，是一种心灵的绝对自由。从个人性格来说，叔本华是个孤僻的人，因而他的非理性主义是悲观厌世的理论。尼采是位张狂的人，他的意志论就体现出自我无限扩大，一种无法征服的超我色彩。

本篇论及现代启蒙时，我们还须把西方马克思主义归入进来。这在时间上已经不是十九世纪，但与十九世纪仍然有密切关系。因为西方马克思主义是以马克思主义经典作家及其理论为主要研究对象的，而马克思主义产生于十九世纪。不仅如此，西方马克思主义者在二十世纪东西方世纪转折的关口，紧紧把握时代脉搏，把马克思主义理论与国际共产主义运动和当代西方文化结合起来，创建了富有特色和巨大影响力的社会批判理论，贯穿了二十世纪，直到当今。我们所论及的主要涉及西方马克思主义的现实主义文学理论。

从实际情形来看，西方马克思主义在启蒙问题上看法比较复杂，思想并不是完全一致的。这与西方马克思主义者成分复杂，人员众多，经历多样，以及整个流派经历的时间很长存在紧密联系。早期西方马克思主义者卢卡契、柯尔施、葛兰西很强调理性，重视古典启蒙的历史价值，弘扬马克思主义人道主义。后期西方马克思主义者，尤以法兰克福学派为代表，对当代资本主义社会和现代性文化采取了批判立场。从某种角度来说，是对启蒙以来社会文化的启蒙反思，这就不完全与古典启蒙一致了，而是具有了新的特点。

第五章

激进的现代启蒙

现代与后现代、现代性与后现代性概念，在当代人文社会科学研究领域中使用最为频繁的理论话语之一。对什么是现代与后现代、现代性与后现代性，学术界至今是"智者见智，仁者见仁"。如果说现代与后现代，似乎有一个时间顺序的话，那么对什么是现代性和后现代性，就很难从时间的先后来看，也很难从空间的东西方来判断。按照福柯的观点，现代性应理解为"一种态度"，而不是一个历史时期。他说："所谓态度，我指的是与当代现实相联系的模式；一种由特定人民所做的志愿的选择；最后，一种思想和感觉的方式，也就是一种行为和举止的方式，在一个相同的时刻，这种方式标志着一种归属的关系并把它表述为一种任务。无疑，它有点像希腊人所称的社会的精神气质。"① 这一态度和行为方式决定了人们审视自然、社会和自我时都以某种标准作为前提。现代性与科学、技术和历史过程相联系。对于后现代性，利奥塔在其《后现代状况：关于知识的报告》一书中，把后现代描述为"对元叙事的怀疑"，也就是说："对现代理性主义哲学将知识的合法性建立在'元叙事'之上的规范模式提出了挑战……阿多诺等的启蒙哲学的同一逻辑、辩证法，对现代工业社会的技术统治、人的存在意义的丧失等现象进行批判之后，进一步对现代性的批判引向深入，即引向有关知识的法则与社会规范的合法性问题，试图确立一种与现代性不同的后现代的知识与社会的游戏规则。"② 后现代性的对象是现代性，它的态度和行为方式就是对现代性的质疑和批判。现代性和后现代性，在纠结和交错的话语交锋中，不断确证自身。福柯把现代性确定为"一种态度"后，进一步强调现代性总是伴随着一种对比性的反现代姿态：

---

① ［法］福柯：《何为启蒙》，顾嘉琛译，《福柯集》，杜小真编，上海远东出版社，1998 年第 430 页。

② 陈嘉明：《现代性与后现代性》，人民出版社，1997 年第 11～12 页。

"因此，非但不能试图把'现代时代'与'前现代'或'后现代'区别开来，我认为更有用处的是发现现代性的态度何以从其形成之日起就不知不觉地与'反现代性'的态度形成了对峙。"① 在现代性视野中，启蒙、理性、规则、本质以及那些具有确定性的立场，都具有合法性。在后现代视野中，现代性不再具有理性和存在的可能性。一切被认为合法的东西，从反面来说，恰恰在自视为真的掩饰下本身就是不真的。掩饰和遮盖意味着为存在辩护，辩护是一种典型的合法性狡黠。后现代就是要颠覆这种合法性狡诘，以消解、延异、散播、感觉主义等非理性态度，还原世界的本相。

在很大程度上，叔本华、尼采的思想及超现实主义文学批评，具有了后现代特征。可是他们的理论还不是完备的后现代理论。十九世纪和二十世纪初"众声喧哗"的宣讲台上，占主导地位的毕竟还是理性和现代性。令他们没有想到的是，非理性主义竟然开启了新的理论思路，为后现代主义埋下了伏笔，做好了铺垫。对于他们，可能还没有意识到现代性为何物。即使不时在对现代性开刀，似乎还有些扭扭捏捏。在他们的阐述中，我们发现他们那种预定的后现代激进姿态，这一姿态与现代启蒙的人道主义同步。

一、现代启蒙之一：唯意志主义

1. 意志、表象的"苦难"跋涉

对于十九欧洲风云变幻的现实的冷漠，加之个人极敏感、孤僻的性格，叔本华在为人处世上显得与周围格格不入。在内心深处，叔本华对世界又充满了好奇与关注，显示了不同常人的悲悯情怀。这种情怀使得他像启蒙先驱者康德一样，把自己几乎全部时间和精力投入到精神世界的历险中，去创建哲学金字塔。叔本华终生未婚，只有一只老丝毛狗相伴。他那些别异的思想之流就在孤独的岁月中随意流淌，最终凝塑出：《论充足理由律的四重根》《作为意志和表象的世界》《论自然的意志》《伦理学的两个基本问题》《论趣味的起源》等等。其中，《作为意志和表象的世界》是他的"杰作"，涵括了他的全部思想。我们选择《作为意志和表象的世界》来探讨叔本华在现代启蒙背景下消解现实主义的作用。叔本华缔造了一个在十九世纪欧洲上空徘徊的幽灵——唯

---

① Michel Foucault, "What is Enlightenment?" in The Foucault Reader, ed. Paul Rabinow (New York: Pantheon, 1984), p39.

意志主义。

（1）悲观性哲学

分析叔本华的审美理论和文艺批评，必须先分析他的哲学思想。叔本华的审美理论和文艺批评是从哲学思想演绎出来的，这一方式有点类似康德。不过康德在二元论之间机械寻找审美和文艺存在的特殊性，叔本华却不以为然。他把康德的现象学发展到一个片面的阶段。

①唯意志论——悬挂的生命本体。叔本华哲学的核心概念是意志。他认为，意志不是心理学意义上的概念，而是本体论层面上的。意志是打开神庙之门的钥匙，一切现象只有从这开始才能找到合法性的答案。这样"存在的本真之源"与"存在本身"就构成了他侧重阐述的两个方面。叔本华把"存在的本真之源"规定为意志，而把"存在本身"规定为"表象"。什么是"意志"呢？叔本华说："现象就叫表象，再不是别的什么。一切表象，不管是哪一类，一切客体，都是现象，唯有意志是自在之物。作为意志，它就绝不是表象，而是在种类上不同于表象的。它是一切表象，一切客体和现象，可见性，客体之所以出。它是个别［事物］的，同样也是整体［大全］的最内在的东西，内核。"① 这样，叔本华把意志作为本体，作为统摄世界的唯一本质。意志无处不在，人有意志，动植物也有意志，总之，意志就是生命的意志。叔本华还把意志看成一种不可捉摸的潜在之流，处于盲目的状态之中："意志自身在本质上是没有一切目的、一切止境的，它是一个无尽的追求。"② 既然如此，"大自然的本质就是不断的追求挣扎、无目的无休止的追求挣扎；那么我们考察动物和人的时候，这就更明显的出现在我们眼前了。欲求和挣扎是人的全部本质，完全可以和不能解除的口渴相比拟。"③ 很显然，叔本华的生命存在论悬挂在闪烁的意志上空，把生命理解为可悲而可恶的旅程了。

"存在本身"是什么呢？存在本身就是表象："世界是我的表象，这是一个真理，是对于任何生活着和认识着的生物都有效的真理。"④ 叔本华把世界当做一个意志赋予主体的外在现象。因此，"对于'认识'而存在着的一切，也就是全世界，都只是同主体相关联着的客体，直观者的直观；一句话，都只是表象……一切一切，凡已属于和能属于这世界的一切，都无避免地带有以主

---

① ［德］叔本华：《作为意志和表象的世界》，石冲白译，商务印书馆，1997 年第 164～165 页。

② 叔本华：《作为意志和表象的世界》，1997 年第 235 页。

③ 叔本华：《作为意志和表象的世界》，1997 年第 427 页。

④ 叔本华：《作为意志和表象的世界》，1997 年第 25 页。

体为条件［的性质］，并且也仅仅只是为主体而存在。世界即是表象。"① 叔本华的表象概念，是在主体意志的驱使下，呈现出来的感官世界。叔本华却用表象代之，他认识到，直接从意志到表象还不能说明意志的绝对位置。为了把意志悬空为最高现象之本，必须将意志进一步神秘化。他又在意志和表现之间设置了一个中介即理念。这样，其现象学过程被描述为：意志→理念→表象。意志不能把握，理念连接意志，又连接表象，表象再还原为感觉。它们的关系可以表述为：

$$
\begin{array}{cccccc}
\text{哲学层} \rightarrow & \text{意志} & \text{-----} & \text{理念} & \text{-----} & \text{表象} \\
\downarrow & | & & | & & | \\
\text{认识层} \rightarrow & \text{本真} & \text{-----} & \text{中介} & \text{-----} & \text{现象} \\
\downarrow & | & & | & & | \\
\text{存在层} \rightarrow & \text{神秘} & \text{-----} & \text{遮蔽} & \text{-----} & \text{示现}
\end{array}
$$

②现代启蒙：非理性。从启蒙理性看，对事物和外在世界需要一个认识过程，这一认识过程包含着主体对客体感觉的不断上升，并最终到达确定事物与世界之所以存在的那一本质。叔本华否定了这一点，既然意志不可感知，要运用认识手段把摸意志根本不可能。在叔本华看来，要通达意志，必须直观。被确定性或规律操纵的认识，具有明显的意识性和目的性。而意志本身是"没有一切目的，一切止境，无尽的追求"，这种感觉方式的冲突，只有直观才能解决。叔本华说："直观是一切证据的最高源泉，只有直接或间接以直观为依据才有绝对的真理。"② 叔本华抬高感性，贬斥理性的体验方式，意在把启蒙以来的理性至上的思维定性进行颠覆，力图开辟非理性主义为主要感悟方式的哲学精神。叔本华又如何具体分析直观的呢？他认为表象的直观，包括"整个不可见的世界或全部经验，旁及经验，所以可能的诸条件。"③ 直观是独立的，不依赖感觉："这种直观不是从经验的重复假借来的形象，而是如此地无须依傍经验，以致应该反过来设想经验是依傍直观的。"④ 直观审度高于理性，因为"理性的功能是次一级的，就是帮助人固执已有的决心……理性在艺术上也有同样的功能：在主要的方面，理性固然无能为力。"⑤ 直观甚至排斥理

---

① 叔本华：《作为意志和表象的世界》，1997年第26页。
② 叔本华：《作为意志和表象的世界》，1997年第114页。
③ 叔本华：《作为遗志和表象的世界》，1997年第30页。
④ 叔本华：《作为意志和表象的世界》，1997年第31页。
⑤ 叔本华：《作为意志和表象的世界》，1997年第99页。

性，"有好些事情，不应用理性反而可以完成得更好些。"① 对直观的过分阐释，叔本华推论的必然结果是把直观神秘化。他最后排除了物质世界的必然性和因果关系，而以"悟性"替换认知，走向了神秘主义。他说："一切因果性，即一切物质，从而整个现实都只是对于悟性，由于悟性而存在，也只在悟性中存在。悟性表现的第一个最简单的、来自即有的作用便是对现实世界的直观。……没有悟性就绝到不了直观，就会只剩下对直接客体变化一种迟钝的、植物性的意识。"② 叔本华的直观论，从唯心方面发展了柏拉图的灵感论、康德的悟性论，把非理性主义推向了哲学的前台，实现了思维方式的时代转型，古典启蒙在此遭受到重创。

③悲观的价值取向。叔本华把生命意志当做世界存在的本源，这一本源即使理念也是完全把握不到它的。按照柏拉图的说法，理念是高高游走在心空的不可知者，那么意志更是玄之又玄的浮物。意志又总在欲望的驱使下盲目的、无休止的挣扎。依此，叔本华推论出："人生就是痛苦"。他说："人的本质就在于他的意志有所追求，一个追求满足了又重新追求，如此永远不息。是的，人的幸福和顺遂仅仅是从愿望到满足，从满足又到愿望的迅速过渡；因为缺少满足就是痛苦，缺少新的愿望就是空洞的思想、沉闷、无聊。"③ 因此，"欲求的那种高度激烈性本身就已直接是痛苦的永久根源。"④ 从痛苦出发，叔本华再把人生与死联系起来，把悲观主义情绪散播到整个生命过程中，几乎到了绝望："真正个体的生存只在现在。现在毫无阻碍的逃入过去，也就是不断过渡到死亡，也就是慢性的死。个体的以往的生命，除开对现在有某些后果，除开在过去铭刻了有关这个体意志不论，既已完了却，死去，化为乌有了……人的个体生存已经就是现在不停地转入逝去的过去，就是一种慢性的死亡……我们肉体的寿命［活着活着］也只是不断被拦阻了的未即死亡，只是延长又延长了的死亡。"⑤ 叔本华看到，现实中毕竟人还活着，那么生活的痛苦只有依靠转移来实现了。他提出了三条路：一是否定意志，这样痛苦也消亡了，因为意志是痛苦的唯一源头；二是禁欲，欲望既然在意志驱使下不断追求，那么斩断中流，痛苦也不会发生了；三是艺术化，把生命视野转向艺术，在艺术中获得暂时的审美享乐。

---

① 叔本华：《作为遗志和表象的世界》，1997 年第 100 页。
② 叔本华：《作为意志和表象的世界》，1997 年第 37 页。
③ 叔本华：《作为意志和表象的世界》，1997 年第 360 页。
④ 叔本华：《作为意志和表象的世界》，1997 年第 497 页。
⑤ 叔本华：《作为意志和表象的世界》，1997 年第 426 页。

叔本华的哲学思想体现了由理性到非理性、古典启蒙到现代启蒙的转化。这个转化是历史性的。他的唯意志哲学也将神秘主义延续开来，对后来非理性主义的心理分析、意象主义、梦的解析以及意识流等等都产生了影响。但是，叔本华的悲观主义并没有被完全继承，而在不同思想体现那里呈现出多样化形态。

(2)"直寻"的审美理论

中国古代对于审美特点有很多精彩阐述，其中最主要的一点就是揭示了审美不受理性制约，直接到达对审美对象的把握。古代文论家往往将这种直接的审美把握与想象结合起来："其始也，皆收视反听，耽思傍讯。精骛八极，心游万仞。"① 以致"感应之会，通塞之纪，来不可遏，去不可止。"② 在陆机看来，想象是自由的，顿悟的。这一点被钟嵘发展为"直寻"说："观古今胜语，多非补假，皆由直寻。"③ 这种"直寻"的想象理论，与叔本华的审美理论有些类似。审美需要想象，但不同于一般联想。审美的想象谓之"感悟"，即超越概念和理性的制约直接进入审美客体的欣赏中。康德认为审美不涉及内容，只关系到形式，因此审美是形式的欣赏。后来，莱辛在《拉奥孔》中分析诗歌和绘画、雕塑的区别时，继承了这一思想。莱辛认为绘画、雕塑作为造型艺术，它们的审美特点在于激化视觉的美感，诗歌则是行为主义艺术，通过对行动的描绘塑造形象，产生美感。叔本华的审美理论建立在唯意志主义哲学上，也是一种形式至上和直通想象的审美理论。具体来说，书本华"直寻"似的审美理论包含下几个内在规定。

美本质的规避。对于美本质的哲学探讨，早在古希腊就开始了。柏拉图在《文艺对话集》中对审美现象的多样性做了分析以后，企图给美下一个定义，最后为难地说"美是难的"。这一看法揭示了审美现象与美本质的矛盾，即多样性与同一性的对立。此后，美本质与审美现象的关系问题一直成为美学理论中的基本问题。似乎只有确定了美学的立场以后，才可以对审美现象和审美活动做出合理解释。一些美学理论家不愿意为此耗费精力，以图通过对审美现象、审美趣味、审美快感的分析，证明美学的在场。叔本华以唯意志主义为出发点，首先否认了科学和艺术、认识和审美的联系。科学依靠根据律考察世界，与意志差距甚远，因此根本不是艺术的对手，只有审美与意志才可以连接

---

① 陆机：《文赋》
② 陆机：《文赋》
③ 钟嵘：《诗品》

起来。通过理念这一中介，审美可以把不可感知的意志形式化。从根本上说，审美本身就是观念实现的过程，无须再去追问什么是"美的本质"的问题。他说："美，就其一般特性来说，乃是这已被认识的观念不可分开的特征。换句话说，凡是一个观念在其中得以揭示的事物，都是美的；因为说是美的指的不过是清晰地表达一个观念。"① 这样，美本质问题就被叔本华避开了。

"直寻"—观审的审美格式。从一定程度上说，审美格式是审美态度和审美方式在审美过程中的体现。审美格式影响审美心态和审美趣味，调节审美情绪，引发审美快感。叔本华认为审美就是以"直寻"为特点的观审。因为避开了科学和认识在哲学中的地位，叔本华把理性在审美中也驱逐出去了。他指出，观审"是在认识挣脱了它为意志服务［的这关系］时，突然发生的。这正是由于主体已不再仅仅是个体的，而已经是认识的纯粹而不带意志的主体了。这种主体已不再按根据律来推敲那些关系了，而是憩息于，浸沉于眼前对象的亲切观审中，超然于该对象和任何其他对象的关系之外。"② 因此，"人们在事务上考察的已不再是'何处'、'何时'、'何以'、'何用'，而仅仅是只是'什么'，也不是让抽象的思维、理性的概念盘踞着意识，而代替这一切的却是把人的全副精神能力献给直观，浸沉于直观，并使全部意识为宁静地观审恰在眼前的自然对象所充满。"③ 这样，叔本华的审美格式与康德超功利、超概念、在形式的审美观叠合起来，把文学想象的"直寻"转化到审美的欣赏愉悦中去了。

不止于此，叔本华甚至消迷主体在审度中的存在，以"自失"描述了审美格式的神秘境界。他说："人们自失于对象中了，也即是说人们忘记了他的个体，忘记了他的意志；他也仅仅只是作为纯粹的主体，作为客体的镜子而存在；好像仅仅只是对象的存在而没有觉知这对象的人了，所以人们也不能再把直观者［其人］和直观［本身］分开来了，而是两者合一了；这同时即是整个意识完全为一个单一的直观景象所充满，所占据。所以，客体如果以这种方式走出了它对自身以外任何事物的一切关系，主体［也］摆脱了对意志的一切关系，那么，这所认识的就不再是如此这般的个别事物，而是理念，是永恒的形式，是意志在这一级别上的直接个体性。并且正是由于这一点，置身于这一直观中的同时也不再是个体的人，因为个体的人已自失于这种直观中了。他

---

① 叔本华：《叔本华论说文集·论争的技艺》，孟庆时译，商务印书馆，1999 年第 644 页。
② 叔本华：《作为意志和表象的世界》，1997 年第 249 页。
③ 叔本华：《作为遗志和表象的世界》，1997 年第 249 页。

已是认识的主体，纯粹的、无意志的、无痛苦的、无时间的主体。"① 主体的迷失意味着审美达到了最高层次，主体的迷失同样表征客体的消融。叔本华把主客体的交融最终归结到纯粹形式上去。这样，审美活动就变成了空洞的不在，这一点，与中国古代物我瞬变的物化哲学观高度一致："昔者庄周梦为胡蝶，栩栩然胡蝶也，自喻适世与！不知周也。俄然觉，则遽遽然周也。不知周之梦为胡蝶与，胡蝶之梦为周与？"② 不过，叔本华更强调通过审美活动把自我从欲望的挣扎中超越出来而实现暂时忘却，齐物论更侧重主客体关系的相对性。在审美活动中，相对性与形式论结合起来乃为妙境，如此非理性活动就得到更充分、全面的揭示。

叔本华又从"直寻"角度分析了美感。美感是一种摆脱了意志和自然根据律压制的超我感觉，美感在观审中类同于快感。因为叔本华在人生的价值取向上把痛苦视为人生主要的情绪和内在感，因之他所谓审美感知，就是要通过艺术把痛苦驱除，还自我以轻闲：审美"就是认识从意志的奴役之下解放出来，忘记作为个体人的自我和意识也上升为纯粹的、不带意志的、超乎时间的，在一切相对关系之外的认识之主体。"③ 亦"摆脱了一切个体性和由个体性而产生的痛苦之后的怡悦和恬静。"④

"直寻"的审美理论，是非理性主义在审美感悟方面的直接产物。它在积极的意义上，重视了审美不同于一般理性活动的特殊性，将审美心理、现象审美、自我审美等等主体纳入最重要的考察角度，实现了审美向度的转换。叔本华的意志论把世界和精神做了聚合之后，审美活动就简单多了。我们从他的理论中无法发现属于社会的、公共的、历史的、复杂的人类活动的演变痕迹。事实上，它们也是最重要的审美领地。这就等于抽空了精神的启蒙和人的现实性来谈美，这种审美理论的欠缺就可想而知了。

（3）反批评的文学批评论

按照文学理论的一般特点，文学批评观是在一定哲学、美学、历史观点和文学实践经验相结合的基础上产生的。它既具有比较完备的理论形态，又具有可操作性。但在批评史上也存在这一情形，即批评观和批评方法不是针对文学的实际情况，而是从抽象的理论演绎出发，把文学批评变成哲学、美学观点的附属物。康德对文艺内行甚少，他的审美理论是在批判哲学的指引下建构起来

---

① 叔本华：《作为意志和表象的世界》，1997 年第 250 页。
② 庄子：《齐物论》
③ 叔本华：《作为意志和表象的世界》，1997 年第 278 页。
④ 叔本华：《作为遗志和表象的世界》，1997 年第 296 页。

的，我们甚至发现康德很少在著作中涉及具体文学实例和艺术史问题。作为后康德主义者，叔本华也把自己的审美理论和文艺批评观建立在唯意志主义哲学之下。正如鲍桑葵所说："就我们目前的研究来说，叔本华的观点值得注意的主要特色是它的抽象性。这种抽象性正好补充黑格尔主义的极大的历史复杂性。"①

叔本华论文艺问题包括：论作者、论风格、论学者、论思维、论文学形式、论批评、论天才、论荣誉、论艺术趣味和审美等等。我们无法涉及以上叔本华论文艺问题的所有方面，只选择天才论和批评论来分析其批评观。叔本华的文艺批评理论有一显著特点，即把艺术放置到至尊之位，却对文艺批评持否定态度，尤其反对对文艺作品做理性分析，进而到达对批评的否定。

关于艺术，首要的问题是艺术为何？叔本华先将艺术和科学进行对比，认为："一切以科学为共同名称的学术都在根据律的各形态中遵循这个定律前进，而它们的课题始终是现象，是现象的规律与联系和由此发生的关系。"② 按照叔本华的唯意志主义，科学受根据律制约，不可能认识意志。只有意志直接生发出来的理念，才是可靠的。理念又联系"表象"，艺术是表象的重要形式。他说：艺术"复制着由纯粹观审掌握的永恒理念，复制着世界一切现象中本质的和常住的东西；艺术唯一的源泉就是对理念的认识，它唯一的目标就是传达这一认识。……只有本质的东西，理念，是艺术的对象。——因此，我们可以把艺术直接称为独立于根据律之外观察事物的方式，恰和遵循根据律的考察［方式］相对称；后者乃是经验和科学的道路。"③ 因此，艺术远远在科学之间上。

既然艺术超越科学，成为最重要的消弭"痛苦"人生的救命草，紧接着来的第二个问题是艺术创造主体是谁？这一点上，叔本华显示出惊人的逻辑性。他由世界的单一性（主体的表象）推论出艺术不能对现实做出反映，而完全是主体的创造。但并非每个人都是艺术的创造者，因为正如理念存在高低分别一样，人的智力也存在差异。艺术是精华的浓缩，因此天才才是艺术的主人："天才是一个罕有的，比通常任何估计都要少得多的现象，是作为最突出的例子而出现于自然界的现象。"④ 那么天才在艺术创造上到底有什么能干呢？叔本华说："天才所以为天才是在于有这么一种本领：他能够独立于根据律之

① ［美］鲍桑葵：《美学史》，张今译，广西师范大学出版社，2001 年第 293 页。
② 叔本华：《作为意志和表象的世界》，1997 年第 258 页。
③ 叔本华：《作为遗志和表象的世界》，1997 年第 259 页。
④ 叔本华：《作为遗志和表象的世界》，1997 年第 267 页。

外，从而认识这些事物的理念；能够在这些理念的对面成为这些理念［在主体方面］的对应物，亦即不再是个体的人而是'认识'的纯粹主体。"① 显然，叔本华把天才进一步引申为谢林和费希特强调的世界的"同一"性中去了，即天才在艺术中体现为对"同一"的自由观审。观审的主要方式则是想象力："想象力既在质的方面又在量的方面把天才的眼界扩充到实际呈现于天才本人之前的诸客体之上、之外。以此之故，特殊强烈的想象力就是天才的伴侣，天才的条件。"② 因此，天才的艺术创造"把他的地平线远远扩充到他的个人经验之外，而使他能够从实际进入他所觉知的少数东西构成一切其余的［事物］，从而能够使几乎是一切可能的生活情景——出现于他的面前。"③ 这样看来，叔本华的天才论比康德还走得更远。康德在天才之前还提及才能，只是把天才看成"为艺术制定法则"的典范，没有完全否定民间艺术。叔本华则取消了民间艺术和素朴艺术的存在。在一定程度上，叔本华的天才论意味着艺术本身的缺席，因为艺术不可能离开生活和人世的土壤。

顺此推理，文艺批评似乎变成了天才的专职，但叔本华反之道而行之。他认为艺术是天才的创造，批评则是一项难为情的工作，离不开却没有很大意义。他首先给批评定位："在绝大多数情况下，根本没有批评这种东西。这是一种极为罕见之物，其罕见程度不亚于每五百年再生一次的长生鸟。"④ 其次，天才的作品没有高低、优劣之别，是不需要批评的。天才的作品远远超出普通人的心智所能达到的高度，批评者只能站在天才艺术之外，以旁观者的姿态审读作品，"去臧否褒贬作品的高低优劣；甚至可以说，理智的最大灾难也莫过如此，它不得不在人类批判力的威慑之下接受它的荣誉的王冠，而这种批判力实际上是一种在多数人身上表现甚微的性质，所以它被认为是人性中最为罕见的禀赋。"⑤ 再者，叔本华看到当时的写作界、出版界世风日下，以经济利益作为追求的唯一目标，造成文坛可恶，作假成风。而造假会给天才艺术形成巨大的冲击，埋没伟大的作品（叔本华晚年成名可说明这一点）。恰恰在这一时候，批评可能推波助澜：当"麻烦来自某种装模作样、生硬呆板、笨拙粗劣的模仿者"之时，批评为"把他推上堪与天才相比的圣坛，人们无视他与天才的天壤之别，甚至没有考虑自己的言行将涉及别的出类拔萃者，生拉硬扯地

---

① 叔本华：《作为遗志和表象的世界》，1997 年第 271 页。

② 叔本华：《作为遗志和表象的世界》，1997 年第 261 页。

③ 叔本华：《作为遗志和表象的世界》，1997 年第 260 页。

④ 叔本华：《叔本华论说文集·论批评》，范进 柯锦华译，商务印书馆，1999 年第 364 页。

⑤ 叔本华：《叔本华论说文集·论批评》，1999 年第 365 页。

大肆吹捧他……所以，康德的令人肃然起敬的哲学曾被费西特、谢林和雅科比等人胡言乱语挤出哲学的圣殿。"① 叔本华还认为文艺批评者一定要有诚实的态度。他猛烈抨击文学批评界的匿名体制，高声呼唤："作为一切文学罪恶勾当的帷幕的匿名必须绝迹。这种隐名埋姓的把戏往往把被冠以保护正直诚实的批评的美名而加以利用，这些人便是以此方法赢得公众的支持，抵挡作者及其朋友的愤怒谴责。"② 他进一步指出："迄今为止，言论出版自由都是有限度的，所以，当一个人利用报纸扩散舆论的媒介作用，公开发表文章时，他应该为自己的言论负责。"③ 这一点，无疑是叔本华藐视文艺批评重要的外因，却具有鲜明的时代性和合理性。

叔本华反批评的批评观，确立了非理性主义在文学批评中的地位和影响。非理性批评一般都强调天才，重视直观和自我，偏离批评理论的历史性、人民性和社会文化价值。这与现实主义理论在批评路向上，具有很大差异，也是一个补充。由于叔本华哲学体系—唯意志主义以及"痛苦"的人生价值取向牵引，使得他的理论蒙上了低沉和绝望的情调。尽管并非完全没有理由，却也有点与当时"狂飙"的时代主流格格不入。即使如此，叔本华作为理论转型的风云人物，在启蒙精神延异的历史进程中，我们是不能绕过去的。

2. 权力意志·超人·审美人生

1844 年，伟大的哲学家尼采诞生了。他在十九世纪创建了极具影响力和冲击力的超强理论，以致后来被曲解、分离，成为法西斯主义的理论资源。尼采的思想是极具颠覆性的。如果避开其理论是否唯心、唯物不论，那么尼采思想同样预留了巨大的阐释空间。直到当下后现代理论家都把尼采视为这一理论的开创者。尼采似乎永远离不开前卫思想家的视野。在他宣告"上帝死了"之时，自己"永远不死"。

作为唯意志主义的又一思想家，尼采继承了叔本华衣钵中的"意志"概念，同时做了重大修正。他将叔本华理论中悲观、绝望和神秘的音调一扫而空，弹奏出洋溢着浪漫、昂扬、乐观向上、永不停息的音符。当然，假如尼采仅仅从叔本华那里吸收滋养，很难说他能够超越叔本华多少。叔本华的思想源流一直可以追溯到柏拉图，再到康德、印度哲学与佛学。叔本华把他的理论建立在具有深广历史来源的根基上。尼采在思想源流上把德国文化精神、古希腊

---

① 叔本华：《叔本华论说文集·论批评》，1999 年第 366 页。
② 叔本华：《叔本华论说文集·论批评》，1999 年第 373 页。
③ 叔本华：《叔本华论说文集·论批评》，1999 年第 375 页。

艺术、德国古典浪漫哲学，以及同时代思想家、艺术家的文化品性吸收过来，融化为自己的思想资源，加之不羁的性格，来创建他的生命哲学。值得一提的是，荷尔德林诗作追求"天空·大地·故乡"的回忆方式，对尼采的神性思维和回塑式考古，发生了重要影响。人们从荷尔德林身上"看到了那种绝对诗性的代表……人们深深感觉到，荷尔德林既属于所有人，又不属于任何人……荷尔德林的诗所抵达的那些范围，正是我们自己尚未知悉的东西，只有通过他，才能有所认识，一旦认识了，我们就会将其作为一种精神财富，珍藏于我们自己的内心世界。于是，荷尔德林的名字会让我们联想到那些非常崇高的精神对象：人们会想到诸如'自然与神性'、'人类共同体与诗人使命'、'希腊与西方'、'神话与基督教'这类主题；人们还会想到那些超越时空的形象，诸如'许佩里特'、'狄俄提马'和'恩培多克勒'；或者，人们也会想到诸如'希腊颂歌'、和'品达式凯歌'之类的诗体。"① 尼采 17 岁时，在谈到阅读荷尔德林作品的愉快感受时兴奋地写道：荷尔德林"以其散文的和谐运动，以其人物的崇高优美，给我留下了一种类似于汹涌的大海波涛的印象。"② 尼采早期著作《悲剧的诞生》就是这一影响的体现。回忆和醉态思维贯穿了尼采写作的整个过程。

与叔本华相比，尼采是幸运的。25 岁就成为大学教授，名震一时，声誉卓著。叔本华在与黑格尔的较量中一败涂地，长期默默无闻。与尼采相比，叔本华又是幸运的。大器晚成，名噪欧罗巴。尼采 45 岁精神完全崩溃，最后的岁月苟延残喘，还被亲妹妹篡改著作，毫不知情。尼采短短的人生历程中，为世界思想史留下了：《悲剧的诞生》《人性的、太人性的》《查拉图斯特拉如是说》《善恶之彼岸》《道德体系论》《强力意志——重估一切价值的尝试》等。

（1）权力·轮回·超人

作为哲学家和思想家的尼采，他的写作风格就像为人那样显得创意和随便。不用说以寓言体式写《查拉图斯特拉如是说》，就像《悲剧的诞生》《人性的、太人性的》也是以散文化和诗情结合的方式来写的。尼采的思想阐释和文字表述之间存在巨大分裂，这对研究带来了很大的艰难。尼采是读不完的，也会让人误读。斯坦利·罗森说："我极其详细地研究尼采最难以解读的著作《查拉图斯特拉如是说》的哲学学说，尽管尼采的学说现在非常流行，

---

① ［德］宾德：《荷尔德林诗中的"故乡"的含义与形态》，莫光华译，《荷尔德林的新神话》，刘小枫主编，华夏出版社，2004 年第 128 页。

② ［德］尼采：《尼采美学思想》，杨恒达，中国人民大学出版社，1992 年第 27 页。

而且论述他思想的著作和文章几乎就像是川流不息的河流，但是不能说已经得到全面的分析。"① 就说明了这一点。

　　意志是尼采哲学思想的中心概念之一。在尼采看来，意志如果像叔本华说的那样，是一个内涵于主体深处的不可知者，那么叔本华比康德反而退化了。尼采对此不满，他对叔本华的意志说进行了符合自身的改造。这一改造演变为尼采的"权力意志"说。尼采早在《悲剧的诞生》中提出日神和酒神的命题。他把意志与酒神结合起来。后在1882年的《快乐的哲学》中他对传统信仰提出了猛烈地攻击，高呼"上帝死了，上帝死了！"于是上帝之死与意志之间隼合了。悲剧的意志转化为个人欢乐的内在诉求与本性，这就是"权力意志"。"权力意志"被尼采赋予了本体论的意义："尼采用它来说明无机界、有机界和人类社会的一切现象，把万物生生不息的永恒归结为权力意志。"② "权力意志"成为尼采衡量一切的尺度，他说："在最广义的意义上，权力意志标示着各种没有最终结果但始终有方向的力的展开。每一种力，每一种能量，无论它是什么，都是权力意志——在有机世界（冲动、本能、需要），在心理与道德世界（欲望、动机、观念），在无机界本身——因为'生命只是权力意志的一种特殊情况。"③ 尼采提出："世界的本质是权力意志。"④ 这样尼采就把叔本华意志论的神秘性剥离了，认为生命本身就是权力意志的具体体现。尼采尖锐批判了叔本华"根本误解了意志（他似乎认为渴求、本能、欲望就是意志的根本），这很典型。因为，他把意志贬低到应该予以否定的地步。……意志本来一直认为乃是主人，意志给渴求指明道路，提供标准。"⑤ "权力意志"作为本体论，在自然、历史和社会进化的征程中，表现为：把生命体内的意志和力量爆发出来，转为一种具有爆破力的冲动。这样，征服就具有了合理性："最强者，即具有创造力的人，必定是极恶的人，因为他反对别人的一切理想，他在所有人身上贯彻自己的理想，并且按照自己的形象来改造他们。在这里，恶就是：强硬、痛楚、强制。"⑥

　　永恒轮回说是尼采历史观的重要阐释。"权力意志"说奠定了尼采整个学

①　［美］斯坦利·罗森：《启蒙的面具——尼采的〈查拉图斯特拉如是说〉·前言》，吴松江等译，辽宁教育出版社，2003年。
②　周国平：《尼采：在世纪的转折点上》，台湾林郁工作室，1992年第75页。
③　尼采：《尼采美学思想》，1992年第51页。
④　尼采：《善恶的彼岸》，宋祖良 刘桂环译，漓江出版社，2000年第99页。
⑤　尼采：《权力意志——重估一切价值的尝试》，张念东 凌素心译，商务印书馆，1991年第228页。
⑥　尼采：《权力意志——重估一切价值的尝试》，1991年第112页。

说的基础。尼采在历史观上就颠覆了历史是按照时间和社会呈螺旋似上升的传统观点。尼采把世界看成始终处于不断消失又不断生成的过程之中。像叔本华那样，尼采将这种变化视为意志的不断流转。存在不是实际的物象，而是种种幻觉的堆累。于是时间在意志论话语中，不过是漩涡似的一种感觉。过去、现在、将来在这一漩涡中翻滚："我已教你说'今天'，'有一天''先前'，也教你在一切'这'和'那'和'彼'之上跳舞着你自己的节奏。"① 这是借查拉图斯特拉之口，说出存在不过是在幻觉之中的回转。海德格尔分析道：这些词语"说出了时间的基本特征：查拉图斯特拉宣教它们的方式暗示了他今后必须在他的存在的基础上告诉他自己的东西。那是什么呢？'有一天'和'先前'，将来和过去，像'今天'一样。现在像过去、像将来一样。时间的所有这三种状态合而为一，合而为完全的同一，成为一种永恒的现在。形而上学称这种永久的现在为'永恒'。尼采也从这种永恒的观点出发把时间的这三种状态看做一种永久的现在。但是对尼采来说，这种永久不在于某种静态物，而在于相同事物的轮回。当查拉图斯特拉教他的灵魂说那些词的时候，他是生命的不可穷竭的丰盈。"② 尼采还认为轮回是对因果关系和必然性的破坏，是自我经验和感知、思维的无限发散："永恒轮回思想，这种思想的前提是真的，如果它是真的，这种思想会有结果的。"③ 是什么结果呢？即："必须摆脱道德——对各种不确实性和尝试性的享受，乃是对抗极端宿命论的砝码；——即取消'必然性'的概念，——取消'意志'，——取消'绝对认识'。"④ 罗森对此进一步阐释了尼采的这种轮回思想的实质。这就是对理性的肢解和驱逐："世界作为理性的客体是一种先验活动的产物。世界是先验的自我生产出来的一件艺术品，这个自我当然不是指人甚至不是指神，而是思维和感知构成世界的活动。"⑤ 接此而来，轮回就是以寓言和象征为方式，对自然现象和生命世界的种种幻象的描绘。它们锁定于回忆和混沌构成的云层，于是出现了蛇和鹰的和谐胶合，幻觉和存在的共存。这样，自然界的春夏秋冬，生命的生老病死，古典艺术—浪漫艺术—象征艺术的转化等等无不呈现为回流反复的状态。"上帝之死"以"权力意志"和"先验自我"的"永恒轮回"替换了。这样来

---

① 尼采：《查拉图斯特拉如是说》，楚图南译，海南国际新闻出版中心，1996年第267页。
② ［德］海德格尔：《尼采的查拉图斯特拉是谁？》，郜元宝译，《尼采在西方》，刘小枫编，（上海）三联书店，2002年第67页。
③ 尼采：《权力意志——重估一切价值的尝试》，1991年第135页。
④ 尼采：《权力意志——重估一切价值的尝试》，1991年第135页。
⑤ 斯坦利·罗森：《启蒙的面具——尼采的〈查拉图斯特拉如是说〉》，2003年97页。

看，尼采比叔本华看得更远。他超越了生命"意志"的痛苦，走向积极乐观的"超我"。这表明，尼采批判启蒙方面，比叔本华更深刻、全面。

人是什么？启蒙主义者认为，人是理性的动物。马克思主义者认为，人是能够制造工具、使用工具的动物，人在本质上是"一切社会关系的总和"。这些看法，都是把人放在已经确定的框架里，给人划定了理性和道德的规约。尼采强烈反对这种看法，认为这样的人是不自由的、低贱的。"超人"才是真正的人，什么是"超人"？尼采认为"超人"和"永恒轮回"是紧紧联系在一起的。他赋予查拉图斯特拉"永恒轮回的教师"和"教授超人"的双重教师身份，来说明"人类不是目的，超人才是目的。"[1] 海德格尔分析道："查拉图斯特拉教授超人，因为他是永恒轮回的教师。但是反过来同样，查拉图斯特拉教授永恒轮回，因为他是超人的教师。两门学说属于同一个循环圈中。通过循环，学说同实际的东西相符合，同构成最高的存在的循环相符合——即：生成内部的永久。"[2] "超人"是怎样产生的呢？尼采又将超人的产生与"力"联系起来："有意识地、最大限度地提高人的力"[3] 就能够创造"超人"。这里的"力"指的就是"权力意志"。既然"超人"是真实人生的价值特征，它又有怎么样的品质，对生命世界构成影响呢？尼采企图以"透视法"来穿透理性的迷雾，重建超验的自我。"超人"品质的首要特征就是以巨大的生命力来摧毁一切价值。他说："对破坏、变通、发展的要求可以是充盈的，孕育着未来之力的表现——它应该去破坏，因为现存的事物，不错，一切现存的事物，一切存在本身都在挑起仇恨，激起仇恨。"[4] 其中主要的是要彻底摧毁道德。在尼采看来，康德所谓道德的自省都不过是自以为是的乌托邦。"自由"和"快乐"的存在是不需要这类道德的。他辛辣地嘲讽道德给现代社会造成的巨大灾难："由于道德的种种矫饰，现代精神已无可救药了。"[5] 因此，"歪曲历史原则，为的是叫历史证明道德估价……原则上歪曲了伟人、伟大的创造者、伟大的时代……不假思索、怀疑、'非道德'、允许放弃信仰，都属于伟大的特性。"[6] "超人"绝不仅仅是一个破坏者，摧毁也意味着解放、重建："尼采著作中所有固有的模棱两可都是起源于他试图借助一种双重修辞来平衡

---

① 尼采：《权力意志——重估一切价值的尝试》，1991 年第 137 页。
② 海德格尔：《尼采的查拉图斯特拉是谁？》，2002 年第 75 页。
③ 尼采：《权力意志——重估一切价值的尝试》，1991 年第 135 页。
④ 尼采：《权力意志——重估一切价值的尝试》，1991 年第 199 页。
⑤ 尼采：《权力意志——重估一切价值的尝试》，1991 年第 229 页。
⑥ 尼采：《权力意志——重估一切价值的尝试》，1991 年第 231 页。

他的中心观点的摧毁和解放这两个方面。"① "超人"的重要品质还在于进行救赎。尼采认为艺术能够为人世的解放带来美妙的享受。他对艺术充满深深的敬意:"艺术的根本仍然在于使生命变得完美,在于制造完美性和充实感;艺术本质上是对生命的肯定和祝福,使生命神性化……"② 这一点,与叔本华对艺术的重视具有某种一致性。只是尼采不像叔本华那样充满悲观主义色彩,而是认为艺术会给人类精神带来积极、乐观的生命情调。

尼采的哲学追寻,充满了鲜明的启蒙忧患意识和后现代感。他以另外一种言说方式,去寻找早已飘落的远古直觉。他始终在迷失—恍惚—醉态的自我拷问中,审度更高意义上的生命神话。这样,人们阅读尼采"而不发笑——不常笑、不大笑、甚至不狂笑——的人,在某种意义上根本没有读懂尼采。"③ 这一提示方式,对我们理解尼采哲学是有启发价值的。

(2) 日神与酒神

欧洲历史悠久的戏剧一直是思想家、文学家最引起自豪的文化传统,从某种程度上说,它是欧洲最有代表资格的文学形式,欧洲重要的思想家无不论及戏剧,从这里出发仿佛才能够感触真正的艺术意味。马克思从历史唯物主义和辩证唯物主义角度曾经对悲剧做出过经典的解释,而对于唯意志主义者来说,尼采是最有资格具称对古希腊戏剧做出深刻理解的"解说员",他对古代艺术的痴迷丝毫不亚于文克尔曼、维柯、荷尔德林。

尼采是从他的哲学基础出发来分析戏剧艺术形式的。他不同意文克尔曼希腊所说的艺术的精髓在于"高贵的单纯和静穆的伟大"。他认为希腊艺术源于希腊人内心的痛苦和冲突。这种痛苦的冲突不是黑格尔所说的悲剧源于两种普遍的伦理力量的冲突。不是如恩格斯之言悲剧:"历史的必然要求与这一要求实际上不可能实现之间的冲突",以及马克思所言:"历史的第一个阶段是悲剧,第二个阶段是喜剧"的论断。尼采的冲突,是一种内在意志的生命冲突。导致苦难的原因来自"权力意志"与自然连接的张力。悲剧尽管是以个人的毁灭为表现,但它考验了"意志"。因之,悲剧反而带来了审美快感:"悲剧用一种形而上学的慰藉来解脱我们;不管现象如何,事物基础之中的生命仍是坚不可摧和充满欢乐的。"④ 因为悲剧的超越性,这种"形而上学的慰藉使我

---

① 斯坦利·罗森:《启蒙的面具——尼采的〈查拉图斯特拉如是说·前言〉》,2003 年。

② 尼采:《权力意志——重估一切价值的尝试》,1991 年第 543 页。

③ [法] 吉尔·德勒兹:《游牧思想》,汪民安译,《尼采的幽灵——西方后现代语境中的尼采》,汪民安 陈永国编,社会科学文献出版社,2001 年第 164 页。

④ 尼采:《悲剧的诞生:尼采美学文选》,周国平译,上海三联书店,1986 年第 28 页。

们暂时逃脱世态变迁的纷扰。我们在短促的瞬间真的成为原始生灵本身,感觉到它的不可遏止的生存欲望和生存快乐。"①

尼采又把悲剧的内在冲突区分为两种形式的冲突,即日神和酒神的对立。他认为:"在希腊世界中,就其起源和目的来说,形成一种强烈的对照,这两种如此不同的倾向彼此并行,但多半是公开决裂。相互刺激而获得不断的新生,在斗争中使得这种矛盾永久存在,而'艺术'这个共同名字不过是表面上为它们架起桥梁。"② 这为尼采分析希腊戏剧和艺术的审美活动提供了方法论的前提。什么是"日神"和"酒神"呢?尼采借希腊神话中的阿波罗和狄奥尼索斯之名,命前者为日神,后者为酒神。它们都具有"意志"力的品质。它们又在不同的感觉和幻象中体现。幻象具有两种基本形态:梦境和醉境。梦境是虚假的感觉世界——外在的塑形,醉境是真实的生命世界——本真的自我。梦境的"美丽的假象,——在艺术的创作方面,人人都是艺术家,——是一切造型艺术的先决条件……但是梦境的现实到达最高度时,我们仍然感到梦的若明若灭的假象……在我们生活于其间的客观现实之下,隐藏着另一种绝对不同的现实,它也是一种假象。"③ 对于醉境"从人的心灵深处,甚至从性灵里,升起的这种狂喜的陶醉;那么,我们便可以洞见狄奥尼索斯的本性,把它比拟为醉境也许最为贴切……在醇酒的影响下原始人和原始民族高唱颂歌时……主观的一切都化入浑然忘我之境。"④ 梦境受到现象世界的干扰,在艺术形式上又只能体现造型艺术。这种外在的真实很难纳入意志本体,它是困惑的现象。尼采欣赏醉境,认为醉境是抒情艺术的在所。特别是音乐,体现了存在之真的最高状态。既然真实只在内心,只在遥远的神话时代,那对于造型艺术而言,要实现由外形到内心的生命体验,就有如何由日神转化为酒神的过程。日神的理智、明晰和格式化,会与酒神的狂妄、放纵、无羁发生冲突。这是两种生命本能的扭打,最终以酒神"占据山头"为表征。只有醉境才是"一场狂舞的筵席,幸福就在不停的活动和野性的放纵。他不断地建筑,又不断地破坏,永远不满足于任何固定而一成不变的东西。"⑤

尼采把醉境置于最高人生境界来阐述悲剧理论,是他的"唯意志"和非理性主义在审美人生中的具体体现。前面已论及,尼采要在摧毁和解放的双重

---

① 尼采:《悲剧的诞生:尼采美学文选》,1986 年第 71 页。
② 尼采:《悲剧的诞生》,缪灵珠译,《西方文艺理论精读选文》,2003 年第 550 页。
③ 尼采:《悲剧的诞生》,1986 年第 551 页。
④ 尼采:《悲剧的诞生》,1986 年第 552 页。
⑤ 丁枫主编:《西方审美观源流》,辽宁人民出版社,1992 年第 569 页。

夹缝中寻求人生理想的。如何摧毁？尼采采取了扫荡似的决绝策略。他用
"权力意志"的巨大威力对传统进行了毫不犹豫地、猛烈地"炮轰"。他认为
道德是可耻的，科学是"伪善的"，政治不过是自欺欺人，所有一切社会的历
史和未来简直是虚无主义的代名词。尼采论述道："形而上学、道德、宗教、
科学——本书认为这些东西只是谎言的不同形式而已……形而上学、宗教、道
德、科学——这一切只不过是人要艺术的意志，要说谎的意志，要畏惧'真
理'的意志，要否定'真理'的意志，它是怪物。"① 他甚至仇视社会主义
"是愚蠢透顶的小人即肤浅、嫉妒和装腔作势之辈挖空心思的暴政——其实它
乃是'现代观念'及其潜在的无政府主义的结果……因此，社会主义乃是毫
无希望、令人作呕的事业。"② 面对可恶的世界，唯有把它们清除出去，埋葬
掉、焚烧掉、化为乌有，还真正的人生，才能大快人心："人类生存的'无动
机的'庆祝生活。这是就该词的全部意义而言的'庆祝'：狂笑、舞蹈、狂
欢、拒绝臣属，以及置目的，财产和道德于不顾的牺牲。"③ 如何解放？尼采
内心似乎是有些矛盾的。他渴望政治革命来求得的身体解放，但这是无法做到
的。不用说当时欧洲处于垄断资本的绝对掌控之下，就自身而言，就连他爱恋
的女人都无法追求到，成了别人的宠妇，社会怎么会创造自我实现的可能性
呢？显然通过社会的解放实现人的解放，简直是"天方夜谭"。只有在人类精
神醉意的呼唤中，才是找到人生的真实所在。艺术正是自我实现的、感性的生
命形式。尼采热情的颂扬："艺术的本质方面始终在于它使存在完成，它产生
完美和充实，艺术本质上是肯定，是祝福，是存在的神化。"④ 我们不妨选取
一段尼采对艺术的经典阐述来印证：

艺术，无非就是艺术！它乃是使生命成为可能的壮举，是生命的诱惑者，
是生命的伟大的兴奋剂。

艺术是对抗一切要否定生命的意志的唯一最佳对抗力，是反基督教的、反
佛教的、尤其是反虚无主义的。

艺术是对认识者的拯救——即拯救那个见到、想见到生命的恐怖和可疑性
格的人，那个悲剧式的认识者。

---

① 尼采：《权力意志：重估一切价值的尝试》，1991 年第 442 页。
② 尼采：《权力意志：重估一切价值的尝试》，1991 年第 170 页。
③ ［法］乔治·巴塔耶：《论尼采·序》，陈永国译，《尼采的幽灵——西方后现代语境中
　的尼采》，2001 年第 14 页。
④ 尼采：《悲剧的诞生：尼采美学文选》，1986 年第 365 页。

艺术是对行为者的拯救，也就是对那个不仅见到而且正在体验、想体验生命的恐怖和可疑性格的人的拯救，对那位悲剧式的、好战的人，那位英雄的拯救。

艺术是对受苦人的拯救——是通向痛苦和被希望、被神化、被圣化状态之路，痛苦变成伟大兴奋剂的一种形式。①

艺术的醉境与生存的惨状的尖锐对立，让尼采在生命的追寻中，选择向往醉境。尼采对艺术的爱好和痴情，使得他对艺术充满敬意。他虽不像叔本华那样认为艺术是痛苦的暂时避难居室，可把艺术当做存在的替代之所，与叔本华是相似的。尼采以审美的态度看待艺术，转变了叔本华消极悲观的审美倾向，赋予了艺术积极的价值。在所有的艺术类型中，悲剧是古老而悠长的文艺形式。悲剧的架构和审美形态，为透视人的生命意义提供了颇具反思的视窗，而受到尼采的青睐。尼采的悲剧趣味和悲剧情结，是他感悟人生的一种独特方式。这种方式与他梦游式的哲学结合起来，勾勒出尼采思想的整体轮廓。尼采是叛逆者，又是忧患者。

尼采的哲学追问和艺术痴迷，也存在明显缺陷。他以"权力意志"作为追问的出发点，抛开历史和社会的合理性，沿着飘飞的思绪随意倾吐自己的思想，这些思想往往瑜瑕互现。他即无心构建体系哲学，也没有考虑他偏激的哲学咒骂会产生什么后果。或许这不是一个思想家的责任。事实上，如果怀疑态度和"虚无主义"在特殊时代迎合了政治的需要，就会产生巨大的消极影响。尼采不是一个法西斯主义者，但尼采的"权力意志"学说被法西斯滥用是一个不能抹杀的事实。尼采希望倡建一种积极、乐观的生命哲学。历史的玩笑恰恰不是以"笑"为特征，而是以掠夺、殖民、屠杀为特征。这样来说，尼采是可悲的。尼采反古典启蒙、反历史、反道德、追逐心性的意志，具有一定现实意义，但其片面性是显而易见的。

二、现代启蒙之二：超现实主义

严格来说，超现实主义并不是最早的现代主义文学思潮。超现实主义对现实主义的改造与颠覆，却是其他文学思潮无法比拟的。然而超现实主义用上了

---

① 尼采：《〈悲剧的诞生〉的技巧》，《权力意志——重估一切价值的尝试》（853 节），1991 年第 443 页。

冒牌的"现实主义"旗号，让人们感觉超现实主义是现实主义在现代时期的新的转化形式。事实却远没有如此简单。更为重要的是，超现实主义在现代启蒙形态以及对现实主义的修正上，具有鲜明的转型特征。我们在此选取它作为论述的一个问题，有助于更好的理解启蒙现实主义在现代主义思潮语境的情景。这与叔本华、尼采非理性主义也有内在联系。

自叔本华、尼采的"唯意志"主义理论开创了审美理论的新视野以来，非理性主义日益与近现代文化思潮紧密结合在一起。象征主义、意象主义、唯美主义、未来主义随之产生。这些思潮和流派对浪漫主义、现实主义在传统中的主宰地位提出了严峻挑战，并将视为在世纪转折中的伟大创举。在这一时代转折中，恰逢现代心理学、近代自然科学取得了重大进展。这为深入揭示人的内心世界，打开心灵奥秘提供了新的方法论基础。它们对自然、现实、人与文艺的关系以及文艺问题提出了与传统的不一样的看法，甚至分裂了传统。文艺反映论、抒情论和自我表现论，在梦幻、潜意识、感觉、意识流和形式至上的冲刷面前，显得手足无措。我们不妨举一例为证：亚里士多德的模仿说影响欧洲两千多年，一直成为现实主义反映论的经典理论。但在唯美主义那里，变成了"生活模仿艺术远甚于艺术模仿生活。"① 因为"艺术除了表现它自身之外，不表现任何东西。"② 这就把现实和文艺的关系完全颠倒过来了，提出了形式至上的超形而上学艺术观。现代主义思潮反传统、反宏观和反历史的破解功力，也是对资本社会在世纪转变过程中的逆反式回应。启蒙理想与人文精神也在资本的扩展、文化的掠夺、家园的殖民面前发生了变味。

超现实主义承蒙这一文化背景。但不应忽视的是，超现实主义艺术实践和理论在一定程度上具有结合现实，参与社会政治斗争的积极方面。只不过它把现实主义做了弗洛伊德心理学、黑格尔辩证法、唯意志论与当代思潮勾连的现代性改造。它把现实革命演变为潜意识和欲望夹击的文艺运动。超现实主义具有较鲜明的人文主义色彩。超现实主义运动的理论代表布列东起草了三次《超现实主义宣言》，发表了《什么是超现实主义？》《论活生生的作品中的超现实主义》等论文，体现了超现实主义的基本理论走向。但超现实主义从一开始在理论上、组织上、创作实践上算不得完全一致。下面我们以《宣言》为蓝本，试分析超现实主义对现实主义的"超越"。

---

① ［英］王尔德：《谎言的衰朽》，杨恒达译，《西方文艺理论史精读文选》，2003 年第 547 页。
② 王尔德：《谎言的衰朽》，2003 年第 546 页。

反现实主义的激进态势。超现实主义以现实主义作为批驳的目标。在布列东看来，现实主义是虚假的命题，对传统造成了巨大损害，所以"现在该对现实主义打一场官司的时候了……从圣·托马斯到安纳托尔·法朗士，现实主义的态度无不发祥于实证主义；我以为它对智力和伦理的任何升华莫不以敌意相对。我厌恶它，因为它包含着平庸，仇恨与低劣的自满自得。"① 十九世纪法国的批判现实主义文学取得过巨大成就，形成了以巴尔扎克为代表的"历史清单"的启蒙现实主义。但由于批判现实主义建立在对资本主义社会经济、人伦关系和情感揭示的基础上，布列东认为它们没有深入到人的内心的存在状态中去，无法把握造成人的畸变的主要原因，这是很不真实的。他说："现实世界就其定义而言，本来就是丑恶的。只有在非现实的境界里，方才存在着美。是人将美引进当今世界里。为了生产出美，就必须尽可能地远离现实。"② 文艺远离现实，自然向往另一种现实，即心理的现实。超现实主义深受佛洛伊德心理学、柏格森生命哲学的影响，把梦幻、爱欲、潜意识、直觉本能冲动等生命原欲当做表现的对象，认为这才是真实的。但他们在否定客观现实的同时，并没有完全抛弃现实，主张将二者结合起来："过去许多年来——更确切点说，自从可以称之为超现实主义的纯粹直觉主义时期（1919～1925）结束以来——我们一直试图把内部现实和外部现实看作趋于统一并终将变成一体的两个要素。这两者的最后统一乃是超现实主义的最大目标。在现在的社会形式下，内部现实与外部现实处于矛盾状态（我们认为这种矛盾正是人类不幸的根源，但也是人类进步的原由），所以我们给自己提出了如下任务：在每个可能的场合，都使这两个现实对照并立，不突出其中任何一个，但也并不同时根据这两个现实来行动，因为这样做会使人以为这两个现实没有事实上相距那么远（我相信，同时根据二者行动的人，不是欺骗我们，就是成为幻想的牺牲品）；并非同时根据这两种现实来行动，而是有条不紊地根据一种，后根据另一种来行动，使我们能观察他们相互吸引和相互渗透，并且给予这种相互作用的力量以一种伸张力，使这两个毗邻的现实趋向于同一，成为一体。"③ 布列

---

① ［法］布列东：《第一次超现实主义宣言》，丁世中译，《西方文艺思潮论丛：未来主义·超现实主义·魔幻现实主义》，柳鸣九主编，中国社会科学出版社，1987 年第 242 页。

② 布列东：《第二次超现实主义宣言》，丁世中译，《西方文艺思潮论丛：未来主义·超现实主义·魔幻现实主义》，1987 年第 281 页。

③ 布列东：《什么是超现实主义?》，《西方文论选》，伍蠡甫主编，上海译文出版社，1979 年第 299 页。

东坚信这一目的一定会达到。他乐观地憧憬道："梦境与现实这两种状态似若互不相融，我却相信未来这两者必会融为一体，形成一种绝对的现实，亦即超现实——姑且这样称呼。"① 这种二元现实的结合，归根到底还是以梦幻、潜意识的心理现实替代社会现实。因此，超现实主义诗歌、绘画、小说都是在想象力的神奇传播下改写出来的现实。爱情成为这种言说方式的主要素材，因为这与超现实主义者向往的审美幻觉紧密联系。

批判启蒙理性。理性是古典启蒙的价值坐标，也是启蒙现实主义的显著特色。但在十九世纪至二十世纪的转变过程中，理性像一面飞舞着的杂色旗帜，充满了绚丽，也夹杂着灰暗。它的正面和背面都可能在不同的语境里被涂抹填色。超现实主义者以他们"清醒"、"革命"的色调，力图给理性怯魅。在他们看来，古典启蒙的理性不过是过时的旧货，应该把它碾碎，扔进历史的垃圾堆。布列东宣称："超现实主义，阳性名词：纯粹的精神学自发现象，主张通过种方法，口头地、书面地或以任何其他形式思想的实实在在的活动。思想的照实记录，不得由理智进行任何监核，亦无任何美学或伦理学的考虑渗入。"② 这样，超现实主义就不需要任何立场，直接把非理性和感觉主义作为理论支柱。不仅如此，超现实主义"不寄望于理性世界，而显然也不寄望于这个世界之外；不寄望于思想联想的永久性（它给我们的生存添加了一种自然的要求或高级的随意行为）；也不寄望于'头脑'为挽留暂时的对象而表示的关切。"③ 超现实主义要"摧毁家庭、祖国、宗教之类的概念，各种办法当都是可取的，超现实主义在这方面的立场徒然已为众人所知，还须指出的是，这种立场并未有任何妥协。以维护这一立场为己任的人们，坚持提出这种否定，而不顾及任何其他价值标准。"④ 最终在超现实主义的历史上，"特别要探究现实与非现实、理智与非理智、反映与能动、有知与无知（无知的部分属于'不可避免'的）、有用与无用，等等一类的概念……超现实主义的全部宏愿，即是在最邻近的领域——无意识的领域——为辩证法提供应用的场所……为什么我们就不应该提出爱情、梦境、精神病、艺术、宗教等问题。"⑤ 至此，我们可看出，超现实主义对理性以及依理性建立起来的秩序进行了多么严厉的解构，对启蒙精神给予了多么残酷的重创！这正是后现代主义所极力倡导的。

---

① 布列东：《第一次超现实主义宣言》，1987 年第 249 页。
② 布列东：《第一次超现实主义宣言》，1987 年第 259 页。
③ 布列东：《第一次超现实主义宣言》，1987 年第 289 页。
④ 布列东：《第一次超现实主义宣言》，1987 年第 287 页。
⑤ 布列东：《第一次超现实主义宣言》，1987 年第 295 页。

后现代话语里，理性就是一个假定，一种存在的符码而已。就是这一符码，都要被撕成碎片。尼采的幽灵在布列东的"宣言"中再度闪现。理性被破解之后，留下的生命残局靠什么来搭建呢？布列东找到了出口，即以潜意识、幻觉、梦境为质素的想象力。他以十二分的热情，高声呼喊："可爱的想象力啊，我之尤其钟爱于你的，正是你的不讲情面。只有自由这两个字，迄今还犹能给我以鼓舞。我相信，它必定能够永远保持住人类早已有之的狂热情绪。……只有想象力向我阐明可能发生什么，而这正就足以多少取消一点那可怕的禁令，也就足以令我耽溺于想象而不怕犯错误。"① 布列东把想象力的催发归结于疯狂，这与精神分析方法直接联系起来了。对于文学写作而言，只有诗歌是最适合表现心灵黑洞的形式："诗是运用语言的艺术，而语言正是和人们精神发生最隐秘的关系的东西；诗本身就带有反理性的特点，因此，诗自己也会成为……'超现实'的最有效的工具。"②

　　瓦解真实性。真实性作为现实主义的一个主要命题，由两方面构成：客观现实性的内容，主观反映符合实际，文学就发生在两者相遇的中途。就最终来源而言，客观存在的现实是文学的内容，因为主体本身就是客观的存在状态。真实性是建立于反映论基础之上的。这样，真实就是历史的真实和表现的真实的有机统一。超现实主义反对现实主义真实性观点。布列东首先确立了反现实主义的坚定立场："我心目中的超现实主义充分表明了我们绝对不信奉正统的态度；所以我们在对现实世界打的这场官司中，必得请它作为反证人出庭。"③接着他对现实的真实进行了解析，认为现实真实"只能调动人的非常表层的功能，而精神却可以感应甚至超越宇宙的浩瀚与神奇。"④ 只有精神和内在世界才是美的："几年来我要求人们从人的意识深处去寻找新的美，对美的思考仅仅是为了感情的需要。"⑤ 人的意识深处的美，无非就是通过直觉和梦幻想象出来的美的形象。这一形象不过是"主观随意度最高的那一种……它从自身找到了一种可笑的、形式上的自我辩解；或者是由于它属于梦幻一类；或者是由于它非常自然地倾向于抽象，即具体的假面具。"⑥ 这样，超现实主义的

---

① 布列东：《第一次超现实主义宣言》，1987 年第 241 页。
② 廖星桥：《外国现代派文学导论》，北京出版社，1988 年第 300 页。
③ 布列东：《第一次超现实主义宣言》，1987 年第 276 页。
④ 廖星桥：《外国现代派文学导论》，1988 年第 298 页。
⑤ 布列东：《疯狂的爱情》，《西方文艺理论思潮论丛：未来主义·超现实主义·魔幻现实主义》，1987 年第 170 页。
⑥ 布列东：《第一次超现实主义宣言》，1987 年第 269 页。

真实性，对来自客观现实的内容进行了潜意识的修改，即：→的套换。套换的真实，就是欲望、本能、性爱、激情等等内心领域的存在状态。这就做到了"上界的一切同下界一模一样，而且内心的一切同外界也一模一样。"① 为强化内在真实性，超现实主义者制定了特殊的探视真实的程序。首先把现实纳入心灵，设置一套密码，把内在真实封锁起来。其次在转化为艺术作品时，需要重新解码。对于阅读来说，更必须破译语言迷宫，还原本质真实。布列东回应人们对超现实主义的误解时说：人们"之所以不能破译，不过是因为你不熟悉那可以令你从一方田野跳到另一方田野的柔软体操术。"② 这就是暗喻、象征等现代主义手法。超现实主义的真实观，瓦解了现实主义的真实观，将客观存在真实转化为主体直觉的真实。它把理性排除在艺术表现之外，偏至于"纯艺术理论"与"为艺术而艺术"。这就背离了现实主义理论的批判性、历史性、人民性和审美性等真实性原则。颇具意味的是，超现实主义者从来不把这场运动看成是一场纯文艺运动。很多超现实主义者是参加政治革命的共产党员，他们又强调文艺真实性的历史内涵，并把这一真实性与政治斗争的任务结合起来。布列东宣称："我们决不想复活那种所谓的纯艺术，纯艺术的终极目的是在为反动的极不纯的目的服务……我们认为在我们这个时代，艺术的终极任务就是积极地、自觉地参加革命的准备工作……为争取自由的斗争服务。"③ 这是超现实主义理论的矛盾所在。这一矛盾恰好把超现实主义与其他现代主义流派区分开来。达达主义、未来主义、象征主义、意象主义、黑色幽默等现代主义流派，把现实和人生描绘成荒诞、乖谬、不可知的，完全否认了现实的真实性。在一定程度上看，超现实主义具有现实主义的某些因素。它强调情节和故事的塑造，表达一定的社会内容。它对资本主义在二十世纪的丑恶形态进行了一定揭露，甚至具有某种革命性，从特殊角度强调了文艺的社会功能。这可能是超现实主义运动持续整整半个世纪的重要原因。

　　超现实主义在形象塑造、典型化、表现手法、技巧方面，也显示出反现实主义的激进姿态。布列东明确宣称："我要求对超现实主义进行深刻的、真正的玄秘化。"④ 什么是"玄秘化"？就是直觉。布列东认为这是创作的秘诀。这一秘诀"在超现实主义之中如脱缰之马一般奋勇向前，它不仅要吸收一切

---

① 布列东：《论活生生的作品之中的超现实主义》，丁世中译，《西方文艺理论思潮论丛：未来主义·超现实主义·魔幻现实主义》，1987 年第 351 页。

② 布列东：《论活生生的作品中的超现实主义》，1987 年第 351 页。

③ 布列东：《什么是超现实主义?》，1979 年第 186 页。

④ 布列东：《第二次超现实主义宣言》，1987 年第 324 页。

已知的形式，并且要大胆创新……即须有能力包容一切结构，不管它属于已显示出来，或尚未显示的世界。只有诗的直觉才能给我们提供线索，使我们重踏灵知的征途——那是对于超感觉的现实，对于处在永恒之中的不可见之物的认识。"① 直觉具有如此巨大的功能，那么对于现实主义所遵循的题材、主体、典型化等艺术手法都一概被拒斥了。唯有语言，超现实主义视之为艺术介入现实的重要手段，将之放到本体论的地位："谈到表现，首先就要涉及语言。所以超现实主义在一开头时仅仅涉及语言……达达派和超现实主义闯开了大门，不折不扣地解放了一大群词汇。这些词汇是不会徒然隐退的。它们将不慌不忙、稳操胜券地改进文学王国那些愚蠢的小城邦。"② 究其实，超现实主义意在直觉的引导下，对现实主义展开一场语言学的改造。

据以上论证，我们可得出：超现实主义建立了一套系统的理论话语瓦解和锈蚀现实主义，把现实主义悬置在现代、后现代主义的文化背景下更改它的原初形态。它使现实主义启蒙精神和人文内涵转变为心理的、无意识的、欲望的新的表现形式。它在积极和消极的意义上都表明：现实主义在现代启蒙背景中，以否定性的方式存在。现实主义在文艺进程、文化思潮的流变中，受环境的深刻影响，同样处于不断发展、演变的过程中。超现实主义是现实主义的现代换名，或者说是现实主义在现代主义文学视野中的一个转变形式。这说明：现实主义不断在挑战中充盈，在完善中不断接受新的挑战。现实主义具有顽强、旺盛、长久的生命力。

三、现代启蒙反思

在讨论了叔本华、尼采的"唯意志"主义、超现实主义的后现代性之后，还有必要返视一个问题：非理性主义的反古典启蒙立场以及经过现代启蒙以后重新考察启蒙现实主义的意义。对于现实主义而言，只有在经历了启蒙运动的熏陶以后，其启蒙的特点才得到真正体现。现实主义漫长的发展过程中，在历史的特殊阶段，它不但没有成为意识形态的主流，而且还隐匿在民间，表现为缺场、无语、作者失声、草根化。启蒙运动的号角，才使现实主义真正成为一种从创作实践和理论形态上参与社会政治、文化革新的主角，从而也使它的启

---

① 布列东：《论活生生的作品之中的超现实主义》，1987 年第 352 页。
② 布列东：《第二次超现实主义宣言》，1987 年第 304 页。

蒙文学精神和人文品质得到充分的体现。从另一方面分析，启蒙也可能被利用、误用和滥用。当欧洲资产阶级作为革命的、进步的力量，要为推翻贵族、封建主义的时候，启蒙被作为进步的时代精神，与政治斗争、社会革命结合在一起，启蒙精神体现出人文的品质、正面的价值。现实主义为推进启蒙精神的实现，把它确立为自己的理论内涵。当资产阶级取得政权，并日益与统一战线——人民大众走向对立面，他们所谓的启蒙就可能蒙上虚假的面具。这样启蒙分化为：统治阶级意识形态式启蒙和虚假理性，知识分子的启蒙和价值理性维护。后者作为人类精神的代言人，往往又对前者进行批判，不断把启蒙和理性引向深入。形成以现代启蒙反古典启蒙，以非理性反理性的乖戾姿态。叔本华、尼采的非意志主义转向就发生在这种情景下。

　　叔本华哲学的悲观倾向，使感觉世界笼罩在失望和悲伤的心理阴影中。他把人们对现代社会的美好向往撕得粉碎。叔本华最后退隐到艺术中逃避苦难的人生选择，并不是一种可取的策略。他对古典启蒙的批判还远远说不上深刻，更谈不上建设性的重建启蒙和人文精神的具体措施。真正猛烈抨击理性启蒙、撕毁一切假象的是尼采。尼采无意创建像黑格尔式的庞大哲学体系。在哲学思维方式上，也显得具有反传统的鲜明特色。他可以信口开河，可以不顾体系，寥寥数语，便成文章，甚至是明显的常规错误，他都愿意将错就错，一错到底。这种情况，成就了尼采的贡献，也造就了尼采的灾难！尼采作为激进的、反理性的现代启蒙主义者，对古典启蒙进行了无情嘲笑。他在《权力意志——重估一切价值的尝试》中有两段经典论断，以下引之：

　　思想启蒙运动，是一种必要的手段，使人变得更无主见，更无意志，更需要成帮结伙。简言之，在人们中间促进群畜的发展。这也就是过去一切伟大的统治艺术家（中国的孔子、罗马帝国、拿破仑、教皇，当这些人同时将目光扫向世界，并且毫不掩饰地追求权力的时候），在以往统治本能的极盛时期，他们也利用过思想启蒙的原因。——或者，起码允许人有行动自由（就像文艺复兴时期的教皇那样）。民众在这一点上的自我蒙蔽，譬如在历次民主运动中，是很有研究价值的。在"进步"的幌子下，会使人变得更卑贱，使人变得更顺从统治。（129节）

　　继启蒙运动而来的仍然是郁郁不振和悲观主义的影响。1770年以后，人们就感觉到正气正在下降。女人，以她们群起为美德张目的本能要求，非道德性要为上述状况负责。伽里阿尼说得中肯，他引用了伏尔泰的诗句：

　　"一个快活的精圣，

　　胜似一种无聊的情感。"

假如现在我设想伏尔泰，甚至伽里阿尼（他是更加深刻的人）——生在启蒙运动之前的若干世纪：那么达到郁郁时期的路程该是多么遥远！我及时发现了德国和基督教的偏执以及叔本华、莱奥帕蒂悲观主义的错误后果，并且寻求最符合原则的形式（——亚洲的——），这会叫人感到遗憾的。不过，为了经得起这种极端的悲观主义（我的《悲剧的诞生》对此不时有所表露），为了在"没有上帝和道德"的世界独自生活，我必须臆想出我的对立物来。也许，孤独的人为何会发笑，我心里最清楚。因为他深受折磨，以致他不得不明笑。这个最不幸，最伤感的动物，同时也是最欢乐的动物。合情合理①。(91 节)

尼采毫不留情的启蒙揭底，无疑给现代社会的种种假象给予迎头一击。罗森认为：尼采"这种摧毁的修辞是现代欧洲启蒙固有的怀疑主义和唯物主义的一种激进化，其显著的不同之处是尼采更为彻底。或者正如他自己说的，比科学启蒙的伟大人物更为诚实，因为他把启蒙的主要动力——数学贬为混沌。然而，这种创造的修辞，也是启蒙中的自由意志论的人本主义的一种激进化，这是一种从文艺复兴衍生出来的，尼采加以净化或强化的人本主义。"② 这一评价体现了对尼采现代启蒙思想的客观态度。但尼采对于启蒙重建，并没有体现出像对古典启蒙批判那样激进和乐观。他除了对艺术表示极崇敬的至爱，希望以醉境中的狄奥尼索斯拯救困境中的现代危机以外，似乎没有找到一条通往"人好好活着"的康庄大道。这决定了非理性主义致命的硬伤。他们虽然转换了审视启蒙的方式，但在理性启蒙造成的废堆里无法炼出黄金。启蒙必须做再度反思。

现代启蒙给现实主义留下了什么遗产？这是一个反思之反思的问题。既然现代启蒙对理性和人文精神做了无情审判，那么今天我们再度审视现实主义时，可在以下方面挖掘其新的意义。这种意义还离不开现代与后现代语境。

①现代启蒙没有解决的启蒙问题，现实主义有必要在理论构建中将其作为一个重要成分。以新理性精神创建新的文学理论体系，新体系应该是开放的、包容的、多元的。

②重新考察现实主义，应合理吸纳现代、后现代话语的有效成分。特别注意估价现实主义自身在发展进程中的失效和缺失，更注重现实主义的人情关怀，力排过分的意识形态化。

③现实主义的建构建立在艺术和审美经验的总结、概括上，从艺术和审美

---

① 尼采：《权力意志：重估一切价值的尝试》，1991 年第 151 页。
② 斯坦利·罗森：《启蒙的面具——尼采的〈查拉图斯特拉如是说·前言〉》，2003 年。

经验的时代发展中，寻找真正现实性的东西。

　　④现实主义的理性品格和人情关怀，应始终保持合理批评的姿态，宏大叙事与微观观照相结合。

第六章

西方马克思主义的启蒙反思

十九世纪到二十世纪转变的过程中，主要存在三种启蒙现实主义形态：古典启蒙的现实主义基本形态，现代启蒙现实主义转变形态和马克思主义现实主义形态。这三种形态的现实主义表现在不同思想家对艺术的不同态度上，又体现出各自不同的特点。他们在阐释现实主义形态的角度、方法等各个方面，不是完全相同的。自从马克思主义诞生以后，对于马克思主义文艺以及马克思主义现实主义的话语阐述和建构，成为现实主义文学理论创建的重要一翼。马克思主义悲剧观体现了马克思主义经典作家对现实主义的基本看法。而马克思主义现实主义是作为无产阶级革命斗争和国际共产主义运动的文化部分，是具有明确的时代性、人民性、倾向性和文艺本体性的。马克思、恩格斯以后，马克思主义现实主义顺应形势的需要，又在不断发展着和丰富着。在俄国，列宁运用马克思主义现实主义观点和方法，评价了托尔斯泰、高尔基、卢那察尔斯基等作家作品，突出了人民性、历史性、民族性、典型化等系列现实主义的宏观价值。在中国，则是二十、三十年代到新中国成立以后，从前苏联文艺理论体系中转引马克思主义现实主义。俄国和中国以马克思主义为指导，取得了革命的胜利，建立了社会主义国家，体现在文艺理论的表述上，前苏联和中国的现实主义被赋予正统马克思主义的称号。在发达资本主义国家，当革命高潮过去，历史实践却没有按照马克思主义理论家的描绘走上人类社会新的历史征程。相反，资本主义通过自身的调节，继续维护和巩固了现存的制度时，那些曾经对未来充满向往的知识分子不得不对马克思主义进行重新思考。他们在自身所处的历史条件下，结合现代\后现代主义的时代潮流，把马克思主义西方化了。

马克思主义西方化，在西方发达国家形成了一股巨大的思想潮流，而且经久不衰，这就是西方马克思主义。西方马克思主义从政治、经济、文化、伦理、宗教、哲学、人生、艺术、自然科学等几乎社会领域的全部方面，对当代资本主义社会做出了"马克思主义"的评价。这种评价沿袭了马克思主义的一个重要方面，即对资本主义社会的批判。他们也忽视了马克思主义主义的一个重要方面：马克思主义对未来的态度是积极、乐观的，认为经过社会革命能够实现公有制并逐步推进到共产主义。西方马克思主义对未来却是迷茫的，他们对社会主义、共产主义持怀疑和悲观态度，对消除不合理制度，实现人的解放提不出合适的方案。西方马克思主义者也不像马克思主义经典理论家那样，始终把理论和革命实践紧密结合在一起，而是把马克思主义著作文本化，将马克思主义当做纯粹学术性的问题来探讨。这种研究大多集中于大学的研究所，尤以法国法兰克福"社会研究所"为主要阵地。它的片面性是可想而知的。西方马克思主义由于把马克思主义与现代西方其他哲学思想"嫁接"，就形成了佛洛伊德式马克思主义、存在主义的马克思主义、结构主义的马克思主义、新实证的马克思主义等等类型。

西方马克思主义对马克思主义现实主义做出了现代语境下的阐释。一方面他们吸收了马克思主义现实主义的有效成分，将现实主义与无产阶级革命和历史进步、民主运动和人道主义联系在一起。同时也把马克思主义现实主义做了符合学院化和批判性的改造。这种改造，既包含对资本主义艺术文化的批判，撕破了商业文化和艺术的假面具，也孕育着对社会主义国家正统马克思主义现实主义狭隘性的揭露。早期西方马克思主义理论家卢卡契、柯尔施、葛兰西对现实主义做出了开创性贡献。法兰克福学派理论家阿多诺提出了"否定性"的"非同一性原则"，比较集中地体现了西方马克思主义对现代技术文化的批判。在本章中，我们选取卢卡契和阿多诺为个案，探讨西方马克思主义对现实主义的启蒙反思。

一、唯物主义到人本论的转变：伟大现实主义

作为早期西方马克思主理论家，卢卡契一生的社会活动和学术活动都是与社会主义革命和国际共产主义运动的历史结合在一起的。这样，卢卡契的理论创建具有鲜明的时代性、党性和论战性。他不仅参加了国际共产主义运动的组织领导工作，而且就亲历的种种历史事件进行反思，写出了《历史与阶级意识》《审美特性》《社会存在本体论》等大量论著和评论，创建了西方马克思主义的人本论思想体系。卢卡契早期对马克思主义文艺理论的实际工作，是把马克思主义从唯物反映论转化到"总体性"的人本论。这样，启蒙的意义也

由马克思主义的革命理性、科学理性、真理转移到批判理性和存在理性。卢卡契提出了现实主义理论中一个重要的问题：在现代审美和艺术中，如何优化人的生存处境，创建属于人的、真实的精神家园，并提出了伟大现实主义的口号。

1. 总体性哲学

卢卡契写于 1919～1922 年的八篇论文，汇集成《历史与阶级意识》一书。《历史与阶级意识》集中体现了卢卡契早年对马克思主义哲学的理论改造。哲学的改造对卢卡契文艺思想的形成产生了直接影响。在此，我们有必要先简要探讨卢卡契的哲学思想。

卢卡契早期哲学思想来自于马克思主义。从参与共产主义运动开始，卢卡契就把马克思主义作为自己的理论指导了。但卢卡契并没有把马克思主义的精髓完全吸收，并转化为无产阶级革命斗争的有效理论武器，而是做了人道主义的改造：将马克思主义理论由实践的唯物论修改为方法论。卢卡契提出了"总体性"的哲学观点。

卢卡契做的第一个理论工作是把马克思主义辩证法还原为一种方法，而不是实践。他在马克思主义之前加了一个修饰词"正统的"。他说："正统的马克思主义并不意味着无批判地接受马克思的各种研究成果。它不是对这一个或那一个命题的'信仰'，也不是对'圣'书的注解。恰恰相反，正统仅仅是方法。它科学地坚信在辩证的马克思主义中能找到正确的研究方法，这种方法只是沿着它的创始人的路线走下去，就能发展、扩大和深化。"① 这种方法，仍然要在理论和实践的关系中去寻找，必须"从方法以及方法与它的对象的关系中抽出理论的实际本质。否则，'掌握群众'就会成为一句空话。"② 这就是说，把辩证法抽象出来，作为历史分析和理论创建的纯粹方法。这样，主体和客体可以超越具体的社会条件，使实践和理论的结合分离。因此，马克思主义可以演变为静态的理论原则，放置到通用的标准里去。卢卡契批评恩格斯把辩证法作为流动的、具体的概念，乃是对辩证法的曲解。他认为恩格斯"对历史过程中的主体和客体之间的辩证关系这种最根本的相互作用连提都没有提到，更不要说让它居于与它相称的突出地位了。"③ 在卢卡契看来，辩证法的运用就在于以主体的介入，把历史与主体联系起来，通过主体对现实做出评

① [匈]卢卡契：《历史与阶级意识·什么是正统的马克思主义？》，周裕昶译，《西方马克思主义美学文选》，陆梅林选编，漓江出版社，1988 年第 4 页。
② 卢卡契：《历史与阶级意识·什么是正统的马克思主义？》，1988 年第 5 页。
③ 卢卡契：《历史与阶级意识·什么是正统的马克思主义？》，1988 年第 7 页。

价。这一点，晚年卢卡契在《我向马克思的发展——关于〈历史和阶级意识〉的回顾》一文中，对自己早年的思想做了检视："由于社会的发展以及这种发展所产生的各种政治理论的作用，这本书那些今天认为在理论上错误的部分往往影响最大。"① 这种错误的影响就是偏离马克思主义辩证法的合理内核所做的理论传播，使主观主义思想在革命活动中产生了消极的影响。因此，"在理论上论证这种立场的大量问题没有得到解决，我越来越为此感到痛苦。"②

卢卡契早年的第二个理论工作是把阶级斗争和革命实践过程还原为意识领域的冲突。这是与他把马克思主义辩证法剥离出来，作为抽象的方法论一脉相承的。他认为，无产阶级革命只有在意识领域对资本主义进行革命，才可能取得真正的胜利。不可否认，在无产阶级革命中对过去文化中落后的东西进行批判，清除出去，扔进垃圾堆，是完全必要的。卢卡契却把意识作为独立于实际力量的客观实在，以为意识具有"武器"的力量，不免走向了唯心主义。这一思想直接影响了俄国无产阶级文化派。他虽然承认存在决定意识的一般原理，事实上又把意识放在存在之上："人发现自己面临着纯粹的自然关系或被神秘化为自然关系的社会形式。这些关系表现为固定的、完整的、不可改变得实体，它们只能被利用和了解，而本能被推翻。但是这种情况也在个人的意识中创造了实践的可能。实践成了适合于孤立的个人行为的方式，成为他的道德规范。"③ 这不把个人意识置于实践之上了吗？整体的阶级意识对抗另一个整体意识就是顺理成章的了。与意识作为阶级对抗和社会革命的力量紧密联系，卢卡契提出了一个重要概念："物化"。在这之前，卢卡契并没有看到马克思《1844 年经济学哲学手稿》。他是通过阅读《资本论》等经典著作，阐发出来的一个观点。"物化"理论的提出，确实在某些方面暗合了马克思"异化"理论。卢卡契看到，商品生产的过程使得劳动者与劳动对象分离了。主体创造了产品，产品一旦生产出来，就是客观的存在，却不再被主体所占有。这样，主体和客体之间就形成了目的和结果的对立。这在本质上体现为意识的"物化"。因为"它在人的整个意识上打上了自己的印记。人的性质和能力不再成为其人格的有机组成部分，它们成为一种能'占有'和'处置'的东西，就像外部世界中的各种东西一样。在这个世界上，人的关系具有的一切自然的形式，人的物理和心理'性质'所可能发挥作用的一切形式，无不日益纳入这

---

① 卢卡契：《我向马克思的发展—关于〈历史和阶级意识〉的回顾》，莫立知译，《西方马克思主义美学文选》，1988 年第 80 页。

② 卢卡契：《我向马克思的发展——关于〈历史和阶级意识〉的回顾》，1988 年第 81 页。

③ 卢卡契：《历史与阶级意识·什么是正统的马克思主义？》，1988 年第 25 页。

一物化过程中去。"① 卢卡契却没有发现，物化与异化的差别。他只看到物化是人的意识的异化，没有找到异化却是人的本质的异化，是整个社会结构的异化。扭转意识物化只能通过意识领域的解放，异化的消除却需要通过革命斗争。卢卡契在 1934 年回顾自己的思想历程时，深深的感叹道："我在《历史和阶级意识》一书中所陷入的错误，完全是沿着这种背离马克思主义的路线走的。对于像我这样的错误，列宁在他的书中已作了详尽的批判。"②

卢卡契早年第三个理论工作，也是最重要的贡献，是提出了"总体性"的概念。"总体性"概念是在前两个理论工作基础上的自然延伸，它构成了卢卡契思想体系的起点。他把"总体性"看成是认识的基础，认为"总体性是支配实在的范畴。"③ 这就是说，"总体"包含了主体和客体在内的一切要素，主体支配客体。他具体解释说："把社会生活中的孤立的事实视为历史过程的各个环节，并把它们归结为一个总体，对事实的认识才能成为对实在的认识。这种认识从上述简单的、纯粹的（在资本主义世界中）、直接的、自然的规定出发，从它们前进到对具体的总体的认识，也就是前进到观念中再现实在。"④卢卡契提出"总体性"，决定于两个基本前提：理论前提和现实基础。

理论的直接前提来自马克思的"统一"学说。马克思认为具体是多样化的统一表现："具体之所以具体，因为它是许多规定的综合，因而是多样性的统一。"⑤ "统一"学说是对费希特主观唯心主义以"自我"吞噬"实在"的批判，也是对黑格尔"绝对理念"经过"正"、"反"、"合"的逻辑转化再到"统一"的颠覆。马克思把世界"统一"学说建立在唯物主义的基础上。以唯物主义为前提，马克思把历史看作是一个不断前进的过程。历史规律不同于自然规律，自然规律遵循达尔文生物进化论原理，但历史规律是在人与世界多维关系的建构中形成的，体现于社会和自然的多重合理推进。因此，历史是客观的、又是主观的。卢卡契认为：马克思的"统一"学说，实际上就是表现为"总体性"。卢卡契吸收了马克思主义辩证法，并不把"总体性"视为杂乱的堆集，而是显示差异的一致性。他说："我们再重说一遍，总体的范畴不是把

① 卢卡契：《历史与阶级意识·物化和无产阶级意识》，张庆熊译，《西方马克思主义美学文选》，1988 年第 53 页。
② 卢卡契：《对〈历史和阶级意识〉一书的自我批评》，马学象译，《西方马克思主义美学文选》，1988 年第 71 页。
③ 卢卡契：《历史与阶级意识·什么正统的马克思主义?》，1988 年第 14 页。
④ 卢卡契：《历史与阶级意识·什么是正统的马克思主义?》，1988 年第 13 页。
⑤ 马克思：《马克思恩格斯全集》（2 卷），人民出版社，1972 年第 103 页。

它的各个环节归结为无差别的统一性、同一性。"① 并以此分析资本主义制度的中的"物化"和主客体关系，取得了成就。

　　现实的基础来自对国际工人运动中出现的理论失误的反思。国际工人运动中，尤其在第二国际之后，出现了庸俗唯物主义与经济决定论的错误思潮。这些思潮对无产阶级革命产生了消极影响。卢卡契认为，只有把资本主义看成一个"总体"，从积极和消极方面辩证分析它的合理性与非合理性，才能真正认识资本主义社会。进而采取有效策略，推进无产阶级事业的发展。这一点，列宁在《共产主义运动中的左派幼稚病》《唯物主义与经验批判主义》等论文中有过精辟的论述。卢卡契对此由衷地赞扬道："列宁的《唯物主义和经验批判主义》对帝国主义时代的资产阶级唯心主义及其工人运动作了主要的评述，对各种偏离马克思主义的思潮作了评述和批判……列宁的《唯物主义和经验批判主义》过去是、现在仍然是在意识形态战线上进行这一个斗争的旗帜。"② 这是卢卡契把自己的理论归属于辩证唯物主义的见证。

　　卢卡契的"总体性"哲学思想，在一定程度上继承了马克思主义关于物质世界和精神世界具有内在一致性的思想。这种一致性体现于历史的运动过程。这样，就把唯物主义与辩证法较好的结合在一起，对于分析和批判当时流行于社会主义国家的机械唯物主义和庸俗进化论具有鲜明的针对性。任何新社会形态和思想观念都不是凭空产生的，只有从人类所创造的物质文化和精神文化的总体中吸收其合理的东西，才能创建新的社会机制。新的社会机制反过来可能对旧有形态反思，再度挖掘出总体中新的东西。于此，形成一个主体、客体与意识连续运动的"循环"，这对精神文化在连续性中的角色来说，尤其如此。显然，这是具有浓厚人道主义色彩的"总体论"。这对于艺术和审美，具有重要的启迪价值。卢卡契的"总体性"思想，诚如中国哲学中"道"的观念一样，企图以一个悬置于最高处的抽象概念遮盖一切现象，反而会导致具体性的抽空。更为严重的是"卢卡契把认识的重心从对客体的分析移至对主体的分析，因此，他的失误不在于理论的前提本身，而在于他把'行动的领域'同对社会的客观的科学的分析的区别夸大了。这种思想方法在认识论上必然导致把个体与现实统一为一个连续变化的'总体'。这样，个体对现实的'反射关系'（反映）便被这一时期的卢卡契否定了。主体的意志是历史的物化之前

---

① 卢卡契：《历史与阶级意识·什么是正统的马克思主义?》，1988 年第 17 页。
② 卢卡契：《对〈历史和阶级意识〉一书的自我批评》，1988 年第 78 ~ 79 页。

形态，而不是现实的物质在头脑中的改造后形态。"① 这样，使得早年的卢卡契不免朝唯心主义的门槛迈入了一步。

2. 人道主义理性

卢卡契的"总体性"意识哲学为他的理性主义立场奠定了基础。在卢卡契看来，要维护主客体的内在统一性，以及历史运动过程的合理性，理性是直接也是唯一的规定。为什么理性在卢卡契视野中具有如此重要的位置呢？这与卢卡契对古典启蒙精神的大力弘扬和努力实践存在密切联系。他在评价俄国革命民主主义者的伟大历史功绩时，特别体现了这一点。他说："要想了解车尔尼雪夫斯基与杜勃罗留波夫的战斗唯物主义的意义及其历史地位，必须考虑到当时历史上这种总的哲学情况，车尔尼雪夫斯基与杜波罗留波夫一直是欧洲民主主义启蒙运动的最后的伟大思想家。他们的著作一直是民主主义启蒙运动哲学的最后的伟大的内在完整的进攻性的一击。"② 启蒙总是把思想与实践密切联系在一起，体现为"行动领域"的哲学。欧洲十八世纪启蒙运动不仅树立了理性王国的巍巍大厦，而且为指导资产阶级革命发挥了重大作用。俄国民主主义的双重任务，更使启蒙理性染上了鲜艳的战斗性。以"尼古拉三雄"为代表的民主主义者，把启蒙与现实主义批评理论有机结合在一起，形成了具有鲜明时代特色的民族性、人民性、历史性、生活中心、艺术典型、切入心灵的理论。这些对卢卡契而言，都是令人振奋的。他赞扬道："这种对人民的信心，这种对被压迫与被剥削的群众的忠诚，构成了车尔尼雪夫斯基与杜勃罗留波夫的革命民主主义的伟大性。……文学自然不能以本身为目的，正与哲学甚至政治一样，车尔尼雪夫斯基与杜勃罗留波夫一生中始终探求着革命变革的方法，在人类活动的一切表现中，他们搜索着可能促进或阻碍这大转变的倾向，他们所渴望的总是使人们在各方面都能发展他们的才能的普遍自由。在这方面，他们始终是费尔巴哈和启蒙运动伟大思想家的真实信徒。"③ 显然，通过这种评价，体现了卢卡契对启蒙和文学关系的看法：文学在启蒙时代应承担起构建理性和社会变革的历史使命，而这种理性具有很鲜明的人道主义特点。

关于理性，在西方思想史上具有悠远的历史。到十八世纪启蒙运动时期，理性成为思想变革的旗号和标志。这固然与当时科学的进步，人类认知方式的改变存在密切关系，更为重要的是对新古典主义理性的批判、继承、改造，从

① 马驰：《卢卡契美学思想论纲》，东北师范大学出版社，1997 年第 18 页。
② 卢卡契：《俄国民主主义文学批评的国际意义》，刘若端译，《卢卡契文学论文集》（二），中国社会科学院外国文学研究所编，中国社会科学出版社，1981 年第 69 页。
③ 卢卡契：《俄国民主主义文学批评的国际意义》，1981 年第 71 页。

人的角度重建理性关联。新古典主义理性虽然把理性提到了精神的主面，却把理性归结为一种封建的、贵族式的意识形态，并且成为国家专制主义的工具，这实际上钳制了人的理性，使理性走向反面，这显然不是文艺复兴以来人文精神的体现。因此，启蒙理性不应再是意识形态理性的老调重弹，而是对人的本性的呼唤，对建立一种普遍的人的存在状态的吁求。古典启蒙精神影响了德国古典哲学、批判现实主义、俄国民主主义等等，使现实主义显示出无穷的魅力。但现代启蒙、非理性主义也如飘荡的幽灵，对理性主义构成了严峻挑战。叔本华的悲观主义、尼采的权力意志、柏格森的生命哲学、佛罗伊德的精神分析学说以及进入二十世纪以来各种非理性主义文艺思潮的泛滥，极大的摧毁了理性的篱笆，梅毒化了人们的头脑，最后导致了两次世界大战的全人类悲剧。在卢卡契看来，清算非理性的毒害乃是重大使命。他认为："非理性主义的不同阶段都是作为对阶级斗争的问题所作的反动回答而出现的。"[1] 非理性主义的致命弱点就是："贬抑知性和理性，无批判的推崇直觉，贵族式的认识论，拒绝社会历史的进步，制造神话等等。"[2] 它们对认识论造成了很大的混乱。沉浸于内心和直觉，不仅仅是观察方法的视角，而是涉及世界观、历史观的问题，这些无疑影响到价值取向和行动方式。卢卡契以此把非理性主义提升到社会历史观的层面上进行批判："一切敌视理性的态度的根源在于——客观上，在社会历史本身发展的过程中；在主观上，在有关个人的立场中——是赞成灭亡的东西还是赞成新生的东西。"[3] 要扫除非理性对当代社会的毒化，继续高举启蒙和理性的大纛，是建设社会主义国家的重要任务。

　　卢卡契对创建理性如此执著，还有来自阵营内部的论争。这就是"卢卡契布莱希特之争"。争论源于对"表现主义"的态度问题。二十世纪三十年代，"表现主义"诗人戈特弗雷德·贝恩发表了支持法西斯政权的言论，遭到国际阵营进步作家、思想家的猛烈批判。卢卡契和布莱西特、布洛赫等人对贝恩政治立场与人格的批判是一致的。但对"表现主义"创作倾向和表现形式的看法上，体现出很大差异。卢卡契认为表现主义是导致法西斯主义的主要原因之一，因此"表现主义"是法西斯主义在文学上的罪魁祸首。导致这一罪恶的理论来源就是文化思潮上的非理性主义。在卢卡契看来，对文学中一切与非理性主义相联系的创作方法和观念，都是应该被批判的，都应该清除去文学

---

① 　卢卡契：《理性的毁灭》，王玖兴译，山东人民出版社，1986 年第 7 页。
② 　卢卡契：《理性的毁灭》，1986 年第 7 页。
③ 　卢卡契：《理性的毁灭》，1986 年第 686 页。

的神圣殿堂。只有现实主义，才能作为文学的唯一形式，因为现实主义是理性的坚定维护者和实践者。卢卡契把现实主义不仅仅看成一种创作方法和艺术风格，还认为现实主义是一切文学的共同基础。现实主义是人道主义精神的具体体现："在卢卡契看来，没有人道主义，没有民主要求，就不会有现实主义。因此，人道主义—民主—现实主义是'三位一体'的。"① 理性在卢卡契视野里就是人道主义。布莱西特在美学和现实主义问题上，与卢卡契大相径庭。他把文学看成是阶级斗争的工具，因此"阶级论"是衡量文学是否先进的唯一标准。以往一切的文学，特别是资本主义社会的文学，都是落后的、颓废的。这就否定了卢卡契所极力推崇的巴尔扎克、托尔斯泰、托马斯·曼等杰出的资产阶级作家，否定了文学的人道主义精神。卢卡契批评布莱希特是"颓废文学"的代表。布莱希特把表现主义视为一种新的文学表现形式，认为抒情文学只要表现了无产阶级的革命斗争和解放的真正情感，不仅应予肯定，而且要大力提倡。在布莱希特看来，表现主义可以成为特定时代下现实主义的一种转化形式。布莱希特并不把是否理性与非理性作为区分现实主义与非现实主义的唯一标准。这些体现出布莱希特的现实主义理论中具有更多的包容性、时代性和文艺本体论色彩。这场论争，"表面上看是无产阶级阵营内部的一个理论家与一个'斗士'的文学观点之争。实质上是哲学观上理性主义与非理性主义之争。"② 卢卡契要为人道主义而极力维护理性。对于布莱希特而言，他并有把当时的论争文章公开多少，表明他更侧重于现实的文学实践，而不愿把时间耗费在火药味很浓的"无用功"上。

卢卡契对理性的强调，是对人道主义精神的再度弘扬，也是对文艺复兴以来优秀文学传统的价值在社会主义时代的深度挖掘。理性作为现实主义的有机要素，对卢卡契"伟大的现实主义"文学观的形成产生了直接影响。

3. 伟大现实主义

早期西方马克思主义理论家里，还没有一个像卢卡契那样对现实主义如此钟情，以致一生中为了捍卫、发展现实主义，在参与的社会活动、思想论战中都以现实主义为武器，并将之贯彻到底。卢卡契现实主义创建与时代的政治形势、文化思潮紧密联系在一起的。在一定程度上，他的现实主义是把十九世纪现实主义文学为评论的经典，转移到二十世纪中来。力图弘扬一种具有磅礴气势的、独一的、马克思主义式的现实主义。现实主义的独尊，使得卢卡契为启

---

① 马驰：《卢卡契美学思想论纲》，1997 年第 192 页。
② 马驰：《卢卡契美学思想论纲》，1997 年第 197 页。

蒙设置了"界限"。在他看来，浪漫主义、自然主义、现代主义作为文学都是成问题的，更不用说具有启蒙的价值了。这种独特的启蒙思路，具体体现为"伟大现主义"的创造和传播。卢卡契在《现实主义辩》《俄罗斯现实主义在世界文学中的地位》《欧洲现实主义研究》《俄国民主主义批评的国际意义》《社会主义社会中的现实主义》《托尔斯泰和现实主义的发展》《我们的歌德》以及大量作家、作品评论中，阐述了这些思想。

①伟大现实主义以"总体性"哲学为理论前提，弘扬真实的人道主义。卢卡契"总体性"哲学意识，不仅仅是经济领域的"物化"分析，也是美学和文学中历史意识和现实主义分析的出发点。因为"马克思主义的历史哲学把人当做一个总体，并且把人类进化史也当做一个总体，连同它各个不同发展时期的局部成就，或者毫无成就一并加以考虑。"① 总体中主体和客体的在场，会在对话的基础上建立交流机制。它传递出人的存在意义，使人成为自由的人，这无疑是人道主义的表现。卢卡契认为："无产阶级人道主义的目的就是为了恢复人的完整的个性，使之摆脱它在阶级社会中所遭受的歪曲和肢解。"② 对于现实主义来说，就要在形象中，渗透强烈的人道主义内涵，把文学中的形象意义和社会中人民的存在价值结合起来："伟大的现实主义和人民的人道主义溶成一个有机的总体。"③ 这些思想，是在卢卡契研究了马克思《1844 年经济学哲学手稿》以后，不断走向成熟的人道主义和现实主义观点的体现。早年的卢卡契，研究《资本论》和马恩其它经典著作的时候，就把马克思主义作为一种人的解放的学说而不是阶级斗争的体系。如此，他才把现实主义作为自己文艺理论的支点。现实主义与人道主义之间存在必然联系。因之，卢卡契的人道主义的现实主义在这样一个层面上建构：现实主义摆脱阶级论的偏见，以人的存在作为艺术表达的基础；现实主义创作的经典时期发生在十九世纪叙事文学阶段；现实主义是一个历史的序列，只要是为人的自由和解放而来，就具有鲜明的启蒙色彩。过去，学界对卢卡契这一思想是贬抑的，认为他宣扬抽象的人性论，偏离了马克思主义人道主义。其实他的思想"渗透着强烈的人道主义思想。他的人道主义思想是对资本主义异化现象、人被物化为非人现象的严重抗议。过去国外对卢卡契的人道主义的批判，在今天看来基本上都是应

---

① 卢卡契：《〈欧洲现实主义研究〉英文版序》，施界文译，《卢卡契文学论文集》（二），1981 年第 47 页。

② 卢卡契：《〈欧洲现实主义研究〉英文版序》，1981 年第 47 页。

③ 卢卡契：《〈欧洲现实主义研究〉英文版序》，1981 年第 55 页。

予以推翻的。"① 这一定论，是符合卢卡契理论的实际的。

②人民性、民族性和博大的历史叙述，构成了伟大现实主义重要的一方面。卢卡契的理论创造和他的社会活动一样，总是在与追求真理、向马克思主义靠近而努力。早期的卢卡契受到黑格尔影响，在对马克思主义理论的阐述上体现出明显的唯心主义痕迹。亲历过社会主义革命和建设的种种现实后，他的马克思主义世界观日益成熟了。他实事求是的作风，旗帜鲜明的立场，为他的理论叙述增添了科学、辩证的特色。他不满资本主义社会的异化状况，拥护新型的社会制度，也对斯大林式的大社会主义体制表示怀疑和困惑。他在无产阶级事业的推进过程中，不断反思现实和历史。在文学批评理论方面，也与这种反思紧紧联系于一起，提出只有现实主义才是真正的创作方法和原理。卢卡契反对现实主义理论上的虚无主义，认为只要弘扬人道主义、为人的解放提供前景的现实主义都应该予以肯定和发扬。人道的现实主义理论务必是一种启蒙气派的、宏大结构的理论。现实主义的人民性、民族性和博大的历史叙述就成为其突出的特色。

卢卡契的现实主义体现出浓郁的十九世纪情结。他认为批判现实主义的"历史清单"，俄国革命民主主义的启蒙思想，以至文艺复兴的"镜子"反映论，都是现实主义的典范性阐释。什么是人民性？卢卡契认为人民性是："为同自己人民的整个的、历史的形成独特方式的生活取得多方面的联系而斗争；它意味着：寻找方针和口号；这些方针和口号能够从人民生活中唤起进步的、向往新的、政治上其作用的生活的倾向。"② 可见，人民性必须与推动历史前进的、符合人民利益的社会运动结合。这就要求作家树立先进的世界观，确立热爱人民的真实情感，并不断投入社会变革的实践中。卢卡契说："文学若想真正完成历史赋予的使命，先决条件当然在于作家们要在世界观上和政治上都得到新生……还需要人的整个情感世界更新；文学对于起解放作用的、使各族人民团结的、民主的新情感正好是最有效的代言人。俄国历史发展的伟大教训就在于说明真正的现实主义能起到这种教育人民、改造群众的有益的作用。但是只有真正的、伟大的、深刻而广阔的现实主义能产生出这种效果。"③ 很显然，卢卡契继承了俄国革命民主主义者人民性的思想，又发展了马克思主义现

① 程代熙：《卢卡契与布莱希特的现实主义》，《文艺理论与批评》，1990年第4期第25页。
② 卢卡契：《现实主义辩》，卢永华译，《卢卡契文学论文集》（二），1981年第32页。
③ 卢卡契：《〈俄罗斯现实主义在世界文学中的地位〉德文版第一版和第二版序》，孙凤城杜文堂译，《卢卡契文学论文集》（二），1981年第39页。

实主义既要有广阔的社会背景又必须与历史趋势相结合的观点。恩格斯指出，十九世纪批判现实主义文学的巨大成就标志着现实主义的伟大胜利，卢卡契还把民主主义启蒙理论也归入到这一胜利的范围中。卢卡契强调：在社会主义阶段，现实主义应同样具有批判现实、反思历史、教育民众的启蒙功能。

人民性在相当程度上，是民族性和时代性的体现。卢卡契认为俄国古典现实主义创造了文学的辉煌时代。是由于托尔斯泰、陀思妥耶夫斯基、高尔基等为现实主义树立了一种不可模仿的范本。这一范本的巨大意义在于："他们的每部巨著不仅具有民族性，而且也具有时代性。"① 因为民族性和时代性在人民性方面得到了鲜明体现，卢卡契进一步指出："最重要的因素在于，作家作为人和艺术家，都要和一个伟大的、进步的人民运动打成一片。……他们都是以整个的心灵投身到这些寻求人民解放、为人民解放而斗争的运动之中。这种与人民运动的联系在文化艺术领域内产生了这样的效果：作家克服了他的孤立性，他的隐遁态度和仅仅作为旁观者的特性……只有通过与人民运动的联系，作家才可能对当代文化中反艺术的倾向采取自由的不受拘束的、批判的态度。……同为人民解放而斗争的群众运动有联系，就会使作家得到一种伟大的见解，一种开花结果的主题，因此他们——如果他们是真正的艺术家——就可以创造出符合时代精神的（尽管与浅薄的时代潮流背道而驰）、真正伟大的、强有力的艺术形式。"② 这可以看成卢卡契现实主义的反映。

③典型论作为现实主义的核心问题，体现了现实主义文学形象塑造的最高要求和标准。马克思主义经典作家非常重视典型人物的塑造，提出了"典型环境中的典型人物"，"人物动机有机历史论"等典型创造原则，极大地丰富了现实主义文学理论。卢卡契充分肯定马克思主义典型观，认为："正是典型这个概念把马克思主义美学的特征表现得非常清楚。"③ 卢卡契在吸收马克思主义典型理论的过程中，将其做了"总体论"的改造，发展为人道主义的、主体性的典型理论。

首先典型是主体发展到最高程度的主客体综合。卢卡契说："现实主义承认这个事实：一部文学作品既不能像自然主义者所假设的，以无生命的一般性

---

① 卢卡契：《〈俄罗斯现实主义在世界文学中的地位〉德文版第一版和第二版序》，1981 年第 40 页。

② 卢卡契：《〈俄罗斯现实主义在世界文学中的地位〉德文版第一版和第二版序》，1981 年第 40 页。

③ 卢卡契：《马克思、恩格斯美学论文集引言》，严宝瑜译，《卢卡契文学论文集》（一），中国社会科学院外国文学研究所编，中国社会科学出版社，1980 年第 92 页。

为根据，也不能以自身并无丝毫价值的个别原则为根据。现实主义文学的主要范畴和标准乃是典型，这是将人物和环境两者中间的一般和特殊加以有机的结合的一种特别的综合。使典型成为典型的并不是它的一般的性质，也不是它的纯粹个别的本性（无论想象得如何深刻）；使典型成为典型的乃是它身上一切人和社会所不可缺少的决定因素都是在它们最高的发展水平上，在它们潜在的可能性彻底的暴露中，在它们那些使人和时代的顶峰和界限具体化的极端的全面表现中呈现出来。"① 因为"伟大的现实主义和人民的人道主义溶成一个有机的总体。"②

其次，典型是在普遍现实性原则制约下，体现历史前进方向，具有鲜明真实性的人物形象："任何人都知道：典型形象不是平均的形象（或者仅仅是在少数极端的例子中），它也不是怪癖的（虽然它在大多数情况下远远超乎日常生活的界限）。典型形象之所以成为典型是因为它的个性内部的本质受着客观上属于社会重要发展倾向的规则所左右和限定。只有通过最普遍的社会客观性而从个性的最真实的深处生长起来，一个真正的典型才能在文学中产生。"③ 典型并不分它所产生的社会体制，只要创作主体表现出"忠诚"和理性的审视，保持一种适度批判的张力，就能创造出来。由于批判现实主义和社会主义现实主义作家都怀着对生活的真实情感，都对人文精神充满深厚的敬意，而不是盲从来自政治和权力的压抑和掣肘，卢卡契对他们创造的典型给予了积极评价。

再者，典型是指向未来的，是社会进步趋向的文学化显示。卢卡契自信："真正的和不朽的典型的创造取决于对经久的、居首要地位的社会过程的正确认识，同时这也是艺术本身各种基本要求的实现。俄国现实主义的伟大成就，就在于它创造了许多这类真正的典型性格。发现并且揭示这些典型性格和典型命运的社会和历史意义，就是别林斯基、车尔尼雪夫斯基与杜勃罗留波夫作为批评家为自己规定的重要任务。"④ 卢卡契还分析了正确认识社会过程的两种途经，即外部的内部的观察角度。二者影响形象指向未来真实性的程度。批判现实主义作家侧重从内部认识社会过程，所以真实性还没有达到最高的程度。

---

① 卢卡契：《〈欧洲现实主义研究〉英文版序》，1981 年第 48 页。
② 卢卡契：《〈欧洲现实主义研究〉英文版序》，1981 年第 55 页。
③ 卢卡契：《社会主义社会中的批判现实主义》，奚言译，《卢卡契文学论文集》（二），1981 年第 141 页。
④ 卢卡契：《俄国民主主义文学批评的国际意义》，1981 年第 85 页。

只有"从外部来考察社会历史的过去是完全可以具有最高度的社会真实性的。"① 社会主义现实主义扬弃了内部观察,而从外部考察社会的进程,才创造了更完整、典型的形象。这还"因为社会主义现实主义的世界观的基础正好在于是对这个未来的理解,因为这个远景在它的范围中内调整了作家的创作,所以很自然,从内部来塑造形象,恰好在那些以实现这个未来为生存目的的人身上表现得最为明显。"② 卢卡契典型指向未来的看法,体现了对马克思主义典型观"个人动机有机历史论"的推进。在不断走向美好前景的社会里,艺术典型就越是充满崇高理性的、导向乐观态度的形象。这显示出,卢卡契对社会主义和人类的未来持积极、乐观的心态。

再次,典型是具有审美形式的形象。卢卡契虽然没有系统阐述典型构成的审美特点,但在他对文艺审美的看法中,我们仍然可以发现,他是强调典型的审美性的。马克思、恩格斯曾指出,典型是典型环境、高尚的审美趣味、成功的艺术描写的有机结合,主张艺术表现的莎士比亚化反对席勒式。卢卡契对此是有继承的。他认为"文学要想真正成为民族新生中的一个因素,就必须在文词、形式和审美各方面也来一次更新。"③ 典型何尝不是如此呢?典型从广义上说,就是文学的一种形式。卢卡契谈到什么是"美"时,指出:"美从来不是一个狭义的美学上的形式问题,而是个体与族类、个人与自然、人与周围的人之间一种现实的和谐的表现。"④ 而"只有艺术,艺术作品能赋予美的人以持久性。"⑤ 自然,艺术作品中"美的人"是典型。典型就是"美是和谐"和形象永久性的表征。典型在卢卡契现实主义中具有如此重要的地位,表明了卢卡契确实把握了现实主义的精髓。当然,卢卡契在理论表述中,由于其理性启蒙的思路和出发点,更多从宏观角度,特别是社会、历史的视野来分析问题,对典型内容方面更有所侧重。实际上,为启蒙现实主义设置了"界限"。这正好说明,卢卡契作为无产阶级文化战士和斗士,与一般理论家在立场和阐述问题上存在明显差异。

4. 卢卡契的启迪

卢卡契在其漫长的一生(1885～1971)中,经历了重大了的历史事变。

---

① 卢卡契:《社会主义社会中的批判现实主义》,1981 年第 105 页。
② 卢卡契:《社会主义社会中的批判现实主义》,1981 年第 105 页。
③ 卢卡契:《〈俄罗斯现实主义在世界文学中的地位〉德文版第一版和第二版序》,1981 年第 39 页。
④ 卢卡契:《我们的歌德》,山石译,《卢卡契文学论文集》(二),1981 年第 550～551 页。
⑤ 卢卡契:《我们的歌德》,1981 年第 548 页。

目睹了人类的血腥残杀，亲历了新的社会主义制度。看到了人类的美好理想正在变成现实，也目视了在追求幸福的过程中所走过的艰难道路。历史的曲折性就像投影，深深的照射到那些不断关注民生、社会和全人类共同理想的求索者身上。作为希冀"伟大"叙述的卢卡契来说，这些对他的思想、感情、心理、理想无疑都会产生了影响。这种影响直接、或隐在地体现于卢卡契的理论体系中，使得卢卡契的"言说话语"标显出鲜明的时代性、党派性和论战性。

卢卡契的学术生涯在追求、继承、改写、发展马克思主义方面留下了显著印记。从早期对马克思主义经济学劳动价值理论、"异化"思想到创造出"阶级意识"、"总体性"观念，奠定西方马克思主义的基础，到参与社会主义国家意识形态的构建、论争，再到对早期思想的自我批评与对辩证唯物主义、历史唯物主义的深刻读解，最后转化为真正的马克思主义者，都是不懈追求真理、探究真理的结果。他把马克思主义阐释为一种人道主义，要求重建理性，呼吁人的全面解放，实现真正的自由，表现出对人类历史残酷性的无情批判和对未来社会审美性的热烈渴望。也是对启蒙精神在十九、二十世纪的深度理解。基于这种热诚，他受到社会主义国家的热情欢迎，同样基于这种热诚，他遭受来自马克思主义阵营内外的攻击。但他没有丧失信心，而是勇往直前，因为坚持真理、发展真理是要付出代价，甚至生命的。也许在卢卡契看来，理论的存在比生命的存在更具意义：生命只不过是一个流程，但精神之树常青！

卢卡契对现实主义体现出由衷的偏好和突出的阐述才能，既是时代呼唤，也是个人哲学思想、审美追求和实际工作的需要。卢卡契弘扬人道主义，而现实主义与人文精神存在密切联系。他创建了"总体性"的哲学体现，主体性成为其文化哲学的出发点和基础，人的问题，特别是人的存在状态和精神面貌是他始终扣问的中心。在审美追求上，现实主义文学体现出来的人民性、民族性、宏伟的叙述以及整体的结构，启蒙主义文学批评对文学社会历史功能的阐释，马克思主义现实主义的启发，这些使卢卡契深切认识到现实主义不仅仅是文学批评，而且也是社会批判的武器。尤其在世纪转折、人类社会多种矛盾竞相交错的情况下，需要理性、人道、真理和正义为载体的现实主义理论。卢卡契对现实主义的钟情，成就了他在西方马克思主义者中创始人的地位。据此，卢卡契对启蒙现实主义做出了以下积极贡献：

①发展、充实了马克思主义现实主义人道主义精神的内涵，强调了现实主义是人本的体现之要义。把马克思主义从整体上转化为文化批评，为西方马克思主义奠定了基础。

②继承启蒙运动以来的理性，把理性置于现实主义的重要构成。他把理性

发展为为人的合理法生存、为自由而必备的、现实的、灵活的本质规定，为现实主义的永久性开辟了康庄大道。

③树立"伟大现实主义"的旗帜，建构"伟大"叙述的系列话语，并把这种话语与人的未来指向联系起来，为现实主义在文学批评中争取了至尊地位。

卢卡契现实主义也有明显缺陷，他的缺陷恰好从他的优势而来。由于对古典启蒙和理性的肯定，他完全否定非理性，把非理性与古典启蒙对立起来。这一偏离辩证法的思路遮蔽了他的理论视野，在一定程度上削弱了启蒙与非理性在理论中的有效价值。对现实主义的钟情，使他对现实主义文学怀抱极大的热情。对文学中的浪漫主义、自然主义、现代主义的挤兑，抽干了文学盛产的丰厚营养，反而把现实主义文学的温床弄得缺乏庄严的外饰，它的威信和穿透力会大打折扣。这可能也是他被尊为西方马克思主义创始人的一个原因，虽然卢卡契与后来以法兰克福学派为代表的西方马克思主义有很大不同。

卢卡契的贡献与不足，诚如他作为一个战士在进击中不能顾及生死、必须冲锋陷阵一样，都是源于对信念的虔诚。

二、启蒙与现实主义的现代转向

早期"西方马克思主义"者就其性质来说，是站在无产阶级及其文化立场吸收和再读马克思主义的。他们对无产阶级革命和社会主义革命事业表现出绝对忠诚。他们不怀疑马克思主义，而对马克思主义在不同国家的政治实践与理论表现产生了困惑。他们要捍卫自己心目中的马克思主义思想体系。他们不像后来真正"西方马克思主义"者那样，以非无产阶级的学者和思想家身份吸收和改造马克思主义，并把这种吸收和改造用于对资本主义社会和苏联模式的社会主义的批判。这样，早期"西方马克思主义"者并不同意把这种"荣誉"标签帖在自己身上，就这事卢卡契对梅洛·庞蒂产生了很大反感。"西方马克思主义"的真正代表是法兰克福学派。就组织、立场、理论创建和影响，以及经历的范围、时间来说，都没有哪一个理论派别、组织能够与之比肩。法兰克福学派不是政治党派，而是一个纯粹的学术组织。但法兰克福理论家对政治和意识形态具有强烈兴趣，突出的表现于他们对当代文化的反思。这种反思在艺术和审美理论方面也得到了鲜明的体现。法兰克福学派的理论，在对启蒙现实主义的延续和转化等方面，具有不可忽视的影响。在这一部分，我们以阿多诺为个案，从两个方面，简要探讨西方马克思主义对这一转向的意义。

1. 法兰克福学派

法兰克福学派的诞生标志着一个影响广泛、阵营强大、人才济济、后推前浪，自二十世纪——二十一世纪仍然活跃、充满勃勃生机、久经考验的学术派别与理论体系的出现。它的生命力和影响力来自于对世纪重大问题——政治、社会、文化、艺术、人道的批判和构建，以及越界的学术关怀所给予的人类自信心。这种自信心确立了法兰克福学派的理论立场，即从来不迷信来自一切权威和文化传统的观念，而以怀疑和批判的眼光审视过去和当下的一切。他们是启蒙策略的坚定实施者，但他们并没有对十八世纪的启蒙现实主义抱太大的期望。在法兰克福学派理论家看来，早期的资产阶级启蒙理性与人道情怀，在二十世纪已经与帝国、战争、文化殖民和霸权纠结于一起，丧失了自身的存在价值。所以批判大于继承、重建大于吸纳。法兰克福学派的学术阵地，主要在这种状态下铺开。

我们在此有必要简单研究一下该学派的批判旅程。这一批判旅程由社会研究所的开创者霍克海默确立的。在《传统理论与批判理论》一文中，霍克海默集中表述了这一思想。在霍克海默看来，传统理论在"科学性"、"知识性"、"客观性"旗号下，掩盖了资本主义社会真实的社会图景。工具理性不仅给物化现象制造合理性的理由，而且为当代社会提供了一切秩序赖以确立的理论基础。这为虚假意识和无言的压迫制度提供了条件。尤为悲哀的是，当代人没有意识到这种可怕的机制给人类带来多么负面的影响。因之，在对传统的狂热式的迷信中，人类逐渐失去了自己。法西斯甚嚣尘上，将造成整个世界的悲痛竟还没有敏锐的感觉。批判理论就是针对传统理论的巨大危机，建立新的人类解剖"医术"。

批判理论与传统理论是对立的。传统理论属于前资本主义时代，批判理论属于后资本主义时代。传统理论仅仅是维持现存制度的、科学化的工具，而"批判理论从历史的分析中推出的作为人类活动目标的观点，特别是有关符合整个社会需要的社会合理组织的思想，内在于人类劳动中。"① 就是说，批判理论是在对人的存在和历史发展的审视下建构起来的。传统理论是单一性、排他性的理论，因此在对社会结构和人类群体的划分上体现出同一性的假面具。批判理论是科学的心理学，属于多维审视的怀疑的理论："如果从本质上来

---

① ［德］霍克海默：《传统理论与批判理论》，张燕译，《法兰克福学派论著选辑》（上），上海社会科学院哲学研究所外国哲学研究室编，商务印书馆，1998 年第 61~62 页。

说，批判理论是对任何一个既定的时刻某一阶级的感情和思想的表述的话，那么，它与科学的各个特殊部门就没有结构上的区别。它将从事于描述某些社会群体所特有的心理内容；它将成为一门心理学。在社会的不同阶级里，存在与意识之际的关系是不同的。……因而，对资产阶级自我意识的简单描述并不能使我们得到这一阶级成员的真实情况。同样，对无产阶级意识内容的系统描述也不可能为我们提供一幅无产阶级生存和利益的真实图景。这只能使传统理论的运用局限于某一特殊问题，而不能涉及无产阶级解放的历史过程中的知识方面。……这里提出的任务是，借助于最合适的概念系统对事实进行记录和分类。理论家的最终目标是预见未来社会心理现象。"① 传统理论是僵化的，维护的理论，也就成不了真正的理论。批判理论才是真正的、最有价值的理论，因为"真正的理论是批判性的，而不是实证性的，正像与理论相应的社会不能称之为'生产型'的社会一样。人类的未来依赖于今日对现存所持的批判态度，当然，这一批判，总的来说也继承了传统理论和我们正在衰亡的文化基本因素。"② 这种真正批判的立场，为学派赢得了广泛的影响和支持。

沿着这一路线，霍克海默和阿多诺等在《启蒙辩证法》《介入：新批判的模型》《否定的辩证法》《社会批判论集》中继续发扬批判态度，并延续到学派第二代马尔库塞、阿多诺、弗洛姆等思想家。马尔库塞的《理性与革命》《单面人》在批判理论方法上，融入了弗洛伊德精神分析方法，批判了资本主义社会的一套欲望机制，为人类的生存指出了一条通过身体的释放求得解放的新道路。萨特提出了存在主义的解放路线。他们的批判是极有影响力的。二十世纪中叶以后，资本主义转入后现代境况，以哈贝马斯、杰姆逊、伊格尔顿、米勒等为代表，围绕现代性和后现代等问题，阐述了学派的批判思想。这种批判已不全同于前期的学派特点了。因为资本主义社会发生了变化，社会主义和国际共产主义运动遭受严重挫折，非洲、南亚等广大落后国家日益贫困，加之环境恶化、自然灾害、战争、种族冲突、人道主义危机、恐怖主义等全球性问题不断出现。学派开始抛弃过去那种激烈的否定姿态，而是以更理性的态度，思考如何应对这些全球性问题。体现于文化上，意识形态问题、新历史主义、女性主义、殖民主义等成为新的理论热点。在对未来走向的问题上，学派似乎对社会主义和共产主义的期望只能暂时悬置和搁浅。尽管在当代世界单一制霸主格局异常强盛，学派还是以自己鲜明的态度发出自己的理论声音，显示出以

---

① 霍克海默：《传统理论与批判理论》，1998 年第 63～64 页。

② 霍克海默：《传统理论与批判理论》，1998 年第 89 页。

启蒙人道主义精神为核心理念的话语姿态。也是这种理想，一直使学派呈现出令世界敬佩的魅力。这一魅力在遥远的东方，正成为现实。哈贝马斯来华讲学受到的重视，"西马"的中国热，已经说明了这一点。

2. 启蒙策略与现代主义艺术情结

作为法兰克福学派最重要的理论家之一，还没有任何一位像阿多诺那样愤世嫉俗。他对资本主义深恶痛绝，也对新型的社会主义制度产生了深刻的困惑、疑虑，甚至说："一个集权的国家政党的制度是对过去所有关于人和国家的关系的思想的嘲弄。"① 晚年因不赞成六十年代学生运动，还为学生运动领袖受审出庭作反证，被激进派赶出国土，客死他乡。阿多诺的悲哀，其实不是他本人的品质和道德问题，而是其理论立场和学术视野的独特性造成的。这种独特性体现于阿多诺对一切采取了"否定"的审视姿态："'否定'是阿多诺整个理论思考的核心原则，他的整个社会批判理论就是以基于辩证法的否定为中心。"② 这从另一方面说明，对二十世纪风云变幻的世界景象，无论是经济、器具、工业的物质生产，还是哲学、政治、历史、道德、艺术等精神形态，这些当代文明表象，都出现了严重的异化。但扭转异化的真实条件却因时代的复杂性和各种冲突被消解，作为清醒的理论家不得不为之读解而作出自己的判断。批判也是一种深刻的洞察，即使还不被人理解。阿多诺毕竟是杰出的人物，他的某些预见在二十一世纪得到了印证。阿多诺哲学、美学、艺术方面的代表著作有《启蒙辩证法》《否定的辩证法》《审美理论》等等。

阿多诺在启蒙现实主义流转过程中的角色，是与他的批判理论和艺术观念为前提的。我们以为主要体现于对理性启蒙的批判，否定辩证法与非同一性的审美原则，以及现代主义艺术观的神往等等。

①理性作为古典启蒙的显著标志，被理解为科学和人类认识能力的最高层次。理性给启蒙以实质性解放。因为经过十八世纪到十九世纪的曲折历史进程，西方社会毕竟建立起普遍的、资产阶级牧歌式的"理想"和理性制度。与此同时，理性的假面具也造成了对人生命存在的巨大损伤。启蒙遭受来自非理性主义的猛烈攻击。在某种程度上说，非理性主义确立了一种新的启蒙话语——现代启蒙，即对人在内在心灵和无意识的强化和对远古神话的诗意追寻。二十世纪，当资本社会进入垄断阶段，战争危险和毁灭性的人类危机随时降临的

---

① ［德］阿多诺:《〈否定的辩证法〉导言》，张明译，《法兰克福学派论著选辑》（上），1998 年第 285 页。

② 朱立元主编:《法兰克福学派美学思想论稿》，复旦大学出版社，1997 年第 173 页。

可能性迅速增加的时候，最受质疑的就是古典启蒙了。对于法兰克福学派而言，也对"元"启蒙与理性抱以鄙视的态度。他们试图以批判理论为旗帜展开对现代性的质疑。阿多诺理论的首要出发点就是对启蒙理性的批判。阿多诺的启蒙质疑主要体现在《启蒙的辩证法》一书里，其中《启蒙的概念》对启蒙理性的批评是多方面的，我们不妨摘录以下段句为例：

就启蒙思想的最一般意义而言，启蒙的根本目标就是要使人们摆脱恐惧、树立自主。但是，被彻底启蒙的世界却笼罩在一片因胜利而招致的灾难之中。……但事实上，盲听轻信，满腹疑虑，草率结论，夸夸其谈，恐惧反驳，不思进取。漫不经心，咬文嚼字，一知半解——所有这些都阻碍人类心灵与事物本性的和谐一致；相反，却使人类心灵与空洞的观念及盲目的实验结合起来；不管这一结合多么体面，其后果与结局都是不难想象的。

启蒙根本就不顾及自身，它抹除了其自我意识的一切痕迹。这种唯一能够打破神话的思想最后把自己也给摧毁了。

启蒙始终在神话中确认自身。任何抵抗所诉诸的神话，都通过作为反证的极端事实，承认了它所要谴责的启蒙运动带有破坏性的理性原则。启蒙带有极权主义性质。

被启蒙摧毁的神话，却是启蒙自身的产物。

神话变成了启蒙，自然则变成了纯粹的客观性。人类为其权力的膨胀付出了他们在行使权力过程中不断异化的代价。启蒙对待万物，就像独裁者对待人。

神话自身开启了启蒙的无尽里程，在这个不可避免的必然性过程中，每一种特殊的理论观点都不时的受到毁灭性的批评，而理论观点本身也就仅仅是一种信仰，最终，精神概念、真理观念、乃至启蒙概念自身都变成了唯灵论的巫术。

启蒙精神就是克尔凯郭尔所赞颂的新教伦理，也是赫拉克勒斯史诗中的神话权力的原生形象。

启蒙运动的非真实性并不在于它的浪漫主义之敌一直所攻击的分析方法，还原为元素的方法，以及借助反思解析方法等方面，而毋宁说一开始就注定要在进程之中。

由启蒙带来的神话恐惧与神话本身同出一辙。

启蒙绝不仅仅是启蒙，在其异化的形式中，自然得到了清楚的呈现。……真实的历史是由真实的苦难编织而成的，而这苦难并不因为消除苦难的手段的增加而得到相应的减少，统治远景的实现也要求借助于概念。

启蒙作为这种适应机制，作为一种单纯的建构手段，就像它的浪漫主义之敌多责难的那样，是颇具破坏作用的。只有在它屏弃了与敌人的最后一丝连带关系并敢于扬弃错误的绝对者，即盲目统治原则的时候，启蒙才能名副其实。①

霍克海默和阿多诺对古典启蒙批判的真实态度，也是法兰克福学派的基调。即使像哈贝马斯这样对"现代性"极力维护的后期西方马克思主义理论家，也是把现代性置于后现代语境下来谈现代性的。从上我们发现，阿多诺对古典启蒙的"揭露"有几个维度：

ⅰ. 从理性与启蒙起源来看，它具有正面的意义，是一种积极的人类价值和意识坐标。

ⅱ. 启蒙在资本主义社会不断演进过程中，受资本和工业化要挟和利诱，产生了变味与异化，蜕变为压抑和控制的工具。

ⅲ. 启蒙由一种理想转化为权力，标志理性和启蒙丧失自身的同时，也抛弃了对人文精神的坚守。启蒙产生了难以估量的消极后果。这种后果反过来威胁人类，成为人类面临的灾难。

ⅳ. 重建启蒙理性任务艰巨。这一艰巨性主要来源于启蒙要洗涤现代资本社会的病毒感染，本已身染重疴，再复青春，就需痛下猛药，洗心革面，才有可能。启蒙未来依然是人文的渴望。

阿多诺的启蒙姿态对启蒙现实主义，提出的是一个否定性命题。这并不意味现实主义的不幸。它表示即使像西方马克思主义这样器重马克思主义的学术流派，面对时代转型所作出的反应，使得马克思主义发生的改变，是选择的需要。现实主义的流变显然也在情理之中。那么现实主义所秉承的理性，以及真实、典型等等问题，就要从背面审视，看它对当代社会和人的存在状态抱以什么样的心态。像前苏联社会主义现实主义，尽管在卢卡契那里得到了充分的肯定，但在阿多诺与大多数法兰克福学派理论家看来，因为前苏联集权主义违背了启蒙的真实意义，那么，社会主义现实主义不过也是一种意识形态话语，离真实太远。因而，它也成为批判的对象，从而规避之。

②否定的辩证法和非同一性的审美原则，是阿多诺肢解古典启蒙的重要方式。借助否定论，阿多诺在法兰克福学派理论家中独树一帜。就当时德国思想家界来看，解释学方法是最为流行的方法，解释方法是遵循辩证法的，即把思

---

① 霍克海默 阿多诺：《启蒙辩证法：哲学片断》，渠敬东 曹卫东译，上海人民出版社，
2003 年第 1～39 页。

维和对象联系起来,从二者的对立关系里阐释理论的意义。

辩证法是人类思维的重要形式。在中国,《老子》中就已经得到比较成熟的运用。老子在考察道与人生诸问题时,认为任何事物与其他对象之间都是彼此依存、相互转化的,它们表现在质量的增减与递变,否定之否定,对立统一等等。因此,在老子看来:"有无相生,难易相成,长短相交,高下相倾,因声相和,前后相随。"① 说明事物相互比较才可存在及相对性原理;又说:"信言不美,美言不信。善者不辩,辩者不善。知者不博,博者不知。"② 强调了对象之间的对立统一。这种思想影响了中国文化的构造方式,像中庸主义、不偏不倚、恰到好处等等。在西方,辩证法则要晚得多,只有到了德国古典哲学阶段,黑格尔创立宏大的客观唯心主义体系时,辩证法才被发展为重要的思维方法。黑格尔辩证法不仅体现为对立统一以及相互转化,而且把思维描述为一个历史的、不断流动的过程。这样就把历史和逻辑有机地结合起来,开创了思维方法的伟大时代。我们不难发现,黑格尔以后,无论哪种思潮和流派,在思维方法上,都是在对辩证法的直接或间接的继承或否定中创立出来的。

黑格尔辩证法在阿多诺的理论里遭到了"诅咒"的待遇。在阿多诺看来,辩证法已经成为二十世纪可怕的感觉。他说:"随着辩证法的唯心主义形式蜕变成文化财产,它的非唯心主义形式则堕落为教条,重新讨论辩证法的理论案例,将不仅是解决哲学探讨的传统模式的现实问题,同样也不仅是解决认识对象的哲学结构的现实问题。"③ 这无疑是对黑格尔辩证法提出了严峻挑战。在此,我们的问题是:阿多诺为什么对辩证法如此蔑视,他的目的是什么?原来,阿多诺看到了辩证法和理性联系在一起,而当代理性则是造成所有虚假和罪恶的主要源流。批判理性和现代启蒙的钥匙不在观点上的创新,而在方法论的突破。这种方法论,就是阿多诺的否定的辩证法。在阿多诺看来,现代工业社会使启蒙理性遭受严重摧残。为拯救人类理性,只有把理性分裂开来,即把真正属于理性的因素还原,而把虚假理性的因素剔除,这就必须超越现实。显然,超越的前提是否定。阿多诺认为,通过抛弃和否定现实,才能真正达到人类的理性精神。

与否定的辩证法紧密相关,否定"同一性"建立"非同一性"就成为阿多诺审美原则的有机构成部分。事实上,阿多诺要把"同一性"纳入到"非

---

① 老子:《老子·第二章》

② 老子:《老子·第八十一章》

③ 阿多诺:《〈否定的辩证法〉导言》,1998 年第 242 页。

同一性"中，以"非同一性"替代"同一性"。他明确说："矛盾就同一性方面看是非同一性；辩证的矛盾原理的首要性使统一的思想成为衡量异质性的尺度，由于这种异质物与它的限度冲突，它才超越了自身。辩证法是对非同一性的前后一贯的意识。"① 我们很容易发现，阿多诺在表示辩证法这一概念时，本身也体现出"非同一性"的思路。当批判黑格尔辩证法时，他对辩证法是厌恶的。而自己阐释"否定辩证法"时，用语依旧是辩证法，对自己的辩证法持自信和欣赏的态度。这样，"非同一性"审美原则，就是在超越现实的前提下，对异质性的对象进行审美观照："由此，非同一性原则就给现实的审美活动提供了一个自律的审美模式，即通过非同寻常的描述和表现去达到寻常生活中所失落的绝对。这个审美模式，首先是超客体的，截然主体自律的；其次，它是依附于具体经验存在的，每一个审美地创造出的非同一物，都是某个具体经验的产物；再次，这个审美模式也以它的不定性显示出了独具特色的审美意义，对非同一物追求同时也就是对不可名状之物的追求。"②

"非同一性"审美原则，对现实主义而言，提供了一种新的阐释方法。不可否认，现实主义不仅坚守理性，而且是"同一性"的体现。这种同一性具体来说，现实主义要求客体和主体在反映的中介点上达成一致，而侧重客体的现象实在，主体的内在则往往忽略。假如客体存在虚假，甚至以意识形态的抑制性面貌呈现时，这个客体或认为是客观的现象到底是真实的抑或虚假的呢？现实主义难以解决这个问题。而从"非同一性"审美原则来说，在经过"非同一"化以后，现实的东西就具有真实性了。现实主义的多样化表述，诸如心理现实主义、存在主义的现实主义、自然的现实主义、乐观的现实主义、魔幻现实主义等等无不可以从"非同一性"理论找到合理的说明。因此，"非同一性"审美原则，在一定程度上深化和丰富了现实主义理论资源。

③对现代主义艺术观的神往，是阿多诺"非同一性"审美原则的延伸。不过作为法兰克福学派重要的思想家，阿多诺审视艺术的独特视角为我们分析现实主义艺术提供的参照还有必要做进一步探讨。

阿多诺对艺术的分析，源于对当代社会的批判。在他看来，当代社会的完美人性被意识形态和工业化完全扭曲了。因为"劳动的社会分工具有的功能意义越少，主体就坚决地依靠社会不幸给他们带来的一切。疏远变了亲近，灭绝人性变成了人道，主体的灭绝变成了其确认。当今人的社会化使他们的非社

① 阿多诺：《〈否定的辩证法〉导言》，1998 年第 240 页。
② 朱立元主编：《法兰克福学派美学思想论稿》，1997 年第 169 页。

会性永久化了，更不用说社会的不适者以人类而自傲了。"① 因此，当代艺术不可能对其合理性做出正面说明，只有通过对异化现实的否定，回归真正的人道才可能为艺术提供切实的土壤。这样，紧接而来，艺术与现实社会的关系就不是和谐一致的了。阿多诺并不否认艺术和社会之间存在某种关系。他说："艺术作为一种精神的产品，就其某一方面而言始终是一种社会事实。"② 但更清楚的是艺术随着资产阶级异化，它变成了另外一种现实。于是艺术就"采取了与社会对立的立场。"③ 因此"艺术向社会的贡献并不是与社会的交流，而是一种极其间接的东西，一种抵抗。"④ 基于艺术与社会现实的对立关系，阿多诺不赞成现实主义所强调的艺术源于对社会现实的真实表达的反映论，而提出社会现实与艺术之间的连接在于借鉴"否定"、"间离"、"超越"、"陌生化"，即按"非同一性"原则构建的审美关系才能作出真实的艺术传递。阿多诺就此赞扬道："在最高层次的艺术家如贝多芬或伦勃朗身上，最敏锐的现实意识也是同现实疏离感连在一起的；这正是值得艺术心理学研究的一个课题。"⑤ 阿多诺所谓"艺术心理学"课题，隐含的意义是：艺术应该吸收现代心理学的成果并进行实践的转化。这样，弗洛伊德精神分析学说，克罗齐的直觉审美理论、胡塞尔现象学等非理性主义思潮所发生的影响，就被移用到阿多诺为代表的西方马克思主义者理论中来了。基于此，阿多诺对超现实主义艺术抱以热诚的欢迎，他说："超现实主义在其所创造出的物化世界形象中注入的东西，便是我们自孩提时代后失落的东西。"⑥

概言之，阿多诺现代主义艺术观体现在：艺术本体的否定论，艺术表现的主体性与超越性，艺术结构的开放性，艺术手段的现代性。

我们通过阿多诺对启蒙思想，"非同一性"审美原则，以及现代主义艺术情结的考量，已经阐明阿多诺的启蒙策略、审美理想和艺术观念，已与早期西方马克思主义理论家卢卡契、葛兰西、柯尔施存在很大差距。这一方面表明，从政治身份上，作为正式共产党员的理论家，哪怕对马克思主义在传播中被误用而对马克思主义表现出许多不满，但他们在内心里对马克思主义是虔诚的。

---

① 阿多诺：《图绘意识形态·瓶子中的信息》，方杰译，南京大学出版社，2002 年第 45 页。

② 阿多诺：《审美理论·艺术与社会》，章国锋译，《西方马克思主义美学文选》，1988 年第 366 页。

③ 阿多诺：《审美理论·艺术与社会》，1988 年第 367 页。

④ 阿多诺：《审美理论·艺术与社会》，1988 年第 367 ~ 368 页。

⑤ 阿多诺：《审美理论·艺术的本质》，绿原译，《西方马克思主义美学文选》，1988 年第 361 页。

⑥ 阿多诺：《文学笔记》（1 卷），《法兰克福学派美学思想论稿》，1997 年第 195 页。

他们认为马克思主义对人类思想的指导是不容怀疑的。对非共产党的西方学者而言，即使对马克思主义抱以敬佩，但他们并不认为马克思主义与其他社会理论相比，具有更多解放的性质。他们把马克思主义加以改造、修正，做了非马克思主义的注释。从另一方面来看，由于世界观和方法论的差异，导致他们对理性、启蒙、现实主义等等问题理解上的巨大分野。因而，呈现出不同色调的理论版图。这些并不一致的西方马克思主义理论，对启蒙、理性、现实主义的发展和流变都是有贡献的。他们从不同角度，阐释了现实主义的多样性原则，把现实主义纳入到一个历史的多元化进程中去了，显示了现实主义转变的路径。我们不难发现，现实主义在自己的演变中，具有艺术理论的实证功能，也有审美原则的证伪效应。西方马克思主义的理论表述，确乎为现实主义提供了新的启蒙反思。在西方马克思主义的现代启蒙视野里，现实主义经历着现代转向。

小　结

在这篇里，我们讨论了唯意志主义、超现实主义、西方马克思主义是在什么样的历史和文化背景下，运用怎样的理论语言来构建现代启蒙形态的。还分析了现代启蒙对启蒙现实主义形态产生了怎样的影响。我们认为，现代启蒙与古典启蒙的对立，来自于对理性的不同看法。古典启蒙以理性作为价值坐标，现代启蒙则以非理性作为理论思考的精神指针。现代启蒙的启蒙转向，使启蒙现实主义面临困境并发生相应的转变。这个转变说明了：在不同的启蒙条件下，启蒙现实主义的话语机制是有差异的。论者感到，在艺术以及文艺理论问题上，现代启蒙者心目中对现实主义始终抱以关注，不过他们是从对立面来分解现实主义而已。他们所提出的现代艺术话语，都是对现实主义语言的否定性借鉴。换句话说，没有古典启蒙现实主义的基本形态，就没有现代启蒙与现代艺术语言。古典启蒙下，现实主义建构起理性、宏大叙事与范式的启蒙形态。现代启蒙下，现代艺术理论建构起非理性、心灵诉说与直观的艺术技巧。它们之间形成一种对应、又相悖的交流机制。据此，论者认为，现代启蒙现实主义的转换也可纳入启蒙现实主义形态的研究范畴之中。不过这是启蒙现实主义形态的一种换形。

在现代启蒙语境中，启蒙思想家对启蒙艺术理论的看法并不是完全一致的。当启蒙者持以激进的姿态，那么他就对现代社会及其文化形态采取虚无主义态度；假如只抱以现代情结，那他很可能在传统和现代之间采取中立的姿态。前者是一种破坏性的方式，后者是一种反思、重建的方式。前者如尼采，后者如卢卡契。

现代启蒙艺术理论，洋溢着鲜明的人道主义精神。它是对古典启蒙现实主义人道主义精神的补充。它使人们关注自我，关注心灵，特别是关注内心深处的无意识、直觉等等。在一定程度上说，现代启蒙艺术理论，开创了人类新的认知方式和审美方式。

下 篇
启蒙现实主义形态中国化

　　伟大的思想启蒙，文学领域的现实主义构成西方文化的一个重要组成部分。如果仅仅局限如此，我们就低估了它的意义。事实上，如伏尔泰、歌德和马克思所预计的，文学的未来是世界的，而不是某个国家和民族的。狭隘的国家主义和民族主义违背了人类作为全球公民的和谐构想。基于人类的共同性企盼，以及伴随全球化经济、文化、科技的扩张、交流，十九世纪始，西方启蒙精神和其他文化思潮，迈着轻盈的脚步，踏上了走出西方的世界之旅。历史悠久、文明灿烂的古老中国，也在资本市场的全球化进程中遭受西方文明之旅的冲击。这种冲击是近代中国在历史选择的紧急关口，将西方文明与中国本土文明的嫁接中怀胎的历程。依生物学原理，嫁接有可能产生优良品种，为人类文化创造新的品牌，也有可能沾染病毒的基因使嫁接异化为怪胎，克隆出危害人类自身的魔鬼，或许还有其他意想不到的变异。在精神文化领域，这种情形产生的结果还要复杂得多，嫁接很有可能使两种或多种基因在这一过程中改变原有性状，以致丧失"自我"。然而，文化之间既然是交流、碰撞、选择，牺牲是必然的，新生亦必然。近代中国的西方化洗礼，如果基于完全的对等，也不会发生那么巨大的损失。基于对等机制的缺席，西方文明的扩张就带有强制和殖民的情势。十九世纪的中国，还在封建主义的"天朝大国"梦想中怡然自得，自以为是的儒、道、释文化，似乎感觉自身是世界上文明的精髓。在西方文明的东方殖民之下，美丽的神话必然不攻自破。中国在封建国家的末日，务必实现一次转型。这一转型以"科学"的务实精神、"民主"的政治想象为标语。

　　近代西方启蒙精神的灌入，无疑是作为殖民和资本市场全球化的伴郎而来的，显得有些尴尬。它的真实状态被物质性外壳所遮蔽。启蒙强调的人文品质和仁爱之类，往往被国家和民族复兴的大意冲淡。近代中国的启蒙选择，也只能如此。其实，启蒙的宏大气势，本身就是启蒙的内在特点。启蒙运动一开始就与欧洲社会革命的实际进程联系在一起。但为社会变革提供智力支持还不是启蒙的全部意义，启蒙在人文领域、精神文化的构建方面所产生的影响，在近代西方比政治和社会变革还要深刻。一个不可否认的事实，就在于西方资本主义经历了复杂的历史过程，它的社会体制并没有发生整体性颠覆，主要原因是启蒙在对现代资本制度全方位展开的激烈批判产生了效果。这就不得不使西方上层建筑做出调整，以适应时代需要，从而保留了资本的制度形态，缔造了西方制度的稳定神话。但对于十九世纪后期与二十世纪的中国具体情形来说，对启蒙的改造和变味远远高于对欧洲启蒙精神的原版照搬。中国近代启蒙的直接任务是为制度颠覆做准备的，因此启蒙的政治功利性和革命性就成为它的显著特点。这就说明，中国的启蒙吸纳更多的是西方启蒙的物质层面而不是意识层面。

　　二十世纪七十年代末开始的当代启蒙，已经不是近代中国的历史条件下进行的。与启蒙紧密联系的社会背景，是中国本土的文化状况。在经历了十年"文革"的浩劫之后，一切显得千疮百孔，满目凋零，民族所要面对的是历史性重建。改革开放的春风，吹遍神州大地，启蒙作为新时代颂歌的伴奏，主要体现在对"文革"的反思，对曾经造成人们深重伤害的种种弊病的否定。"文革"的时代标志虽已结束，但"文革"的遗毒，并不是立马就可消除。当时间的脚步跨入八十年代，国门打开的喜悦，让人们看见世界在新中国建立30多年以后，已发生了巨大改变。过去我们以为由于意识形态造成的对立和分裂，并不那么可怕。西方国家在经历了世界大战痛定思痛后，都在对历史的深刻反省中做出了新的理性选择。这一阶段，启蒙就表现在对西方文化的大力吸收上了。由是现代、后现代启蒙话语在学术界和理论界，成为餐桌上热门的菜谱，逐渐在中国新的学术话语圈中赢得中流的位置。九十年代以来，人文精神的热烈谈论，把有些偏位的启蒙再次引向人文讨论的中心。对于人类来说，不管在什么时候，都是不能离开启蒙的。

　　应该说，现实主义在中国两次重要的转型时期，都与启蒙密切联系的文化思潮结合在一起。这也体现在现实主义文学的创作实践上。对于现实主义的多样化理解也使得现实主义文学批评难以全面概括它的全部含义。从现实主义文学主流来看，它是为"为人生"、"为社会"、"为革命"、"为政治"的。因此，现实主义是时代风雨的折射，具有鲜明功利性的文学思潮。这样，现实主义的出发点就建立在文学社会学、意识形态文化学的基础之上。"五四"时期的现实主义是启蒙思潮的一种反映（启蒙思潮当然不仅仅是现实主义，而是多种主义同时传播），它从最初的"三界"（文界、诗界、小说界）的文体创新，到陈独秀的"文学革命论"，胡适的"文学改良"，再到鲁迅为代表的文学研究会"为人生"的现实主义，以至延续到1928年太阳社倡导的"革命"功利性主义文学思想，构成"五四"启蒙现实主义的一条路线。基于此，1928年以后的现实主义不属于启蒙的范畴了。由于在民族和国家革命的重大历史任务面前，当启蒙转变为实际的军事战争、政治争斗、民族图存的需求而需要在文学领域做相应改造时，我们还有必要顾及这一阶段的现实主义。也就是：蔡仪马克思主义《新艺术论》《新美学》《文学论初步》文艺思想应对王国维、蔡元培、朱光潜、宗白华为代表的审美格式人生论；茅盾、周扬、冯雪峰、胡风为代表的战斗现实主义；《延安文艺座谈会上的讲话》的政治话语的现实主义；前苏联模式中国化的社会主义现实主义等等。

新时期现实主义，无疑是新时期启蒙思潮、文学实践在文学领域的折射。它逐渐呈现多元化的特点。现实领域和人们对现实的理解随着市场运作机制的渐行，也在不断发生变化。西方文化的科学精神、后现代特点伴随文化东迁的风尚，对文学理论的形成了强大冲击波。其中，还有一个重要内在背景，即从二十世纪八十年代开始，学术界对前苏联文学理论体系的质疑。由于特殊的历史和政治原因，新中国建立后，国家对外政策的"一边倒"倾向影响到政治、经济、文化等等各个层面，这样新中国文学理论体系也是苏联体系的翻版。苏联文学理论体系的显著特色是文学的社会学解说。这种解说被看做是对马克思主义文艺思想的继承和发展，取得了与政治联姻的至高地位。与文学的社会学解说最紧密的现实主义也就成为文学理论的排头兵。直到七十年代末，随着思想领域的解冻，理论创新才成为可能。自然，前苏联体系也就成为最受批驳的目标。在激进青年派学者那里，甚至把苏联体系看作造成新中国所有不幸的罪魁祸首，现实主义也就成为文学理论领域的首攻对象。随着九十年代苏东剧变，社会主义阵营裂变，这种否定论思潮不仅取得了言说的权威，似乎还暗含挤兑其他表述主张的隐蔽性。既然前苏联的崩溃而造成国家话语的消泯，那么中国再造新话语运动借助西方话语不仅是可能的，也是现实的选择了。选择没有什么不好，关键在于采取什么样的态度。对于现实主义而言，当代西方理论的现代、尤其是后现代背景，使曾经辉煌的现实主义退隐到历史的后台。八十年代以来，新现实主义的基本构建取决于：对现实主义的认定；新方法的探究，科学方法论在人文领域的浸染；泛现实主义视野；人文精神在文学中的体现等等。

第七章

启蒙现实主义与文化选择

从一般意义上说，现实主义作为创作方法，在东西方都具有悠远的历史。现实主义作为方法论体系，则是近代以来的事情，它与西方文化思潮对近代中国启蒙的影响相结合。诚如有的论者提出的那样："五四"时期外来文化的影响，主要是还是启蒙主义："用文学现代性的标准来衡量中国五四文学思潮，就会发现，不是现实主义，也不是浪漫主义，而是启蒙主义更符合实际。"①这表现在五四前后各种文化思潮在中国的传播。一位学者在分析西方哲学东渐时，说到哲学思想的传播状况："把西方哲学最早传入中国的，最有影响的应该说是严复，他翻译的《天演论》等，其进化论思想影响中国几代人的哲学观念，可以说他是介绍西方哲学到中国来的第一功臣。其后，继之有叔本华哲学、尼采哲学、古希腊哲学、无政府主义、马克思主义、实用主义、实在论、德国十九世纪哲学、分析哲学、维也纳学派、现象学、存在主义、结构主义、解构主义、后现代主义，先后进入中国，影响着中国哲学界。"② 其实，这不仅仅是哲学的情形，而是文化的整体现状。从一定程度上说，西方传播来的文化思潮对当时的文化建设，都具有较鲜明的启蒙色彩。现实主义，也在西方文化思潮的流转中传播过来，并逐渐成为主要思潮。

新时期现实主义流转与文化选择，与五四时期有很大差别。虽然两个时期都是在启蒙精神推动下展开的，但启蒙具体的实施也好，现实主义的采用也好，时代条件都是很不一样的。流转与选择之对应，也呈现出差异。在此，我们无意对两个历史转型时期的启蒙差异做详细比较，但说明二者生发情形的变异，应稍微提及。五四时期的历史任务是反封建、反愚昧，进行民族解放。启

---

① 杨春时：《现实主义、浪漫主义还是启蒙主义——现代性视野中的五四文学》，《现代性与二十世纪中国文学思潮》，杨春时 俞兆平主编，广西师范大学出版社，2005 年第 5 页。

② 胡伟希：《中国本土化视野下的西方哲学》，首都师范大学出版社，2002 年第 13 页。

蒙就表现为对传统文化的猛烈批判和对外来思想的吸收，并转变为我之所用。它表现出强烈的功利主义倾向。同时，五四前后的外来文化如果不与中国传统文化建立起沟通，就有可能被中国传统文化拒斥。这就形成了五四时期"中学为体，西学为用"的激烈论战。激进派认为要推翻旧制度，只有借助并以之为主导的西方文化才有可能，保守派认为中国传统文化才是新文化建设的基础。新时期启蒙现实主义流转与文化选择，倚靠的文化背景完全不同于五四时期。从启蒙来看，中国在经历"五四"启蒙几十年以后，对外来思潮已形成某种选择向度。单从新中国成立以来说起，我们的外来文化主要是意识形态策略主导下吸纳的前苏联文化，从而形成了苏联化的中国文化体系。这一情形随中苏关系恶化而中断。而"文革"十年的人道、理性与秩序的完全丧失对人们造成的噩梦般记忆，才是"文革"结束后国人进行反思的东西。这就决定了启蒙所肩负的任务是唤醒文革对人们造成的愚昧意识。就外来文化对新时期启蒙的影响而言，只要能够被译介过来的，都被学人以宽容的态度接受下来，文化方面的改革开放力度丝毫不亚于经济、科技方面。现实主义与新时期启蒙对应。它从反思开始，随改革开放的逐步深入，揭示和阐发现实中各种新的现象和理论问题。像对方法论的探讨，以1985年方法论年为标志，形成了现实主义的多样形态。多样化当然也会为理论的再度阐释带来困惑。理论的传统界限一旦打破，学科语言必面临新的构建，话语边缘化的趋向就有可能产生。九十年代后期，二十一世纪初期，关于现实主义慢慢就像文艺学学科边界问题的讨论那样，弄得模糊不清了。

一、社会变革与时代转型

关于这一问题，我们就中国在两个启蒙时期的具体情况，分别考察社会变革和时代转型，对现实主义思潮产生的影响。

1. "西学东渐"与整体推进

现实主义作为文学思潮之一种，是在西方启蒙主义思潮整体东渐的条件下开展的。它服从于中国近代史上对西方文化容纳的大背景。这个大背景的整体状况是时代处于转型和社会处于急剧变革之中。首先有需要对这个背景做些讨论。

哲学家雅斯贝尔斯考察东西方文明进程时，曾提出"轴心时代"的概念。他把人类早期文明作为后文明时代的奠基性工程，并为此描绘了一幅公元500

年前后的伟大文明图式。他认为，公元 500 年前后，在东方的印度、中国、以色列和西方的古希腊几乎同时出现了伟大思想家为其明显标志，他们对人类关注的根本问题提出了独特的观点。古希腊有苏格拉底、柏拉图，中国有老子、孔子，印度有释迦牟尼，以色列有犹太教的先知们，他们铸造了自己民族文化的优秀传统。这些优秀文化传统经过数千年的发展，成为后文明时代主要精神支柱与思想财富。虽然古文明时代因缺乏科技时代的先进条件而没有大洲际与国家间的交流，文化之间彼此影响较小，但不排斥文明思想之间的共同性，并影响到后来。"人类一直靠轴心时代所产生的思考和创造的一切而生存，每一次新的飞跃都回顾这一时期，并被它重新燃起火焰。"① 由"轴心时代"以来所延续的历史情境，正好说明了人类朝不断上升的目标前进的努力。直至十七世纪，当西方世界由于现代资本主义制度的确立，科学技术的突飞猛进而走在人类历史的前端时，本应为东方世界落后的国家制度做些带动并共同营造人类的美好与和谐处境、创造一个新的"轴心时代"时，却由于资本本身的"血和肮脏"的掠夺特性，使得现代化在西方和东方出现了极其明显的反差，而演绎了近代人类社会的血腥历史。

近代中国在西方资本的强力渗透中被动迈入现代化进程，但中国的现代化进程由于受到多层制度因素与正统思想禁锢，决定了现代化进程的极其复杂、曲折的面相。具体来说，它是在"西学东渐"潮流推动下，从器物、制度和精神层次三方面进行选择的结果。

从器物层次来看。鸦片战争的失败，打破了清朝帝国自以为是的黄粱美梦，中国被迫卷进西方世界的制辖之中，这使当时具有清醒意识的官僚和士大夫知识分子，看到了只有学习西方先进的科学技术，掌握先进的物质装备才有可能抗衡来自西方的抗衡，这就形成了一个悖论，即受西方压制，又要向人家屈膝，而这总比保守不前、盲目挨打要好得多。最早的启蒙思想家代表魏源、龚自珍和林则徐等人，在十九世纪中叶后，明确提出了学习西方器物以自强的主张。魏源《海国图制》呼吁："师夷长技以制夷"；曾国藩认为："目前资夷力以助剿济运，得纾一时之忧，将来师夷智以造制船，尤可期永远之利。"② 这些主张得到权力的支持，亲王奕訢批示："欲购外国船炮，并请派大员训练京兵，无非为自强之所，不使受制于人。"③ 器物西学的集中体现在洋务运动，

① [德] 雅斯贝尔斯：《历史的起源与目标》，魏楚雄 俞新天译，华夏出版社，1989 年第 14 页。
② 曾国藩：转引《"中体西用"论评议》，《江汉论坛》，1982 年第 2 期第 147 页。
③ 奕訢：《筹办洋务始末》，中华书局，1979 年第 79 页。

通过创办政府性质的军工企业以及民办企业，开创立中国近代工业的先河。与此同时，通过译介、传播西方自然科学著作，启动了近代的自然科学启蒙。这些举措，就是为了改变落后的防卫格局，提高封建主义的控制地位，因此，当时提出的"中学为体，西学为用"主张，既有取学西方的积极步骤，也存在选择具有很大局限性的问题，凡不利于维护帝制统治的东西，都会在选择中遭到排抑，这使得现代化进程举步维艰。

从制度层次来看。器物的西学化，虽然对近代工业和军事技术革新产生了一定影响，同时伴随器物化而来的文化传播（如 1860 年创办同文馆）也做出了相应贡献，但在西方强大坚船利炮的威慑面前，仍然禁不起对打。1895 年的中日甲午战争，北洋舰队全军覆灭，标志着军事和技术现代化严重失利，这也说明，任何局部的技术革新如果缺乏相应制度为前提，甚至旧制度还成为科技进步的严重障碍时，对旧制度的改革才是先决条件。基于此，先进的知识分子认识到，帝制和封建专权是制度的羁绊，必须进行改革才能找到出路。但推翻既定的封建制度显然不符合政治现实，他们认为通过学习西方民主政治体制，把帝制转变为君主立宪，积极推行新政体制改革，扩大民主可能具有极重要的价值，康有为说："东西各国之强，皆以立宪法开国会之故。国会者，君与国民共议一国之政法也。盖自三权鼎立之说出，以国会立法，以法官司法，以政府行政，而人主共之。立定宪法，同受治焉。人主为神圣，不受责任，而政府代之。东西各国，皆行此政府，故人君与千万之国民，合为一体，国安得不强？吾国行专制政体，一君与大臣数人共治其国，国安得不弱？……今实行变化，固为治强之计，然臣窃谓政有本末，不先定其本，而徒从事于其末，无当也。"① 康为有所谓本，就是指西方的"三权分立"的民主政体。中国政治体制改革，务必学习西方的民主方式，才能使国家逐步强健起来。梁启超也热烈拥赞老师，他写道："欧洲各国，百年以来，更庶新政，整顿百废。议政之权，逮于氓庶。故其所以立国之本末，每合于公理，而不戾于吾三代圣人平天下之议。"② 在维新派积极推动下，通过大型集会式的"公车上书"，终于导致了戊戌变法，为近代民主制度迈出了历史性步伐。虽然因其注定失败的悲剧命运，但其西方民主政治理念在知识界、军界、政界的灌输，是较深入的了，为后来的民主革命奠定了基础。

---

① 康有为：《请定立宪开国会折》，《戊戌变法》（二），神州国光社，1953 年第 236～369 页。

② 梁启超：《西政丛书序》，《二十世纪西方哲学东渐史导论》，黄见德，首都师范大学出版社，2002 年第 37 页。

从精神层次来看。严复作为近代翻译的先驱者，选择翻译《天演论》就表明了对西方文明演化的关切。进化论作为自然选择原理，揭示了自然进化的客观规律，这一规律被社会达尔文主义者运用于社会领域问题的分析，在一定程度揭示了社会运动的某些特殊阶段所可能具有的自然进化原则。当一个国家和民族处于落后、封闭状态的情境下，势必招致外来强力的挤压而面临消解。这就提出了一个精神方面的问题，即要使处于蒙昧、盲动、迷惘的民族精神转化为进取、奋发的竞技状态，就务必向他者学习。戊戌运动的失败，使改良派更深刻的意识到，除非使民族精神振奋起来，才是走向新生的出路。因之，"开民智"、"兴道德"、"学科学"、"倡民主"、"兴文艺"等等成为向西方文明精神借鉴的主流航向。梁启超认为，西学更应该重视精神层次方面，他说：西学"有形质焉，有精神焉。求形之文明易，求精神之文明难。精神既具，则形质自生；精神不存，则形质无附。"① 在革命派看来，民智的开启，就是民权的开创；自由、平等的理想社会，应建立在民众高度觉悟的基础上："民有智则有民，民无智则无国，智也者，民所以自主自由自立，亦即国之所以自主自由自立者也。"② 孙中山也以革命民主主义先行者的立场，指出戊戌维新的改良，并不能为未来中国指出正确的道路，只有取自西方民主精华，才能真正焕发中华民族精神，他说："以民国之制，不可不取之欧美。"③ 这样，从精神层次上坚定了"西学东渐"的必然选择。为五四启蒙时期民主、科学的思想解放运动吹出了响亮的号声。

十九世纪末，二十世纪初，中国社会面临深重的民族灾难。从外部而言，是残酷的外来侵略和文化殖民，从内部来说，复辟的帝制专权更加重了对人民的剥削。当统治阶级与外来侵略者勾结起来，共同对付落后贫弱的民众时，社会革命也就不得不发生了。义和团运动，辛亥革命，护国战争，护法战争、北伐战争以及党在初期领导的工人运动、农民运动等，构成了一幅波澜壮阔的壮烈画面。五四时期的社会革命是整体推进的。在思想文化领域，如十八世纪欧洲启蒙运动那样，也是配合当时的现实需要而展开的，五四新文化运动适应了这个特殊时期的历史要求。这表明，涌动的社会机体正在努力实现一次伟大的时代转型，其方向是：社会制度由专制向民主共和转变，文化由礼教、单一制格局向民主、科学、多元的新文化转变。

---

① 梁启超：《梁启超哲学论文选》，北京大学出版社，1984 年第 37 页。
② 兴中会刊：《中国旬报·刊旨》，《20 世纪西方哲学东渐史导论》，2002 年第 42 页。
③ 孙中山：《孙中山全集》（4 卷），新文化书社，1929 年第 97 页。

现实主义就是在各种启蒙文化思潮的进入，以及五四时代新文化运动的切实需要中产生的。鲁迅、陈独秀、胡适、李大钊、周作人以及后来的瞿秋白、茅盾、周扬、胡风、冯雪峰等大批思想家、文学家为现实主义作出了重要贡献。

"五四"时期的鲁迅，对启蒙现实主义的倡导，起了开路先锋的作用。就"五四"启蒙思潮来说，是以"现代的科学与民主意识反对蒙昧主义，反对封建主义，争取人性解放和民族解放"① 为特点的。表现在启蒙的现实主义创作方向上，就是提倡"为人生"的文学。鲁迅认为他创作小说，是"仍抱着十多年前的'启蒙主义'，以为必须是'为人生'，而且要改良这人生。"② 鲁迅强调：作家艺术家要有"敢于直面惨淡的人生，敢于正视淋漓的鲜血"③ 的勇气，去把一切虚假的、瞒和骗的面具撕裂，因为"中国人向来因为不敢正视人生，只好瞒和骗，中国人更深地陷入瞒和骗的大泽中……我们的作家取下假面，真诚地、深入地、大胆地看取人生并且写出他的血和肉的时候早到了。"④他热情呼吁："我们目下的当务之急，是：一要生存，二要温饱，三要发展，苟有阻碍这前途者，无论是古是今，是人是鬼，是《三坟》、《五典》，百宋千元，天求河图，金人玉佛，祖传丸散，秘制膏丹，全都踏倒它。"⑤ 在鲁迅看来，改良人生，拯救国民性，如果单从肉体上医治，是无法解决问题的，只有从精神上进行启蒙，才是最好的途径。他深刻认识到："凡是愚弱的国民，即使体格如何健全，如何茁壮，也只是毫无意义的示众的材料和看客……所以我们的第一要著，是在改变他们的精神。"⑥ 文学是最可能成为改造国民性，呼唤启蒙的艺术形式。鲁迅以特有的启蒙现实主义文学精神，领头创作问题小说和乡土小说，使问题小说和乡土小说成为五四启蒙现实主义文学的主要体裁。鲁迅对启蒙现实主义做出了如下贡献：①真实地反映社会生活，以社会问题和人生问题、尤其是农民问题作为文学表现的中心任务。②重视文学典型的塑造，把典型置于广阔的社会背景，尤其是文化背景下，作品中即使那些自然背

---

① 卢洪涛：《中国现代文学思潮史论》，中国社会科学出版社，2005 年第 56 页。

② 鲁迅：《我怎样做起小说来》，《鲁迅散文》（第三集），中国广播电视出版社，1992 年第 69 页。

③ 鲁迅：《纪念刘和珍君》，《鲁迅散文》（第一集），中国广播电视出版社，1992 年第 204 页。

④ 鲁迅：《鲁迅全集》（1 卷），人民文学出版社，1981 年第 237～241 页。

⑤ 鲁迅：《华盖集·忽然想到·六》，《鲁迅全集：华盖集·华盖集续编·而已集》，人民文学出版社，1981 年第 45 页。

⑥ 鲁迅：《呐喊·自序》，《鲁迅散文》（第三集），1992 年第 127 页。

景，也赋予了明显的社会色彩。③深刻的揭露和鞭辟入里的思想解剖。这种解剖是通过对人物形象心理和文化上所遭受的蹂躏来实现的，进而到达对民族劣根性的深层次揭示，以及改造国民性，实现启蒙的目的。同时，这使启蒙理性在世纪转折的特定时期与寻求民族出路的伟大使命联系起来，文学承当起社会批判、文化批评和历史反思的责任。④独特的文学语言和小说结构。鲁迅作品不遵循西方、也不是模仿中国古典叙事文学的审美范式，而是追求人物语言的内心表达。其精炼、冷峻、个性化和文化符号性特点极其鲜明，他把语言的这种表述方式，与倒错、复线、细描与粗勒相间等情节布局融为一体，从而开创了见微知著的小说构建格式。

陈独秀、胡适、李大钊、周作人等大批先进知识分子，与鲁迅对启蒙现实主义的呼吁与实践紧密呼应，使"五四"启蒙现实主义文学精神成为滚滚浪潮。早在1915年11月，陈独秀就提出："欧洲文艺思想之变迁，由古典主义一变而为理想主义……一切破坏文学艺术亦顺此潮流由理想主义再变为写实主义，更进而为自然主义。"① 12月，陈独秀进一步表达文学改革的愿望时，写道："吾国文艺，犹在古典主义，理想主义时代，今后当趋向写实主义。文章以纪事为重，绘画为写生为重，庶足挽今日浮华颓败之恶风。"② 稍后的《文学革命论》，陈独秀高举文学革命的大旗，呼吁："曰推倒雕琢的阿谀的贵族文学，建设平易的抒情的平民文学；曰推倒陈腐的铺张的古典文学，建设新鲜的立诚的写实文学；曰推倒迂晦的艰涩的山林文学，建设明了的通俗的社会文学。"③ 把写实主义看成是革命文学的主要内容。1918年，胡适在"易卜生专号"专栏撰文指出："易卜生的文学，易卜生的人生观，只是一个写实主义。"④ 倡导学习易卜生的现实主义。对于新文学，李大钊也认为："我们所要求的新文学，是社会写实的文学，不是为个人而创作的文学。"⑤ 但在写实文学观念上，与社会性写实不全一样，周作人从人的角度，提出了"人的文学"主张："我们现在应当提倡的新文学，简单地说一句，是'人的文学'。应该排斥的，便是反对非人的文学。"⑥ 弘扬一种基于个人生命意识真实存在的现实主义，把启蒙运动以来对人的价值的欲求再度提升了上来。周作人所说的

---

① 陈独秀：《现代欧洲文艺史谭》，《青年杂志》，1915年第1卷第3~4号。
② 陈独秀：《青年杂志通讯》，《青年杂志》，1915年第1卷第4号。
③ 陈独秀：《文学革命论》，《新青年》，1917年第2卷第6号。
④ 胡适：《易卜生主义》，《新青年》，1918年第4卷第6号。
⑤ 李大钊：《什么是新文学》，《星期日》，1919年12月8日。
⑥ 周作人：《人的文学》，《新青年》，1918年第5卷第6号。

"人的文学"，从五四的时代精神来看，就是"平民文学"。而由于其小资产阶级知识分子立场的局限性，"平民文学"很难完全到达"人民文学"、"民族文学"的境界，正如毛泽东所评价的那样："这个文化运动……提出了'平民文学'的口号，但是当时的所谓'平民'，实际上还只能局限于城市小资产阶级和资产阶级知识分子，即所谓市民阶级的知识分子。"① 尽管如此，"人的文学"的提出，仍然具有鲜明的启蒙意义。这样，"五四"启蒙现实主义的基本形态体现为：

①以推翻封建主义和专制主义、反对殖民主义，建设新文化和新文学为历史任务。

②以借鉴西方启蒙精神，创建具有民族特点的现实主义范畴："写实文学"、"人的文学"、"平民文学"、"社会文学"、"白话文学"、"为人生"、"革命文学"、"精神胜利法"、"个性解放"等为话语特征。

③创造具有鲜明时代意义的文学典型，而典型化体现为：从社会和革命的现实需求中提炼出主要形象，表现时代的病态在人心灵留下的烙印，具有鲜明的反思特征。

2 改革开放与文化变迁

新时期具有历史和精神的双重意义。从时间上说，是指粉碎"四人帮"，国家逐步确立正常秩序，以及改革开放政策提出以后的当代时段。从思想上说，是指破除僵化的前苏联体系和主流意识形态圈定的"阶级斗争"论，确立启蒙话语的时期。

新时期文化思潮同样呈现"西学"吸纳，思想解放、理论创新的氛围。与"五四"时期相比，所处的社会背景和文化状况大不相同，因之，新时期社会变革和时代转型对思潮的影响深度、力度也是不同的。新时期面临的真实含义是什么呢？就是说，为什么要在新中国建立以后，还要提出这个概念，它所隐含的背景有两个方面：一是对建国后社会性状的批评性姿态，二是设计新的社会理想和文化模式，期望创建人道主义的生态空间。以下从两方面来探讨新时期文化背景。

建国后对社会的批评姿态不是否定新中国的伟大成就。我们不妨审视一下：建国以后，反人道主义、违背文艺实践的文化潮流，确实给文艺事业带来了巨大损害。当年奉为经典的《林彪同志委托江青同志召开的部队文艺工作

---

① 毛泽东：《新民主主义的文化》，《延安文艺丛书·文艺理论卷》，湖南人民出版社，1984 年第 47 页。

座谈会纪要》就可见当时的政治空气和理论气氛。那是一份斗争主义和文化专制的绝妙宣言，"黑线"、"斗争"关键词："文艺界在建国以来，却没有执行，被一条与毛主席思想相对立的反党反社会主义的黑线专了我们的政，这条黑线就是资产阶级的文艺思想、现代修正主义的文艺思潮和所谓三十年代文艺的结合。'写真实'论、'现实主义广阔的道路'论、'现实主义的深化'论、反'题材决定'论、'中间人物'论、反'火药味'论、'时代精神汇合'论，等等，就是他们的代表观点……"① 这几句话其实就是"文艺黑线专政论"的核心。由此造成了文艺界首当其冲、社会各界深受其害的反人道的政治迫害和人身打击。一旦这种专制主义对国家和民族造成了无法挽回的损害，即使这一特定社会状况在时间上已经结束，但要使人们在心理、情感上完全忘却，是不可能的。可以说，建国以来形成的阶级归类与两级思维惯性，它的消极导向影响着国人的精神结构。那么，粉碎"四人帮"以后，思想界对近三十年、尤其是"文革"以来对社会的批判和反思，是非常必要的。这一批判和反思，无疑显示出鲜明的启蒙呼求。

在坚持"四项基本原则"的前提下，否定"文革"，进行"拨乱反正"，设计新的社会理想和文化模式，在国人的期盼中，本应在 1976 年以后就轰轰烈烈展开。但粉碎"四人帮"之后的两年，国家的政治路线还在"左倾"思维影响下延伸，"两个凡是"延缓了国家前进的步伐。邓小平同志率先批评了两个"凡是"。在他的努力推动下，全国范围内掀起了一场关于真理标准问题的大讨论，确立了实事求是的思想路线。1978 年底十一届三中全会的召开，确立了改革开放的方针，为国家和民族开创了新的发展路线，为新时期思想解放和文化革新奠定了政治基础。一个新的时代转型才真正开始。面对新的历史机遇，文化界、理论界迎来了文艺创造和理论创新的春天。这场新启蒙事业，就是要创建自强、自由、平等的社会理想和开放、宽融、和谐的文化模式。

新时期浓厚的启蒙氛围，在文学艺术界表现得非常热烈。

①1978 年 6 月，《中国文联第三届全委会第三次扩大会议决议》回顾批判了"四人帮"对文艺战线的危害，对新时期文艺的方向做出了规划。即："会议全体代表怀着极大的愤慨，揭发批判了'四人帮'炮制'文艺黑线专政'论，实行法西斯文化专制主义，残酷迫害文艺战士，摧残革命文艺事业的滔天罪行。大家怀着深厚的阶级感情，对遭受'四人帮'残酷迫害的革命文艺工作者，表示诚挚的慰问，对被迫害致死的文艺战士，表示深切的悼念。会议认

---

① 洪子诚主编：《中国当代文学史·史料选》（下），长江文艺出版社，2002 年第 521 页。

为：文学艺术必须为工农兵服务，为社会主义革命和社会主义建设服务……深入群众生活，学习马列主义、毛泽东思想，学习社会，学习中外优秀文化遗产，不断提高思想水平和业务水平，创作出更多更好无愧于我们这个伟大时代的作品，来鼓舞人民实现建设社会主义现代化强国的宏伟目标，帮助群众推动历史的前进。"① 这个决议，表明全国文艺界倡导启蒙现实主义文艺的努力，是文艺战线的重要方向。

②1978 年，《今天》编辑部《致读者》以满腔热情的语气，表达了文艺刊物在新时期工作的心情："历史终于给了我们机会，使我们这代人能够把埋藏在心中十年之久代歌放声唱出来，而不致遭到雷霆的处罚。我们不能再等待了，等待就是倒退，因为历史已经前进了……'四人帮'的文化专制主义就是只准精神具有一种存在形式，即虚伪的形式；只准文坛上开一种花朵，即黑色的花朵。而今天，在血泊中升起黎明的今天，我们需要的是五彩缤纷的花朵，需要的是真正属于大自然的花朵，需要的是开放在人们内心深处的花朵。过去，老一代作家们以血和笔写下了不少优秀的作品。在我国'五四'以来的文学史上立下了功劳。但是，今天，作为一代人来讲，他们落伍了，而反映新时代代精神的艰巨任务，已经落在我们这代人的肩上。'五四'运动标志着一个新时代的开始，这一时代确立每个人生存的意义，并进一步加深人们对自由的理解；我们文明古国的现代更新，也必将重新确立中华民族在世界民族中的地位，文明的文学艺术，则必将反映出这一深刻的本质来。"② 这种心声，也是当时所有文艺刊物的共同追求，新时期文艺刊物雨后春笋般的涌现，反思性作品的大量刊载，把新时期文学事业推向了一个前所未有的高潮。启蒙现实主义就在反思文学、改革文学、朦胧诗等文学思潮发展的轨迹中，洋溢着"反思历史"、"体现真实"、"人道精神"的美学精神。

③1979 年，周扬在中国社会科学院召开的纪念"五四"运动六十周年学术讨论会上的报告《三次伟大的思想解放运动》中认为："本世纪以来，中国人民经历了三次伟大的思想解放运动：'五四'运动是第一次，延安整风运动是第二次，目前正在进行的思想解放运动是第三次。历史已经证明，每一次思想解放运动，都对中国革命的发展，起着极大的推动作用。"③ 周扬认为"五四"运动"为马克思主义的传播和共产党的建立准备了不可缺少的条件。毫

① 洪子诚主编：《中国当代文学史·史料选》（下），2002 年第 572 页。
② 洪子诚主编：《中国当代文学史·史料选》（下），2002 年第 573 页。
③ 洪子诚主编：《中国当代文学史·史料选》（下），2002 年第 584 页。

无疑问，这是'五四'运动的最重要的成就。"① 关于延安整风运动，周扬写道："发展和领导这样一场新的启蒙运动（延安整风运动），充分表现出毛泽东同志为首的党中央具有无产阶级革命家的胆略，具有理论上的极大勇气和实事求是的科学态度……整风运动的最大收获之一，就是在党内大批干部中养成了实事求是、调查研究和联系群众的作风。从此，一切从实践出发，理论密切联系实际，自觉运用马克思列宁主义的立场、观点、方法去观察和解决实际生活中的各种问题，反对夸夸其谈、言之无物和下车伊始，哇里哇啦，就成为我们党的优良传统。如果说'五四'运动促进了马克思主义在中国的传播，那么延安整风运动就在思想上真正解决了马克思主义的普遍真理和中国革命的具体实践相结合的问题，它标志着马克思主义已经在中国大地上生根成长，并且愈来愈成熟了。"② 对新时期思想解放运动，周扬认为："这次思想解放运动中心任务，就是要在马列主义、毛泽东思想指导下，彻底破除林彪、'四人帮'制造的现代迷信，坚决摆脱他们的所谓'句句是真理'这种宗教教义似的束缚，把马列主义、毛泽东思想的普遍真理，同在中国实现社会主义现代化这个新的革命实践，紧密地结合起来。"③

随着思想解放运动的展开，八十年代文化状况体现出"百花齐放、百家争鸣"的局面，文学理论也在各种思潮的竞争中，呈现学西方、反思传统等多元理论思潮交叉的情境中。其间，虽有反复，但嗣后的人文精神大讨论，现实主义回归等等浪潮，再度引起人们对启蒙现实主义的重视。

处于文化交流的背景下，启蒙成为新时期重要的精神追求。破除愚昧、启发民智、回归理性社会秩序、还原真实的人的存在状态，成为文学、文化的自觉向往。这也是掀起新的启蒙思潮的重要动因，"西学为用"与现实文化需求在二者的临界上达成了默契。新时期启蒙体现于启蒙策略的重建和人文精神的热烈探讨。启蒙精神是自启蒙运动以来最重要的思想形态之一，而且一直延续。在我国，早在上世纪七十年代前期，唐君毅先生对文化启蒙做过系统研究。他反对将"五四"启蒙时期以来中国启蒙与西方启蒙做牵强附会的比照，反对在启蒙问题上的历史虚无主义观点。他说："必须反对妄将中国以前文化与西方中古文化相当之论，亦不主张中国今日新文化运动当只为文艺复兴启蒙运动之说。而且我们亦不能随便去接受文艺复兴启蒙运动以来之人对于西方文

---

① 洪子诚主编：《中国当代文学史·史料选》（下），2002 年第 586 页。
② 洪子诚主编：《中国当代文学史·史料选》（下），2002 年第 591~592 页。
③ 洪子诚主编：《中国当代文学史·史料选》（下），2002 年第 592 页。

化之批评。"① 他同时强调通过学习古典、中西文化结合起来重建人文精神的
必要："我们要救当今之弊，须再生清以前宋明儒者之精神，发扬西方近代理
想主义，与中西方人文主义之精神。"② 新时期以来，有学者提出"新启蒙"
概念，认为："'新启蒙主义'之'新'及其存在的必要性都隐含在世纪之交
以来文化转型纷乱现象背后的深层需求之中，蕴含着充分的历史与现实的文化
内涵。"③ 在他看来，"五四"启蒙并没有具备一份完整的启蒙谱系，三十年
代中期"新启蒙运动"还没有来得及振臂就转入到民族救亡，但"八十年代
的'新启蒙'在'回归五四'的旗帜下对历次启蒙运动包括'五四'运动做
出了深刻反思，产生了深远影响。"④ 这一评价是中肯的。稍作回顾，我们发
现，"西学"从七十年代末到八十年代，对当代文化创建产生了积极引导作
用。"西学论"的大力盛行又催生了"尼采热"、"存在主义"、"精神分析学
说"、"女性主义"和对其他各种主义的探讨，形成了"西学东渐"的壮观局
面。经历八十年代末九十年代初短暂的文化沉寂之后，九十年代中期的"人
文精神"大讨论，为"它对'人文精神'旗帜的高扬，它对知识分子价值规
范的寻求，以及它对世俗化、商业化文学与文化的批判，都在给中国社会初步
呈现一个制衡世俗化、商业化极端发展的批判维度。……它将成为中国知识分
子价值得以最大实现的见证，成为人文精神旗帜永远飘扬的标志。"⑤

　　历史进入二十一世纪，"全球化"演变为以信息为载体的文化对流。国家
和民族之间就交流的意义上说，应该是完全对等的。至少就我们发展中国家的
人来说，对"全球化"充满了幻想和憧憬。但基于发达国家中那些启蒙学者
对"全球化"的忧虑，他们并不认为"全球化"是理想的人类蓝图。后殖民
文化理论就体现了这种倾向。他们认为无论何种"全球化"都会呈现出一种
优势向一种劣势的意向性支配，以温情脉脉的方式实现文化的同质化。因为
"文本模型反映了传媒和知识爆炸给我们对社会和世界的经验带来的变化"⑥，
那就必然产生信号符码的意识形态焦虑。应对"东方主义"图谋，人们有必
要采取反抗策略，即：需要"进一步跨越国界，在跨学科行为中有更多的干

①　唐君毅：《人文精神之重建》（二），广西师范大学出版社，2005 年第 240 页。
②　唐君毅：《人文精神之重建》（一），广西师范大学出版社，2005 年第 7 页。
③　张光芒：《中国当代启蒙文学思潮论》，上海三联书店，2006 年第 2 页。
④　张光芒：《中国当代启蒙文学思潮论》，2006 年第 2 页。
⑤　张永清：《新时期文学思潮》，中国人民大学出版社，2006 年第 203 页。
⑥　[美]詹明信：《晚期资本主义的文化逻辑·文本的意识形态》，严锋译，北京三联书店，2003 年第 57 页。

涉主义，还要有强烈的环境意识—政治的、方法论的、社会的、历史的—在其中脑力和文化工作得以开展。对摧毁政治体系要给予一个清楚的承诺，因为它们是被共同维护的，转引葛兰西的话来说，就是必须靠共同的围攻—演习战和阵地战与之全体作斗争。"① 后现代理论家对人文精神失落的担心不无道理。中国当代文化也在"全球化"媒质冲击下受到浸染。对于我们来说，人文精神在二十一世纪的再塑理应是更为紧要的现实需求。学者们认为："那些引起人们较广泛反响的关于人文精神的学术讨论的诸多歧见，是针对着这些年来不少物质欲望恶性膨胀，精神追求、道德理想出现滑坡而发的，也是针对许多年来人文社会科学相对来说不够受重视甚至受到不应有的冷落和歧视而发的。"② 作为回应，系列丛书《中国学者心中的科学》人文卷，汇集了新世纪以来专家学者对人文精神的学科思考，涉及文学、历史学、哲学、政治学、人类学、法学、教育学等等。我们认为，人文主义将会在新的时代，伴随科学的发展，为创建和谐的生活世界一同前行。

新时期启蒙现实主义在新一轮文化启蒙影响下，着力构建具有"全球化"背景和自身特色的文学理论。我们并不是说只有现实主义才是唯一合法的文学理论，而在于表明新时期启蒙现实主义作为文学本体论、主体论、作品论、功用论、创作论、风格流派论、欣赏批评论等文学理论系统之一元，体现了一种走向"文化全球化"传播境遇与融洽文学写作实践的对话姿态。置于"全球化"视野下，启蒙现实主义的构成要素体现出向西方美学和文艺理论吸收有益营养的趋向。

其一、对前苏联现实主义的否定性反思。不可否认，建国十七年来现实主义是按照前苏联模式建立起来的。把文学看成是对社会生活的反映和一种简单化的意识形态载体，确立了文学的真实性、人民性、党性、历史性，民族性等等概念，认为它们是构成现实主义理论的唯一要素。这一情形，对新中国文学理论初创来说，是有其积极意义的。这也产生了明显的消极后果，使文学变成了社会学、哲学的抽象分析，忽视了文学内在的丰富性。它在与中国特定历史相结合时，文学理论就演变为文学政治学。新时期以来，对现实主义前苏联模式的批判，成为一个热烈探讨的问题。现实主义转而向西方当代寻求框架和话语资源，把文学的党性、人民性、阶级性、现实是文艺的唯一源泉论等现实主

---

① ［美］爱德华·赛义德：《东方主义再思考》，曹雷雨译，《后殖民主义文化理论》，罗钢　刘象愚主编，中国社会科学出版社，1999 年第 21 页。

② 龚育之：《对科学技术发展的人文思考·代前言》，《中国学者心中的科学·人文卷》，王文章 侯样祥总主编，云南教育出版社，2002 年第 9 页。

义概念删除去文学理论教材，似有点矫枉过正。

其二、现实主义人道主义与主体性问题。上世纪五十年代，前苏联体系的现实主义把马克思主义文艺理论演变为机械社会学，传播到我国后又与我国当时阶级斗争、社会主义改造和建设的时代任务结合，把现实主义演变为文学法规，压制当年的"文学是人学"、文学人道主义等观点，产生了消极影响。"文革"结束后，周扬作为当年的文艺界领导，反思了十七年文学理论状况。他从改革、开放新的时代条件出发，严肃、认真探讨了马克思主义文艺的人道主义。认为过去对人性、人道主义的否定，实际上在一定程度上等于取消了马克思主义文艺理论的价值。他反思道："在'文化大革命'前的十七年，我们对人道主义与人性问题的研究，以及对有关文艺作品的评价，曾经走过一段弯路。这和当时的国际形势的变化有关。那个时候，人性、人道主义，往往作为批判的对象。在一个很长的时间内，我们一直把人道主义一概当做修正主义批判，认为人道主义与马克思主义绝对不相融。这种批判有很大的片面性，有些甚至是错误的。我过去发表的有关这方面的文章和讲话，有些观点是不正确或者不完全正确的。"① 接着，周扬辩证分析了人道主义与马克思主义的关系，认为："我不赞成把马克思主义纳入人道主义体系之中，不赞成把马克思主义全部归结为人道主义；但是，我们应当承认，马克思主义是包含着人道主义的。当然，这是马克思主义的人道主义。"② 这样当时文艺理论界掀起了一股研究马克思《1844 年经济学哲学手稿》的高潮，活跃了理论研究的氛围。有学者评论新时期的周扬："周扬在新时期的表现，确如人们所看到的，有不少可圈可点之处。他从对'文革'的痛苦反思中悟出了许多东西，对自己一身事业也有了难能可贵的批判反思的精神，他思想解放，敢于负责，积极领导了对庸俗社会学的清算。"③ 这种可贵的探讨，对现实主义文学形象由所谓"高大全"、英雄模式、单调化向面对人本身、塑造普通人、表现人生活世界的丰富性转向都产生了重要影响。对文学批评来说，不再只是注重于文学社会学分析，而是深入阐发人的内在价值，探究人之为人的生存意义。主体性问题在新时期也得到学界的热情关注。如果说"文革"以前现实主义一统天下把主体性排除在理论研究的视野之外，那么新时期以来，返归胡风曾经倡导的"主观性"，和对西方文学理论"存在主义"、"精神分析理论"、"西方马克思主

---

① 周扬：《关于马克思主义的几个理论问题探讨》，《人民日报》，1983 年 3 月 16 日。
② 周扬：《关于马克思主义的几个理论问题探讨》，《人民日报》，1983 年 3 月 16 日。
③ 庄锡华：《文学理论的世纪风标》，江苏文艺出版社，2001 年第 142 页。

义"、"生命美学"、"接受美学"等人本主义思潮的传播接受，就是一个具有时代意义的话题了。刘再复率先研究主体性问题，他把主体分为"创作主体"、"接受主体"、"对象主体"，而情感把三个主体连接起来。他认为："作家的自我实现归根到底是爱的推移，这种爱推到愈深广的领域，作家自我实现的程度就愈高，爱所能达到的领域是无限的，因此，自我实现的程度也是无限的。"① 他发表于《文学评论》1985 年第 6 期和 1986 年第 1 期的《论文学的主体性》长文，猛烈批评了"机械反映论"：

> 认为它忽视了主体功能性的意义，并在四个方面存在明显的缺点：①没有解决实现能动反映的内在机制；②没有解决实现能动反映的多向可能性；③只注意了自然赋予客体的固有属性，而往往忽视了人赋予客体的价值属性；④机械反映论在强调客体的客观性时，忽视了客体的主观性，而在说明人时，又只注意了主体的主观性，忽视了主体的客观性。②

应该说，主体性问题的强调突破了传统理念的禁锢，具有思想解放的意义，由此引发了文学理论界的激烈争鸣。无论结果如何，谁是谁非，谁主谁次，论争的价值在于使现实主义走向"全球化"视野，而不再是"闭门造车"。

其三、典型论问题。马克思主义经典作家在当时的历史条件下，提出过典型是共性和个性、一般与特殊统一的思想。"典型环境中的典型人物"成为典型论的最高概括。但在经历了二十世纪文学的丰富实践和现代、后现代理论影响，以及前苏联文艺理论模式的改造之后，马克思主义典型论也越来越遭到严峻挑战。这就存在一个发展典型论的问题。发展不是全盘否认，而是在具体历史条件下不断充实和调整其内涵。上世纪五十年代，何其芳将典型说发展为"共名说"。在经历了"文革"人物形象"三突出"后，新时期典型论探讨也成为一个重要的理论问题。从一定程度上说，刘再复的"性格组合论"，代表了八十年代典型讨论的一种转向。他认为，文学典型是一种感性的生命存在，映摄着丰富、深邃的心理和诗意情感，而不是社会生活的直观映象。性格是二元营构，他说："性格的二重组合，就是性格两极的排列组合。或者说，是性格世界中正反两大脉络对立统一的联系，但是性格的这二重内容并不是抽象的。它是由具体的、活生生的各种性格元素构成的，这些性格元素又分别形成

---

① 刘再复：《文学的反思》，人民文学出版社，1986 年第 76 页。

② 张学正：《现实主义文学在当代中国》（1976～1996），南开大学出版社，1997 年第 205 页。

一组一组对立统一的联系，即形成各种不同比重、不同形式的二重组合结构。"① 他进一步提出了性格构造的表层意义与深层意义的分析思路，认为表层意义是性格显示的表象状态，而表象呈现为多元化的、多相对立统一的感性状貌；深层意义是关键，它是性格内部的深层结构，"即内心世界中的矛盾斗争，以及这种拼搏引起的不安、动荡、痛苦等复杂情感。"② 性格塑造的主要任务是要揭示性格的深层意义，因此"不仅要写出人的性格的表层静态性质的二重要素，而且要写出人的各种性格因素在性格内部世界中的复杂动态过程，写出人的灵魂前进和退却以及堕落时，受到社会关系和反映这种关系的其他心理因素的牵制而发生的矛盾交织状态和矛盾历程。"③ 这种分析不免脱离文学的历史和社会背景，有些主观化色彩。但把典型性格的分析置于现象学、心理学、存在主义、表现主义以及系统论、控制论、信息论的西学理论背景下，给人耳目一新之感，在当时是有启迪意义的。

在文学理论教材中，吸收当代西方文艺理论更为明显。典型，按照艾布拉姆斯《镜与灯》四分法原则，归入到作品一类中探讨。韦勒克、沃伦的《文学原理》，倡导形式主义分析方法，被新时期文学理论教材建设所借鉴，产生了较好的效果。二十一世纪，后现代主义盛行，典型论遭受消解。但对现实主义典型论的探讨并没有完全停滞，而是如何吸收后现代的某些理论成果，再度阐释典型的文化结构和价值意义。总的来说，新时期的典型研究，显示出一种开放、宽容的积极姿态。

最后，现实主义文学经验总结暨文学批评问题。新时期启蒙现实主义文学创作在继承传统现实主义手法和吸收西方现代主义、后现代主义手法的双重背景下，取得了更加丰盈的资源。事实上，总结从"文革"结束至2007年文学三十年历史（1977~2007），新时期现实主义文学呈现出一种在"文化全球化"视野下不断塑形与结构性调整的状态，也就是多元现实主义的不断演变形态。毫无疑问，新时期启蒙现实主义走上了一条融入传播网络的发展道路。我们不妨先梳理一下三十年文学经验的整体路向，即：伤痕文学→反思文学→改革文学→寻根文学→先锋文学→新写实文学→新历史主义文学→大众文学→女性文学→网络文学→私密化文学→多元文学样式并存。这一路向只是表明不同文学形式的大致时间秩序，很多情况下，是几种文学并存的，只不过一个主

---

① 刘再复：《性格组合论》，安徽教育出版社，1999年第60~61页。
② 刘再复：《性格组合论》，1999年第151页。
③ 刘再复：《性格组合论》，1999年第151页。

次而已。在这个路向中，基本是以现实主义文学为领头羊，并与启蒙与人文精神的探讨进程遥相呼应。启蒙现实主义文学的基本状况反映到文学批评领域，就是不断总结新的文学经验，提出新的理论质素。这样，形式主义批评、现象学批评、心理分析批评、女性主义批评、原型批评等等西方文学批评模式与现实主义的社会历史批评、传记批评、历史与美学相结合的批评等相互渗透，形成了启蒙现实主义文学批评的多元化趋势。这种多元化批评趋势的扮演，还取决于后台乖戾的化妆师，它们就是"全球化"境遇。中国当代现实主义文学"不再和浪漫主义争天夺地，而是面临着新的来自现代主义的挑战"① 以及"在多元文化背景中彼此竞争发展的西方文学深深地影响和启示了中国当代文学。"② 它们使现实主义文学批评呈现出一种整体上的现代、后现代情结，即运用现代、后现代话语来分析和评价这种文学实践和它的种种外在表现，我们在本文前面论及现实主义研究缘由时有过一些阐述，本文后面还要分析现实主义流变的具体情形，这里暂不做详细讨论。

二、从精英呐喊到主流意识形态

文艺理论的产生、发展、流变以至式微，与任何其他理论形态的演变过程一样，不是单独发生的。理论之所以存在，必与当时经济、政治、哲学、道德、文化、社会心理、情绪状态等人类文明多种形态发生联系，就是说，一定的社会社会物质条件与精神状况总会决定、作用或影响着某种理论的生态境遇，使得理论染上鲜明的时代色彩、地域特点与民族风情。同样，如果理论脱离了特定的实际需要，也是难以产生并发生影响的。对于任何理论来说，它的阐释、接受、传播、流转的程度，与它应用效果的大小成正比。在这个意义上，理论构建是某种世俗文化模式的搭建，正如哲学上说的，没有"无因之果"，也没有"无果之因"。现实主义作为文学创作与文学研究的基本概念，在文学流淌的历史长河中，对文学经验的总结和理论概括，具有鲜明的时代性和文化特色。在特定的历史时期，现实主义因其与现实的对话关系，使得它成为文化选择的重要标志，而这种选择恰好适应了时代步伐前进的实际需要。

---

① 殷国明：《二十世纪中西文艺理论交流史论》，华东师范大学出版社，1999 年第 320 页。
② 王忠祥 李嘉宝：《二十世纪西方文学思潮与中国当代文学》，《西方文艺思潮论丛：二十世纪现实主义》，柳鸣九主编，中国社会科学出版社，1992 年第 248 页。

启蒙现实主义尤其成为文化选择的一个有效向度。从其初始时文化精英的独立呐喊到成为文学领域的主流话语和理论形态的选择过程，表明现实主义曾经走过了一条争取文化"权力"的道路。这条路并不是直接的，而是在多种理论争鸣的曲折历程中"冲杀"出来的。就现实主义成为国家政权的主流音符来说，在前苏联和中国得到了最明显的体现，或者说在前苏联和中国现实主义一度成为社会主义文化在文学领域独领风骚的理论旋律。关于现实主义由于过度偏离文学实践而走向文学政治学的得失，我们暂且不论。我们先谈论现实主义在怎样的文化选择下成为一种必要的文学理论话语以至能够取得意识形态认同。在我们看来，最重要的就是现实主义承载了思想启蒙的职责，并契合社会变革的时代需要，产生了显著影响。

俄国革命民主主义时期，推翻沙皇专制制度、废除农奴制，建立民主主义国家，成为历史发展的必然选择，那么批判现实，反思民族历史的文学就成为适应民主主义革命的首要文化成分。因此，批判现实主义受到特别青睐。俄国民主主义者别林斯基、车尔尼雪夫斯基、杜勃罗留波夫、皮萨列夫等人，对十九世纪俄罗斯批判现实主义文学给予了高度评价，系统总结了批判现实主义文学经验，提出了文学的民族性、人民性、真实性、生活中心论、典型性以及现实主义艺术形式技巧等一系列理论问题。他们的理论总结，与托尔斯泰、果戈理、契诃夫、屠格涅夫、陀思妥耶夫斯基等作家创作体验论达到了高度一致。俄国民主主义者把文学的社会批判与思想启蒙的历史任务结合起来，促进了民主革命意识的高涨，成为民主革命思想有机组成部分。基于此，列宁非常重视文学的历史作用，高度评价他们的理论贡献，以之作为布尔什维克未来国家意识形态的准备。像列宁在评价托尔斯泰的七篇论文中，就系统阐述了列宁主义的文学观。苏维埃政权建立以后，一批反映布尔什维克革命斗争与社会主义建设的现实主义文学成为国家文学的主流，涌现出高尔基、法捷耶夫、绥拉菲莫维奇、肖洛霍夫、马雅可夫斯基等大批伟大的作家和批评家。这些作品所显示出来的文学性，已经不完全同于传统现实主义，那么怎么概括这种文学性，并将之作为苏联文学的统一模式，就成为国家主流文化建设的重要任务了。"无产阶级文化派"企图取消现实主义文学的历史性，在文学的废墟上建设崭新的文学体系，唯物辩证法创作方法妄想把马克思主义哲学辩证法直接照搬到文学中来。这种割断历史，背离辩证唯物主义与历史唯物主义、脱离文学特性的做法，虽然遭到了批判，但也产生了消极的影响。这种消极影响延伸到了"社会主义现实主义"的总结上来。"社会主义现实主义"是真正标志着现实主义从一般文学理论上升到国家主流意识形态的首次演习。它在 1934 年第一次前苏联作家代表大会他通过的《苏联作家协会章程》中提出：

　　社会主义的现实主义，作为苏联文学与苏联文学批评的基本方法，要求艺术家从现实的革命发展中真实地、历史地和具体地去描写现实。同时，艺术描写的真实性和历史具体性必须与社会主义精神从思想上改造和教育劳动人民的任务结合起来①。

　　当然，"社会主义现实主义"不仅仅指文学，而是社会主义文学与其他艺术都必须共同遵守的准则。"社会主义现实主义"被赋予了文学法规的地位，现实主义第一次实现了从精英呐喊到国家文化的自觉。既然现实主义不再是先进阶级进行人性启蒙与革命实践的思想武器，而转化为人民政党的理论喉舌，成为规定文学创作和理论批评的基本程式，并在一定程度上提高到了文学政治学，那么它与启蒙的批判性、反思性、理性和人道主义就有了原则的区别。在前苏联，民主主义者的文学批评就完成了历史使命，启蒙退到了幕后。但"社会主义现实主义"并没有完全取消现实主义的有效内核，文学的真实性、人民性、典型性、艺术性原则依然是社会主义文学艺术原则的有机构成。在忠诚的文学家、艺术家那里，他们能很好地把文学艺术特性与社会主义文化建设的功用要求结合起来，创作出歌颂时代、赞扬人民、讴歌民族精神、具有鲜明艺术个性与风格的作品来。因此，"社会主义现实主义"显示出巨大的理论生命力。不是怀疑主义者认为的那样，"社会主义现实主义"处于停顿状态，或已近于消亡。"社会主义现实主义"处于不断发展而丰富的过程中，一位理论家认为："马克思列宁主义美学令人信服地指明了社会主义现实主义的历史制约性和它产生于不同民族文学的规律性，以令人信服的论据揭示了新的艺术方法的思想基础……今天我们不仅有前苏联文学的丰富经验，还有许多其他国家的社会主义文学的丰富经验。在这些国家也建立了对社会主义现实主义问题的理论研究。"② 这就把"社会主义现实主义"看成"真实表现生活的历史开方放体系"，应该说是智慧的表述。

　　中国"社会主义现实主义"话语的产生、流变与前苏联"社会主义现实主义"存在密切联系。这是由中国与前苏联在人类政治理想的一致性，并存在亲密交往与共同文化建设的前提条件决定的。1918 年，第一个苏维埃社会主义国家在前苏联建立，标志着马克思主义从理论到实践的实现。从此，世界

---

① 方维保：《当代文学思潮史论》，长江文艺出版社，2004 年第 4 页。
② ［苏］德·马尔科夫：《论社会主义现实主义艺术概括的形式》，李辉凡译，《西方文艺思潮论丛：二十世纪现实主义》，1992 年第 253 页。

历史改变了私有制的单一政体格局，前苏联成为那些备受帝国主义、封建主义、殖民主义压迫的国家和民族人民的政治典范。而后成立的"共产国际"，把国际无产阶级政党联合起来，为各国的民主革命事业提供指导，加速了社会主义阵线迅速扩大的步伐。1921年，中国共产党就是在"共产国际"的帮助下成立的，从此中国共产党领导的新民主主义革命一直在"共产国际"和前苏联的指导和帮助下进行，中苏建立起了良好的兄弟关系，这种友好关系一直延续到上世纪六十年代中苏关系破裂。政治上的连接，使中国新民主主义文化建设深受苏联影响。苏联文化的成败得失，同样可以在中国新民主主义文化成败得失中找到影子。文学作为文化的子因，更是深深打上了苏联文学与理论框架的印痕。前苏联文化与文学的中国移置，大都由留学苏联或往苏联考察、修养、进修的中国革命家和知识分子以及掌握俄语的文学工作者来实现的。瞿秋白、蒋光慈、张闻天、耿济之、曹靖华等，直接从去前苏联学习或通晓俄语，把前苏联革命思想，文学作品和理论著作翻译介绍到中国来，很快成为中国新民主主义革命文化建设的引路灯。

前苏联文化理论之所以能够成为中国革命的指路明灯，除了政治革命的重要因素外，还与近代以来中国所处的特有历史条件存在紧密关联。那就是中国自1840年鸦片战争以后，逐渐沦为半殖民地、半封建社会，而在世纪转折的风口浪尖，旧民主主义革命的成果没有得到更有巩固，寻求出路的伟大历史使命落到了中国共产党身上。在历史的这种特殊历史时期，一切文化都必成为进行革命的宣传形式，文学也不例外。因此，"五四"启蒙刚有些起色的迹象，而当中国革命成为最为紧要任务的关键阶段，也不得不中断启蒙而转入革命文化与革命文学的建设。这样前苏联文化理论就与中国革命的具体实践接起了头，在文学领域"现实主义"就成为最被看重的创作方法与文学理论了。一切与之发生冲突的方法与理论，都被赋予背离现实与革命的判词而加讨伐。同样的，革命"现实主义"经过精英呐喊成为主流政治话语。对此，我们在下段做一下简要阐述。

从组织上最早把"现实主义"作为文学主流的是文学研究会。1921年1月4日，文学研究会在北京成立。《文学研究会宣言》明确提出："将文学当做高兴时的游戏或失意时的消遣的时候，现在已经过去了。我们相信文学是一种工作，而且是人生很切要的一种工作。"① 此处，已表明"五四"新文化运

---

① 於可训 叶立文主编：《中国文学编年史》（现代卷），湖南人民出版社，2006年第108页。

动由启蒙朝现实革命转向的迹象。这一时间，翻译俄罗斯文学也成为热门的文化工作。1921 年 7 月，当耿匡、沈颖翻译的《俄罗斯名家短篇小说集》出版，瞿秋白、郑振铎为之作序。瞿秋白探讨了俄罗斯文学中国化的原因，序言写道："最主要的原因就是：俄国布尔什维克的革命在政治上、经济上、社会上生出极大的变化，掀天动地，使全世界的思想都受它的影响。大家要追溯他的原因，考察他的文化，所以不知不觉全世界的视线都集中于俄国，都集中于俄国的文学；而在中国这样黑暗悲惨的社会里，人都想在生活的现状里开辟一条新道路，听着俄国社会崩溃的声浪，真是空谷足音，不由得不动心。因此大家都要来讨论研究俄国。于是俄国文学就成了中国文学家的目标。"① 郑振铎认为，俄罗斯文学是"真实的"、"人生的"、"平民的"、悲情的文学，这些都是中国文学最需要的品质。同年，创造社也成立了。这标志着五四时期最有影响的两个文学团体正式出现了。之后，各类文学社团纷纷涌现，形成了文学的热闹场景。围绕着文学的现实性，以及无产阶级革命文学的建设问题，在文艺阵线内部以及外部都展开了激烈论争，像鲁迅与创造社、太阳社的论战；鲁迅与新月派、自由人、第三种人、梁实秋超人性论等论争。这些论争，强化了现实主义的地位，产生了深远影响。这还是精英之间的论战，而权力参与进来，使现实主义意识形态化的是左联："真正能够实现话语权力化的是左联这一组织。左翼作家联盟的成立是使这一纯粹意识形态的观念得以组织化和机构化，使革命现实主义开始与权力意识形态媾和。"② 三十至四十年代初，为现实主义做出理论建树的文化精英，我们有必要提及茅盾、周扬、冯雪峰、胡风和蔡仪等人。茅盾现实主义是"社会分析"的文学观念，他更多关注现实主义的基本原则，把文学的真实性与理想性结合起来，显示出现实主义与浪漫主义结合的思想萌芽，他说："文学于真实地表现人生而外，又附带一个指示人生到未来的光明大路的职务……或者换过来说，文学的职务乃在以揭示人生向更美善的将来这个目的寓于现实人生的如实表现中……"③ 周扬站在党的文化领导人身份的立场上，则直接把现实主义与政治连接起来，提出了"政治"倾向的现实主义，他认为新文化运动以来，中国文学是沿着现实主义主流走的，而当革命成为时代的紧要任务的时候，文学必须服从政治的需要："在广泛的意

① 瞿秋白：《俄罗斯名家短篇小说集·序言》，《中国文学编年史》（现代卷），2006 年第 115 页。
② 方维保：《当代文学思潮史论》，2004 年第 8 ~ 9 页。
③ 茅盾：《文学者的新使命》，《茅盾文艺杂论集》（上），上海文艺出版社，1984 年第 218 页。

义上讲，文学自身就是政治的一定的形式……作为理论斗争之一部的文学斗争，就非从属于政治斗争的目的、服务于政治斗争的任务之解决不可。"① 胡风现实主义立场是坚定的，但对现实主义客观真实性的理解，更侧重于主体在反映和表现现实的能动性上，如果忽视主观性，现实主义与自然主义就毫无差别，因而现实主义不可能成为无产阶级革命的有效宣传，因此，他反对题材决定论，而强调主体的战斗立场，他说："文艺作品的价值，它的对于现实斗争的推进力量，并不是决定于题材，而是决定于作家的战斗立场，以及从这种立场所生长出来的创作方法，以及从这创作方法所获得的艺术力量。"② 冯雪峰提倡把现实主义看成一种实践的、把主客观结合起来的文学形态。他把主体看成是人民，客体看成当前的革命斗争，文学就是运用艺术形式反映人民的革命斗争的有力武器。他说："反映着客观的真理，反映着人民的新生，伟大的战斗意志，和英雄主义，反映着人类历史的伟大理想力和向上的发展力。这就是艺术力。解释地说，就是必须从艺术里表现出来的人民与作者的主观战斗力。"③ 蔡仪是新中国成立前，首位运用马克思主义理论研究美学的学者和理论家，早在四十年代，就写了《新艺术论》《新美学》与其他理论文章。在"美是客观"审美理论前提下，蔡仪阐述了现实主义的艺术特点，认为文学是对客观的反映和认识，建立了马克思主义的文艺审美反映论和认识论，他对现实主义的真实论、典型论、文艺技巧论等等，也做了马克思主义文艺的中国化阐释，确立了马克思主义的文艺学框架。这些精英知识分子的现实主义言论，为中国特点的"社会主义现实主义"的提出和即将取得政权的政党领袖提出政党制度下的现实主义观念做了充分铺垫。

1942 年，《在延安文艺座谈会上的讲话》标志着社会主义"现实主义"正式以政党领袖言论的名义出台。这意味着文学"现实主义"成为新的政治版图的构建部分，文学真正实现了由精英言论到政党领袖语录的角色转换。对"现实主义"的关注，毛泽东早在 1939 年 5 月给"鲁艺"成立周年的题词中就提到"抗日的现实主义，革命的浪漫主义"（即"两结合"方法雏形，1958 年 3 月 22 日，毛泽东在谈到民歌出路问题时说："中国诗的出路……形式是民歌的，内容应该是现实主义与浪漫主义的对立的统一"，标志"两结合"方法正式提出并完全成为意识形态。）《讲话》中，毛泽东继承了列宁在《党的组

① 周扬：《文学的真实性》，《周扬文集》（1 卷），人民文学出版社，1984 年第 67 页。
② 胡风：《胡风选集》（1 卷），四川人民出版社，1995 年第 538 页。
③ 冯雪峰：《冯雪峰文集》（中），人民文学出版社，1981 年第 368 页。

织与党的文学》中的原则，把党性原则作为文学的重要特点，结合当时抗日阶段文化阵线的形势，提出了系统政论性文学观点。在《引言》部分，毛泽东谈到"立场问题，态度问题，对象问题，工作问题和学习问题"，要求大家"站在无产阶级和人民大众的立场。"立场问题的实质是世界观问题，要求作家艺术家树立无产阶级世界观就是要求他们自身进行一场世界观改造，从思想上接受文学的党性原则。《结论》部分，毛泽东阐述了五个基本问题：文学是关于什么人的问题；普及与提高的问题；党与文艺的统一战线问题；文艺批评标准问题；文艺界整风任务问题。其中，文艺批评标准问题，集中体现了文艺创作和文学理论的路线要求。毛泽东提出了"一个是政治标准，一个是艺术标准"原则，而就二者的关系来说，"无论什么样的阶级社会与无论什么阶级社会中各别阶级，总是以政治标准放在第一位，以艺术标准放在第二位。"《讲话》表明，新民主主义"民族的、科学的、大众的文化"建设，就是突出政治，文化为政治服务的过程，而对于现实主义文学批评而言，就承载了更多现实政治的内涵。

《讲话》的政治伦理色彩与前苏联"社会主义现实主义"概念中"艺术描写的真实性和具体历史性与社会主义精神从思想上改造和教育劳动人民的任务结合起来"存在惊人的相似性，只不过1942年中国尚处于抗日战争的相持阶段，文艺的具体内容不是"教育和改造劳动人民"，而是民族革命战争的现实需要，即文艺成为政治和战争的宣传工具。这种对前苏联"社会主义现实主义"的接受和改造，五十年代有刚性要求，即："在文学艺术工作上学习苏联，学习社会主义现实主义的创作方法是坚定不移的，是不可动摇的。"[1] 这样，"社会主义现实主义"在前苏联和中国实现了从精英提倡到主流话语的角色转换。

我们务必思考：从启蒙现实主义到社会主义现实主义，或从传统现实主义到社会主义现实主义的历程，增添了什么，缺失了什么？增添意味着现实主义本身的丰富和前进，缺失标志现实主义的偏位和泛化。先说增添。现实主义从启蒙运动以来，建立了理性、人文、历史、真实、典型、社会反思与批判、宏大叙事，细节化形式技巧等一套话语体系。这一理论把审美范式表现为以完整、饱满、个性化的艺术形象直接与现实连接起来，因此是一种基于社会关怀的、具有审美功利的文学理论。作为文化理论，现实主义理论的立场在不同社会体制和不同历史阶段，却是不完全一样的。在私有制体制中，阶级地位、经

---

[1]　习仲勋：《对电影工作的意见》，《电影创作通讯》，1953年第1期。

济利益的对抗性矛盾，导致现实主义文学采取了社会批判和人性反思的叙事姿态，在追求自由、平等和仁爱的文学理想中传递人性的忧患意识，现实主义具有鲜明的启蒙色彩。但现实主义并不直接把现实政治纳入文本体系，即使我们在前面阐释俄国民主主义理论时，说它是政论化的，还是指一种社会批判的形式，而不是指民主主义理论与俄国主流意识形态同一起来了。当工人阶级政党成为国家政党，建立了共有制制度基础后，社会矛盾不再处于对抗状态，现实主义文学的审美范式就转变为现实关系与文学反映的同一性了，这样现实主义文学就采取了对社会生活予以歌颂的立场，于是现实主义就成为配合国家文化建设的有机成分了。"社会主义现实主义"把这种同一性关系再度加以强化，并上升到与政治紧密联系的高度，现实主义理论就具备了巨大的理论生命力，取得了政治权力庇护下的话语强势。从一定程度上说，"社会主义现实主义"把现实主义发展为文化政策的导向与风标了。而在新民主主义革命时期，特别是中国抗日战争的关键阶段，民族矛盾成为社会的主要矛盾，同时各种错综复杂的阶级矛盾也相互交织的历史情形下，党提出现实主义文学批评标准以政治第一、艺术标准第二，就是要求现实主义服从民族解放这个伟大的历史任务的需要，使现实主义成为它的强有力的文化宣传和思想教育的工具。既然"中华民族到了最危险的时候，每个人被迫着发出最后的吼声"，那还有什么不能成为政治化的东西呢？在这个时候，现实主义政治标准的提出，把现实主义的审美功利发展到极致，是完全可以理解的。事实上，从《讲话》发表以后的文学实践来看，突出以工农兵为主要文学形象，以歌颂党领导的抗日战争、民族解放为主题，以宣传党的文艺政策为主要内容的文学批评，以典型化、民族语言、传统叙事为主要艺术技巧的文学形式的"新民主主义"文化建设，取得了显著成就，有力配合了现实政治的需要。再说缺失。现实主义的审美功利发展到极致，也就是它的工具性得到最充分实现之后，同样存在巨大风险。这种风险来自权力运作之下可能造成对现实主义人道主义、审美性的消解，使它在精神救赎的过程中转化为政治运动的游戏。而当工人阶级取得了国家政权，如果仍以民族救亡图存时期文化政策为基点，不回归现实主义的启蒙性，甚至把政治意识再无限渗透的话，文学就演变成"文化革命"的武器，使得它的审美性丧失殆尽，现实主义就偏离了本位。在前苏联和新中国阶级斗争搞得最激烈的某些非常时期，现实主义就蜕变为阶级论，造成了惨痛的历史教训，这是值得人们深思的。

第八章

启蒙现实主义形态转向

　　新中国成立直到二十一世纪初近六十年的发展历程，是一个不断探索社会主义、发展社会主义的曲折过程。这一曲折历程几乎以同步的方式反映到文化上来。文学理论作为文化建设的构成，显示了这一曲折情形。新中国文化建设的整体状况，是与国家的政治、经济、文化政策紧紧相连的。由于近六十年里，国家大政方针体现出三个明显的特征和走向，从时间上看，又具有三个明显的阶段：

　　第一阶段，建国后十七年，以社会主义革命和社会主义建设为历史任务的一系列文明创造规定。

　　第二阶段，"文化大革命"十年，以摧毁和破坏文明形态的否定性规定。

　　第三阶段，新时期到当下的三十年，以改革、开放为重点、以经济建设为中心。坚持四项基本原则、创造物质文明与精神文明、融入全球化为目标的求真务实的现实规定。

　　这样，我们也可以把文化状况分为三个阶段，第一阶段突出意识形态的政治文化。第二阶段的文化专制。第三阶段的主流文化引导下的多元文化并存。不同阶段的文化，直接影响到文学理论的建设。就启蒙现实主义来说，更体现出与文化演进的内在逻辑规定。在第一阶段，现实主义被上升到政治高度。第二阶段，现实主义完全被文化专制扭曲。第三阶段，现实主义伴随时代文化的多元转换，则呈现出不同的样式，甚至变形。启蒙现实主义在文学经验的变化和转向中，不断流转或变轨。但是流转和变轨并不是完全脱臼的，而是纠缠于各种话语形态的表述和理论立场的争鸣之中。本章要讨论的问题，就是通过理论产生的时代背景与现实主义创作情况的分析，简要探讨现实主义在转向中的流转与变轨，并企图回到现实主义启蒙轨迹上来。

一、政治化意向

第一阶段的现实主义探讨，是在浓郁政治气氛掩盖下进行的文学理论思考，因此，文学理论与时代风雨的纠缠就演变为带有火药味的论战，以至发展为思想倾向、路线斗争与政治打击夹击的多重"车轮战术"。这就使得文学事业成为最具有挑战性的生命运行方式，虽然在当时似乎具有某种程度的刺激意味，但也隐含着深刻的不安全感。后来的实际情况表明，越界的现实主义讨论，造成了难以遗忘的心灵之痛。现实主义的过度政治泛化，其实不是现实主义本身的有意追求，而是在特定的历史条件下，被意识形态诱奸，从而使理论传染上病变的基因，而要回复启蒙意义上的那种切近现实、叙述严谨、洋溢浓厚人道主义品质的状态，需要艰难的历史过渡，需要卸载压制于理论肩膀上的牛轭，还原到充满诗性的、开放的、自由、平等的语境。因此，我们认为政治化意向是造成现实主义被改造和变形的显著特征。

政治化意向，是在前苏联"社会主义现实主义"的庸俗化转向与新中国文化政策的"政治"偏好结合下起到作用的。前苏联"社会主义现实主义"本来是对前苏联社会主义革命和建设丰富的文学实践的总结，大多数作家理论家也是拥护的："他们之所以都自觉地坚持现实主义道路，是因为深受十九世纪现实主义传统影响的作家和理论家认为：现实主义创作方法在揭示社会生活真实的广度、深度和力度上有着巨大的优越性。"① 但"社会主义现实主义"被教条主义和庸俗社会学的理论风气干扰，它将社会主义现实主义理解为文学与经济、政治的直接产物，剥夺了现实主义的历史继承性与文学审美性，使现实主义成为政治的奴婢。这一风气后来随着前苏联政治上的不断"左倾"，越演越烈，导致了苏联文学理论构架的意识形态化、公式化、概念化的不良倾向。现实主义理论的党性、人民性、民族性、真实性等合理构成，也被修正为政治形态的话语，对批评理论造成了消极影响。1949 年后，由于新中国外交政策的"一边倒"，前苏联文艺学模式也就成为新中国文学理论写作的样板。这样造出了中国化的"社会主义现实主义"的模子，在一代学人心中留下了很深的影响。一位学者坦言："像我这样五十年代末从大学中文系出来的学

---

① 吴晓都：《社会主义现实主义再反思》，《西方文艺思潮论丛：二十世纪现实主义》，1992 年第 111 页。

生，受前苏联文艺学旧模式的影响应该说是相当深刻的。因为我们那时所使用的文艺理论教材以及主要参考读物几乎都是从前苏联翻译过来的。"① 即使像五十年代那样规模甚大的美学大讨论，其争论的焦点也不是立足于美学本质问题的学理性探讨，而是世界观问题的争鸣，在谁是唯物主义和谁是唯心主义问题上斗嘴。毫无疑问，人文社会科学领域的政治化倾向取代了学术本身的创造，它给学术自由、学术平等、学术民主关上了大门。

前苏联的文艺学模式并不是毫无学术价值的文学理论结构。它是在对马克思主义文艺思想，主要是通过对马克思、恩格斯关于现实主义创作的几封信的解读，以及根据列宁、斯大林的文艺论述，还结合前苏联文学创作的实际整理出来的。这一模式建立在认识论的基础上，认为文学的本质是对社会生活的认识。这就必然从外部来分析文学的价值，如现实主义的真实性、典型性、人民性、民族性、党性、阶级性等内涵自然成为构成这种文艺学模式的主要因素。从一定程度上，文学确实是有认识价值的，就是当下受后现代影响构建的新文学理论模式，也不能完全把文学的认识价值排除出理论视野之外。杜书瀛在一次学术演讲中曾谈到，当下对文学本性问题存在三种观点：认识论、反映论、价值论。它们各有自己的价值，人们要从学术立场出发，不能厚此薄彼，采取形而上和虚无主义的态度。我们认为杜书瀛的看法是实事求是的。问题是，前苏联模式的一个显著缺陷在于其静态特征，而这种静态特征又被政治加以无限制约，以致沦落为政治的附庸。前苏联文艺学模式的中国化，经过战争思维的阶级论、斗争论的灌输，再度把它的静态性强化了，理论就变成了教条。陈传才对此分析道："在我国，由于多年来存在着教条主义和'左'的思潮，所以当苏联的现实主义理论模式被引进来之后，并未进行过认真的研究、讨论；相反，教条化的倾向更为严重，以致这些僵化的概念和理论模式在人们头脑里根深蒂固，作家在创作中也自觉不自觉地以它为指导。即使进入了历史新时期，在关于坚持现实主义传统还是突破现实主义传统的论争中，人们也以这种模式化的现实主义原则为前提；包括对现实主义理论本身的探讨、反思，仍然自觉不自觉地沿袭着这条思路。"② 结合新中国的现状，就一思路最不开的因素就是政治无意识的参与了。

如果仅仅由文学作者和理论家来把文学推向政治或主流意识形态层面，即

---

① 王元骧：《立足反映论，超越反映论——兼谈我对（前）苏联文艺学模式认识上的突破历程》，《文学理论与当今时代》，浙江大学出版社，2002 年第 83 页。
② 陈传才：《中国二十世纪后 20 年文学思潮》，中国人民大学出版社，2001 年第 69 页。

使在战争年代，也是不可能实现的。在前苏联和中国，现实主义的政治化恰好是有政党领袖来是倡导的，辅之文化领导人的热情诠释、宣传，这样就使得现实主义具备了控制性的权威。新中国成立后，形势发生了巨大变化，但这并没有使毛泽东放弃延安时期《讲话》的思想立场，他在前苏联文艺学模式的影响与《讲话》惯性的引导下，继续把"社会主义现实主义"发展为"两结合"方法。从今天来看，革命的"浪漫主义"不过是工农兵形象表现的理想化，最终还是归入到革命"现实主义"中来了，"两结合"还是"一体论"。毛泽东重视文艺工作，当然还有更深入的原因，那就是他本人有深厚的古典文学修养，又是一个杰出的诗人，这种对文学的钟情使得他成为国家领袖以后，把文学理论也转化为国家的文化意志。遗憾的是，作为政治领袖的文学大师，却没有依据自己的文学体验提出符合文学实践的文化方针，当年尽管提出了"双百"方针，却没有真正落实。在此，我们从文学理论断代史的角度，简要回顾政治化的经历：

1949 年 7 月 2 日，"中华全国文学艺术工作者代表大会"在北京开幕。会议期间，郭沫若作《为建设新中国的人民文艺而奋斗》的报告，茅盾作《在反动派压迫下斗争和发展的革命文艺——十年来国统区革命文艺运动的报告提纲》，周扬作《新的人民的文艺》报告，周恩来作政治报告。6 日，毛泽东亲邻大会，作了重要讲话，他说："同志们，今天我来欢迎你们。你们开的这样的大会是很好的大会，是革命需要的大会，是全国人民所希望的大会，因为你们都是人民所需要的人，你们是人民的文学家、人民的艺术家、或者是人民的文学艺术工作的组织者。你们对革命有好处，对人民有好处。因为人民需要你们，我们就有理由欢迎你们。"① 欢迎词连用七个"人民"两个"革命"联系起来，规定了新中国文艺的方向无疑应该是现实主义所强调的"人民性"与政治革命的结合。郭沫若的报告透露出浓郁的政治色彩与领袖崇拜倾向，茅盾的报告则是对国统区文艺的批评与反思。对毛泽东文艺思想阐述最鲜明的是周扬。周扬继续发挥了《讲话》的精神，在《新的人民的文艺》报告中称："毛主席的《文艺座谈会讲话》规定了新中国的文艺的方向，解放区文艺工作者自觉地坚决地实践了这个方向，并以自己的全部经验证明了这个方向的完全正确，深信除此之外再没有第二个方向了，如果有，那就是错误的方向……我们的文艺既然为政治服务，具体地说，就是为战争为生产服务的，那么文艺就应

---

① 於可训 李遇春主编：《中国文学编年史》（当代卷），湖南人民出版社，2006 年第 2 页。

当推动战斗、生产。"① 这就把文学的政治化再次给领袖代言了，体现了"权力言说"的姿态。会后，成立了新中国文学艺术的组织机构中国文联和下属的各个协会，把作家艺术家的身份纳入到某一个组织，他们必须在组织的认同下才可言说，而政治是方向，文艺自由大打折扣，作家艺术家的艺术个性变得集体化、阶级化和党性化了。

　　基于取得执政权的背景，现实主义的政治化权威开始发力了。这种文化权力的威势已经不像战争年代，对于持反对意见者，现在可以通过组织措施、思想教育、发动批判、甚至定罪、判刑等多种方式制约文艺工作者了，如果说延安时期错杀一个王实味的话，那么到"文革"初期被逼迫致死的就有很多了。从 1951 年开始，文艺界的阵地战，前后就经历了六次大论：对电影《武训传》的批判；对俞平伯《〈红楼梦研究〉》的批判；对胡风"主观战斗"文艺思想的批判；对《现实主义——广阔的道路》的批判；对人性论、人道主义的讨论和批判；对"写中间人物论"与"现实主义深化"讨论与批判。

　　这些大规模的争鸣和批判中，权威的一方往往从阶级论、政治论、工具论的角度给作家和理论工作者施压。这不仅给理论研究带来消极影响，偏离了学术本位，而且给人际关系也造成了巨大损害。使那些有正义感的、学术良知的知识者慑于权力的威势而不敢言说或唯心说假话。像胡风和钱谷融等人那样大胆、正义、正气、坚持原则的人确在少数，这些少数的人却为变味的现实主义增添了新鲜的意味。胡风为坚持"主观战斗精神"的现实主义原则，回击了自三十年代以来至今周扬、邵荃麟、乔冠华、胡绳、陈涌、蒋天佐、林默涵、何其芳等人对他的批判。1954 年，他给毛泽东上了 30 万言书《关于解放以来的文艺实践情况的报告》。书信中胡风总结了自己的思想历程，表明了理论立场。在最后一章《关键在哪里》中，胡风认为林默涵、何其芳提出的"共产主义世界观"、"工农兵生活"、"思想改造"、"民族形式"、"题材"是形而上学的"五把'理论'刀子"，而"在这五道刀光的笼罩之下，还有什么作家和现实的结合，还有什么现实主义，还有什么创作实践可言?"② 胡风喊出了强烈反对文学理论政治化的逆声，足见一个文学理论家的勇气。由于胡风的坚定立场，后来争论又被扩大化，最终铸成"胡风反革命集团"的冤案。1957 年，针对越来越大跃进的文学理论偏位，巴人写了《论人情》、钱谷融写了《论

---

① 周扬：《新的人民的文艺》，《中国文学编年史》（当代卷），2006 年第 2 页。
② 胡风：《关于解放以来的文艺实践情况的报告》，《中国当代文学理论批评史》，古远清，山东文艺出版社，2005 年第 41 页。

"文学是人学"》，希望纠正现实主义的阶级论、工具论倾向。巴人首先例举了部分老战士不爱看新剧的事实，据调查的结果，是新剧"政治气味太浓，人情味太少。"① 巴人认为应在文艺中表现人情："人情是人和人之间共同相通的东西。……文学史上最伟大的作品，总是具有最充分的人道主义的作品……我们当前的文艺作品中缺乏人情味，那就是说，缺乏人人所能共同感应的东西，即缺乏出于人类本性的人道主义。"② 因此，他大力呼唤文艺作品回归本性，写出真实的、人的生活、情感和普遍的精神状态，而不是仅仅是阶级性的东西。钱谷融的《论"文学是人学"》以洋洋数万言，借高尔基"文学是人学"的基本命题，阐述了这一命题在中国的当代意义。他认为，人作为文学的对象已是一个不必讨论的话题，问题是文学反映现实是否等于在文学与现实之间画等号，人作为文学的对象是否就是现实的一种工具和手段。钱谷融反对这样做，他特别强调文学要以人中心，他说："文学要达到教育人、改善人的目的，固然必须从人出发，必须以人为注意的中心；就是要达到反映生活、揭示现实本质的目的，也还必须从人出发，必须以人为注意的中心。"③ 在"人学"观指引下，他对现实主义的典型性、人民性、人道主义等问题做了深入阐发，这篇文章给当时理论界无疑是一副清醒剂。

随着五十年代后期反右、大跃进和人民公社化运动，六十年代初的暂时经济困难，国家经济进入"调整、巩固、充实、提高"的阶段。在经历了短暂的恢复之后，文革序曲奏响。历史的天空万象阴霾，文艺工作者在"文革"首当其冲，遭到前所未有的打击、迫害。单 1966 年就有邓拓、以群、老舍、陈笑雨、傅雷夫妇、陈梦家等数人不堪凌辱，自杀身亡。从此，以臭名昭著的《部队文艺工作座谈会纪要》为大棒，文学史沉入到一个黑暗的"中世纪"。

政治化意向使现实主义流转体现出明显的反向痕迹。这在很大程度上表明：如果文化政策与政治等同起来，那么就会把文化丰富的精神内涵削弱，抽空为意识形态话语。不管政治体制是否符合历史的前进方向，都会产生消极的影响。这一情形对于文学而言，消极影响更加明显。当年恩格斯在分析文学与上层建筑、意识形态之间的关系时，明确说过文学是"高悬于空中的思想领域"，要求不能把文学变为上层建筑和意识形态的附庸。文学是以形象反映社会生活的，创作主体对艺术形象的把握具有无限多样的丰富性和生命奥秘，社

---

① 巴人：《论人情》，《中国当代文学史·史料选》（上），2002 年第 337 页。
② 巴人：《论人情》，2002 年第 338 页。
③ 钱谷融：《论"文学是人学"》，《中国当代文学史·史料选》（上），2002 年第 345 页。

会生活被形象化以后，就是审美的艺术掌握方式。这一掌握方式不同于对世界的"科学的、实践精神的"掌握方式。归根到底，文学是一种主观的审美活动和掌握方式。现实主义理论只有在遵循这种掌握方式的前提下才能确立自己合理的言说体系。政治化的现实主义不可能使这个体系得到合理、开放的进化，反而会阻塞理论的开发空间。我们反思第一阶段现实主义的历演过程，总结其经验教训，关键在于还是要重启启蒙现实主义的有效资源。首先应该是："立足中国这块土地，时刻保持一种清醒的现实主义态度……我们中国的文学才会以智慧之光照亮生活的进路。"① 其次，启蒙现实主义的真实性、理性、人道主义和文化批判（反思）精神等等品质仍然应该在现实主义的流变中得到充分体现和延展。尤其是理性，它是启蒙时代最重要的思想标志。自然、社会和人的和谐共构必须以真实理性为首要前提，而"理性的文化的择定，是确立正确的文化建设方针、原则的关键。所谓理性文化的择定……它只依循着一条尺度：即它是否有利于、是否适合于民族迈向现代文明的大局。"② 在今天全面建设小康社会的时代选择中，正是这一尺度使国家越来越迈向以人为本，科学发展的康庄大道。同样，民族的文化、文学理论也就具有了更理性的选择。

二、扩张意向

第三阶段启蒙现实主义的趋向，与第一阶段相比已发生很大改变。它是在历史进入新时期以后，伴随国家改革、开放由改革试点、到逐步放开、再到全方位开放、经济走向"全球化"的历史过程中，引起相应的文化变动——文化多元化背景下理论空间拓展的积极回馈。也是现实主义文学实践在经历了十七年"社会主义现实主义"的一元化反躬自省后对文学创新的合理追求。现实主义有力地伴唱了启蒙精神的构建和延伸。

从新时期到八十年代末，现实主义文学经验和文学批评都占据主导地位。九十年代至二十一世纪初的几年里，现实主义在后现代理论冲击和"文化全球化"影响下，被"去中心化"。文学创作与批评呈现出多元走向。总的情势是传统的方式、方法或精神习惯难再找寻历史踪迹。我们认为这是"政治化"

---

① 陈继会：《理性的消长——中国乡土小说综论》，中原农民出版社，1989年第108页。
② 陈继会：《二十世纪中国小说文化精神》，东方出版社，2002年第314页。

意向烟消云散之后，现实主义的一种扩张意向。它表明人类在迎接世纪千年转型的特殊时期，所体现出的那种不确定的心灵期盼与踌躇观望的拟态在文化中得到了鲜明的投射。

新时期至八十年代末，现实主义文学创作显示出鲜明的批判精神和反思色彩，它与"文革"结束后启蒙精神的再度觉醒互相呼应。这一分段，主要经历了伤痕文学、反思文学、改革文学和文化寻根之流，体现出启蒙现实主义步步推进。

作为新时期第一个文学主流，伤痕文学继承"四五"天安门诗抄的批判精神，对"四人帮"的倒行逆施进行了坚决抵制，彻底否定了"文化大革命"。刘心武的《班主任》通过对几个深受文革毒害的中学生心灵畸变的描写，揭示了"文革"蒙昧、麻木、盲动的思想毒瘤，对天真无邪的青少年造成了多么消极的影响。虽然他们的行为、处事方式各异，但在无知、缺乏理想、心灵灰色上是一致的。小说第一次使人们感到，感性生命的存在如果被一种梅变的毒素感染，精神的病变将是致命的。小说显示出深刻的批判力量。卢新华的《伤痕》，为这一文学主潮争取了可贵的命名资格，主人公王晓华在政治风浪影响下，与母亲决裂，成了政治上的先锋分子，但却失去了难得的亲情，等到有所醒悟时，已悔之晚矣。《伤痕》的意义还在于，它的批判价值超越了"社会主义现实主义"的规范，突破了歌颂为主的叙事模式，通过揭露达到引起人们深入看待文革的危害。有评论家认为，这是一种很有启示意义的叙述立场，对这类作品给予很高评价："经过林彪、'四人帮'前所未有的十年浩劫之后，我们的作家一旦拿起笔来，力求艺术地再现这些难忘的历史场面时，在他们的作品中往往会是暴露多于歌颂，控诉多于赞美，愤怒多于愉悦，呼号多于欢笑，不少作品还是以悲剧为结局的。而这个创作上的特色，正是这一特定时代的悲痛的印记，是一个民族所受到的创伤的烙印，是作家忠于职守，真实地反映生活的表现。"① 应该说，这是一种忠诚的现实主义态度。紧接着，伤痕文学蔚然兴起，像《神圣的使命》（王亚平）《我应该怎么样?》（陈国凯）《小镇上的将军》（陈世旭）《大墙下的红玉兰》（丛维熙）《三生石》（宗璞）《将军吟》（莫应丰）《许茂和他的女儿们》（周克芹）《蹉跎岁月》（叶辛）《生活的路》（竹林）《献身》（陆文夫）《铺花的歧路》（冯骥才）等。这些作品，表现出反思历史的启蒙取向。

如果说伤痕文学的主要视点是对"文革"的批判和反思，那么反思文学

---

① 谢望新：《革命现实主义传统的恢复和发扬》，《广西文艺》，1979 年第 10 期。

则把批评和反思的触角延伸到文革前以致更远的历史阶段，这些阶段的风风雨雨曾经在人们心中留下了难以忘怀的恋旧情结。反思文学针对极左政治思潮、大跃进、人民公社化运动、反右等历史镜像给人造成的深层伤害，进行了鞭辟入里的透析，从文学形象上解读了特殊历史阶段的文化形态，显示了丰富的人文关怀。反思文学以张弦的《记忆》，茹志鹃的《草原上的小路》《剪辑错了故事》为始基，到《李顺大造屋》（高晓声）《被爱情遗忘的角落》（张弦）《犯人李铜钟的故事》（张一弓）《芙蓉镇》（古华）《男人的一半是女人》（张贤亮）《相见时难》（王蒙）《冬天里的春天》（李国文）等，构成了反思作品系列画廊。这些作品中像《芙蓉镇》《冬天里的春天》获得了茅盾文学奖，体现出国家、社会、人民对反思文学的高度认同，显示出新时期启蒙现实主义文学的巨大魅力。这些作品把个人命运、思想情感与民族、国家的整体联系起来思考，承续了"五四"启蒙文学的优秀传统，顺应了当时文艺理论界对人文精神、文学主体性的、现实主义的讨论和深化。反思文学在艺术技巧上，还孕育着现实主义再现生活的可喜转变，即将新时期西学东渐后现代主义手法如意识流、暗示、象征等融入其中，丰富了文学的表现手段，显露出由社会现实主义向心理现实主义转变的迹象，王蒙的《春之声》《蝴蝶》《悠悠寸草心》等系列小说体现出这种可贵的尝试。

　　几乎与伤痕文学、反思文学取得可喜成就的同时，改革文学以其面对当下的勇气和大胆的社会剖析精神，为现实主义文学带来了新鲜活力。改革文学作家具有敏感的时代启蒙精神。当改革刚刚起步，人们沉浸在改革大潮的欢乐气氛中的时候，作家就已经意识到了改革进程中陈腐思想观念和迟滞的管理体制对改革的负面影响，从而以一种先锋主人翁的审美姿态，揭示改革中的深层次问题。作家对改革的先锋意识，体现在三方面：对改革的呼唤和期待；对传统的批判和思考；对启蒙现代性的批判①。改革文学从蒋子龙的《乔厂长上任记》始，经历《开拓者》（蒋子龙）《一个工厂秘书的日记》（蒋子龙）《新星》（柯云路）《沉重的翅膀》（张洁）《花园街五号》（李国文）《血，总是热的》（宗福先）《陈奂生上城》（高晓声）《古堡》（贾平凹）《井》（陆文夫）《鲁班的子孙》（张一弓）《祸起萧墙》（水运宪）《说客盈门》（王蒙）等作品，构成了八十年代改革文学的长线链，展示了各领域、行业；各身份、层次、阶层；各地域、文化、年龄的人们在改革中的形象、心理、情感、人生态度和价值取向等等。

---

　　①　崔志远：《现实主义的当代中国命运》，人民文学出版社，2005 年第 330～334 页。

八十年代中期，文坛出现了一股文化寻根热。在实际意义上说，文化寻根是反思文学的纵深开拓，反思文学尽管把批判视角延伸到"文革"以前以致更早的时期，但在对历史的深入考量上还缺少深远的审视向度，文化寻根弥补了这一不足，体现出对传统文化进行深刻反思的启蒙意向。传统中国从人类学、民俗学、文化学、社会学角度看，是农耕文化和草根性交织而成的民族国家，这样寻根文学的土壤是乡村和基于乡村那种浓烈的泥土味和质朴气息，因此寻根文学的本质在于揭示民族心灵深处的美德和缺失，在于为当下社会变迁提供另类的追问方式，即工业化和现代化是否会以一种前所未有的冲击力去摧毁历史文化的惯性，及民族根性到底在多大程度上再度呈现。像祖国—故乡—家园，这是一组外延由大到小的概念，当它们成为散文（诗）的体裁系列，就具有了自然、人文、心理和文化等等内涵，在这些题材中，对祖国的描写、对故乡的怀念和家园的眷恋，无不体现在对家园的归属感的意象原型中，这些意象群落的演化形式以石板路、土地、渡口、老屋、山脉、古树、绿草地、儿时的梦、小村、老井、雪花、树林子呈现出来，演示了文化根性的形象留存。寻根文学大致有两类，一类是民族文化类型，主要有：《棋王》《树王》（阿城）《腊月·正月》《天狗》（贾平凹）《小鲍庄》（王安忆）《老井》（郑义）《古船》（张炜）《最后一个渔佬儿》（李杭育）等，一类是民俗文化视野的勾描，主要有《爸爸爸》《归去来》《蓝盖子》（韩少功）、《神鞭》《三寸金莲》（冯骥才）《红高粱》（莫言）《冈底斯的诱惑》《喜马拉雅古歌》（马原）《西藏、隐秘岁月》《西藏、系在皮绳扣上的魂》（扎西达娃）等。文化寻根文学在艺术形式上，不仅因民族文化神秘本性和宗教意味浸透使然，也受到西方尤其是原型理论、拉美魔幻现实主义的影响，使它呈现出鲜明的现代主义色彩，从而充实了新时期现实主义的表现手法。文化寻根作品形式上的悄然改变，使现实主义文学的批判和反思精神显得更加隐匿，这也为现实主义增添了新的启蒙质素。

总的来说，从"文革"结束至八十年代末，现实主义文学线路是非常明晰的。一个潮流接着一个浪潮，显示出现实主义文学的巨大魅力。这种魅力就是新时期现实主义的批判精神。它的指向"一是极左政治，一是传统文化，二者构成了新时期文学现实主义批判精神的双重流向。"① 更为难得的是，新时期文学的批判精神不仅指向社会、历史的外在层面，而且触及内心深处，进行了入骨的灵魂解剖和自我反省。巴金的《随想录》是这方面最可喜的收获。

---

① 牛运清主编：《中国当代文学精神》，山东教育出版社，2003 年第 228 页。

作家以回忆性散文的形式，对新中国亲历的政治风雨和文化"斗牛"所形成的浮夸、假、大、空、虚伪主义进行了情境再现。对自己没有坚持操守的唯心处世哲学进行了自我切瘤，他对说假话如此自我揭底："我相信过假话，我传播过假话，我不曾跟假话作过斗争。别人'高举'，我就'紧跟'；别人抬出'神明'，我就低首膜拜。即使我有疑惑，我有不满，我也把它们完全咽下。我甚至于愚蠢到愿意钻进魔术箱变'脱胎换骨'的戏法。正因为有不少像我这样的人，谎话才有畅销的市场，说谎话的人才能步步高升。"① 巴金虔诚的艺术态度，在相当程度上引领了文学和文学工作者以真实、清醒、高尚的姿态朝人类美好的前景走。文学的维度就是求真、向善、审美的永恒"逐日"。

　　这一阶段，现实主义文学批评与现实主义文学创作几乎同路前行，不曾产生理论过剩和经验匮乏的尴尬场景。这不等于说现实主义就是一种对传统形态的简单回归，而是在新时期创建文化生态的整体氛围下，呈现出理论推陈出新的良好气象。现实主义颠覆了政治化理论的权力构件模式，在理性批判和人性反思的历演中不断更新。这种更新不仅直接伴奏了八十年代以来启蒙反思、美学热、人道主义讨论、方法论创新的理论流程，而且对文学经验的总结也取得了创获。这一创获是在现实主义文艺问题的激烈探讨中实现的。也是在真正自由、平等、开放的"百花齐放、百家争鸣"气氛中来实现的。大致来说，涉及这些方面：

　　①关于"两结合"的讨论。在前，我们已提及毛泽提出过"抗日的现实主义，革命的浪漫主义"，这是最早关于"两结合"的观点。延安时期确立了以《讲话》为指针的革命"现实主义"，亦前苏联式的社会主义现实主义。建国后，社会主义现实主义被政治化了。1979 年，第四次文代会上，重提了"两结合"方法。就这一个问题，理论界进行了深入探讨，单按《新时期文艺学论争资料》统计，从 1979～1985 此方面的论文就有近 70 篇。这些论文大多遵循主流导向，认可"两结合"是新时期文学的基本走向，认为新时期文学是在批判文革、反思历史的同时，应表达作家对未来生活的审美理想和人性追求，文学应该给人们以启蒙的价值思考。部分质疑这一理论提法的文章认为，现实主义和浪漫主义是不同的掌握世界的方式，主体在作品中的存在状态以及言说存在明显差异，强将二者联姻，势必造出"狮身人像"的东西。

　　②真实性和典型化问题的讨论。这是现实主义两个基本的命题。新时期对

---

① 巴金：《随想录之四十九——说真话》，《探索集》，人民文学出版社，1997 年第 88～89 页。

于什么是真实，什么是典型的探讨，既吸收了传统理论中的合理因素，又在新的历史时期，对如何看待真实、典型提出了新的思考。关于真实性，提出了怎样看待"本质真实"与生活真实之间的关系以及写真实的问题。为驳正以前对本质问题的歪曲，比较认同的看法是应先强化生活真实，按照生活的本来样子做艺术描写，反对为某个既定的宣传任务而去追求违背艺术真实的本质主义，从而把真实性引导到与现象学联系的维度上。对"写真实"则主要突出要从现实精神、人道主义和批判视野，以启蒙的文化情怀，写出以人为中心的生活图景。对于典型问题，理论界重视的程度超出了其他理论命题。这是关系到怎样继承、发展或修正马克思主义典型理论的问题。从 1978～1985 年，据《新时期文艺学论争资料》统计，这一问题的讨论就达六百篇。理论界以冷静的态度，对"典型环境中的典型人物"、"个性与共性统一"等经典命题提出了质疑，体现出从学理上认真探讨问题时那种实事求是的态度。在质疑的基础上，人们提出了新的典型观。这种新的典型观从文学史、文学经验和理论融合的思路出发，提出了一些有价值的看法。像人物性格组合论、文学主体性、人道主义和异化等等，在当时引起了热烈反响。与典型论相联系的形象思维的争鸣也是很激烈的。问题是文学思维方式是不是以形象的思维和怎样进行形象思维，也就是如何描述形象思维，存在着较大的理论分歧。

③现实主义观念的演变。新时期现实主义文学的几个主流，总的特点是与启蒙现实主义文学传统紧紧联系的。新时期"西学东渐"和文化对流的潮涌，对现实主义文学的影响也是深远的。新时期现实主义文学改变了十七年"社会主义现实主义"的形上模式与古典传统的故事讲解结构，把西方精神分析理论、原型理论、意识流、表现主义、象征主义、黑色幽默、荒诞等现代主义主义手法融入到文学表现中，在更深的层面上，反映真实的生活和真实的心灵。这意味着现实主义也必须对现实主义文学的扩展予以理论概括。现实主义面临分身，这一分身体现出新的文学规程，将在流变的历程中更新、完善。面对此情景，现实主义观念被加以众多修饰词，出现了诸如："现代现实主义"、"新现实主义"、"文化现实主义"、"民族的开放的社会主义现实主义"、"真正的现实主义"、"后现实主义"、"多元现实主义"、"人义现实主义"、"现实主义重构"等①。

八十年代末，现实主义文学创作出现了一种明显的转型，它是被评论界称之为新写实主义的文学。一批青年作家以敏锐的感知，发现经历改革、开放近

---

① 张学正：《现实主义文学在当代中国》（1976～1996），1997 年第 207～213 页。

十年后，生活的重压和精神的苦闷，对人们的生存方式和心灵结构产生了异常深刻的影响，文学应该在这一存在状态中找到表现领域。这些青年作家迅速捕捉到时代跃动的脉搏，他们以集群的方式，很快造成了新写实文学的风浪。从1985～1989年，相继推出了池莉的人生三部曲：《烦恼人生》《不谈爱情》《太阳出世》，方方的《风景》，刘振云的《塔铺》《单位》《一地鸡毛》，叶兆言的《艳歌》，刘恒的《伏羲伏羲》，祁智的《一种尴尬》，毕淑敏的《原始股》等等。新写实作品关注下层民众的普通生活和日常情感，在一种流水般的叙事中实现生活情境的还原，有的学者将其特点归纳为三条：以小人物及其生活作为主要描写对象；自然主义的实录写真；写实与现代主义艺术手法交叠，去"典型化"①。这样，新写实主义就不是再对新时期现实主义的顺延，而是对现实主义的换形，"新时期以来一直高扬的现实主义批判精神出现了弱化趋势，代而取之的是对生活的认同与忍耐。"② 新写实主义是对现实主义的分裂，它们之间的关系呈现为新写实主义对现实主义审美原则的解构：

> 现实主义要求塑造典型人物，新写实小说往往写庸众；现实主义要求作品体现出作家的倾向，新写实小说偏偏不动声色，据说是奉行"情感的零度介入"；现实主义要求作家对生活加以提炼深化，新写实小说偏偏写生活流，摆出一些"纯态事实"；现实主义把细节描写的真实当做一个无需特别提及的前提条件，而新写实小说却在运用一种"非模仿的纪事笔法"描摹人情世态；现实主义把作品的思想深度当做判别作品质量高低的第一标尺，新写实小说却力求与平民境界和光同尘；现实主义重视小说的故事情节，是因为"真理"从自动呈现，需借助情节去加以解说和演示，而新写实小说大多不准备教给读者一个现成的"真理"，因此通常置情节于不顾；如此等等③。

这个比较，理性的分析了新写实主义与现实主义文学的区别，揭示了这种差别对现实主义流变的消极影响。正是基于新写实对现实主义的消解，它迎合和激发了大众审美趣味，却断送了启蒙精神，因此经过一阵喧嚣以后，就渐趋沉寂。至九十年代中期，"现实主义冲击波"的出现，现实主义才再度捧回已失的亮杯。

---

① 吴家荣：《"新写实主义"略论》，《中国化文论的历史进程》，安徽教育出版社，2006年第179～183页。
② 牛运清主编：《中国当代文学精神》，2003年第230页。
③ 张业松：《新写实：回到文学自身》，《九十年代批评文选》，陈思和 杨扬编，汉语大词典出版社，2001年第422页。

　　"现实主义冲击波"以河北"三驾马车"谈歌、何申、关仁山的《大厂》《〈大厂〉续篇》《穷人》《年前年后》《大雪无乡》《破产》，刘醒龙的《分享艰难》《威风凛凛》，李贯通的《天缺一角》等为代表，在文坛上引起的广泛关注。这些作品纠正了新写实作品狭隘的自怨自艾，把视角伸向工厂、农村等社会大局。它们反映了九十年代中期改革所发生的巨大变化与改革伴随而来所出现的问题。"现实主义冲击波"作品继承了新时期启蒙现实主义精神，以理性的姿态面对改革的方方面面。虽然不再像新时期现实主义作品那样具有深刻的社会批判性，但作品的审美维度仍然在于引导人们追求公正、合理、正义、真诚的价值取向。不仅如此，"现实主义冲击波"还吸收和融化了包括现代主义、后现代主义在内的现代艺术因素，使现实主义冷静、全面、务实的叙事方式来揭示社会转型期深刻、复杂、独特问题的阐释机制得到了充分展现。在一定程度上，回归了现实主义宏大叙事、历史结构、本质真实的理论特征。"现实主义冲击波"也顺应了九十年代关于人文精神大讨论的时代需要。尽管人文精神与现实主义之间不能画等号，但真正现实主义总是与启蒙、人文精神紧紧联系的，因为"人文精神倡导用'终极关怀'、'忧患意识'等内涵扯起的反对世俗文学现状的旗号，恰恰也正是现实主义的安身立命之本。并且它们都具有严肃、真诚的艺术品格和精神境界，在对温情和善的渴望，对丑恶与庸俗的鞭挞，对生命意义的开掘和人生真谛的探寻等方面，有着惊人的相似或一致。"①

　　在经历了"现实主义冲击波"以后，历史进入二十一世纪的千年转型时期，文学创作主体和审美趣味发生了巨大改变，文学园地呈现出"众声喧哗"、"杂语纷呈"、"复合语境"的游移状态。现实主义在经历了九十年代的短暂辉煌，而后在多元文学写作状态并示的蜂拥下，挤兑出主潮的位置。

　　对于现实主义文学经验的严峻形势，现实主义文学研究就不得不面临尴尬的处境。总的来说，进入二十一世纪以来现实主义文学创作和文学批评在没有完全丧失话语机制的前提下，越来越难以抵挡来自西方语境的现代、后现代主义"袭击"。不仅如此，整个文学理论范畴和研究格局都在发生隐性或显性的转换。像古代文论的现代转换，中国文论与西方文论的接轨，中西方诗学比较，多学科交叉，文学批评的审美泛化，以及文艺学新学科建设等等都在努力打造新的理论言说范式，以迎接千年世纪文化极具跳跃性、非一体化的挑战。简言之，来自全球化的种种冒险给文学理论带来的机遇和危机并存。现实主

---

① 吴秀明：《转型时期的中国当代文学思潮》，浙江大学出版社，2004年第116页。

就在必要的换形和分身中，实现着角色的越位与归位。越位和归位在某种程度上说，是把自身内在的理论要素分解到其他理论话语体统中，成为他者的阐述功能或者把他者的理论元素转移到自身的话语体系中来，使其蜕变为一种精神或品格。因此，后现代景观中的中国理论术语，都在实现着话语游戏的无限扩张。现实主义的话语扩张，我们认为面临的具体情形是当下中国泛文化研究视野。这种文化视野又无不在西方文化的影响下构建。对此，我们在下面还作点具体分析。

首先文学理论的泛文化化研究使现实主义从文学主流渐渐退隐幕后。二十一世纪的文学理论与新时期前两个十年文学理论概貌飙显很大差异。前两个十年的文学理论尽管也受到西学很大影响，且逐渐摆脱了前苏联文学理论体系的长期桎梏，但基本的阐述视野还是圈定在文学本身内，发生越位的情形比较少。从九十年代末开始至新世纪，文学理论就成了文化阐释的配角。我们试以2004年的《中国文学理论批评文选》和2005年的《文学批评新选》为例，说明这一状况。当然，这类选编不能囊括当年文学批评的全部面貌，但选的论文是发表在核心或重要期刊的、由理论界最具影响的学者所写、并得到认可的具有鲜明的代表性的论文。这些论文所涉及的范围主要体现在：文艺的实践论人类学考察、日常生活审美、文学的现代性问题、当代文学批评的文化价值尺度、文化传播与文学批评、网络写作与文学、文学与市场等（2004年）；全球化语境下的文艺学、文艺学学科重构、大众文化背景下的"四化"、重绘中国文学地图与中国文学的民族学、地理学问题、女性主义文学、网络文化的价值定位等（2005年）。如果再联系其他论文和选本，我们可以归纳出：文学理论已经在一个异常广阔的理论视野中滋长，使自身的文学品质不断被剪枝，泛化为各种文化阐释的证据。尤其值得重视的是，杨义作为中国社会科学院文学所和少数民族文学所所长，极力倡导和推动用一种全景的、深厚的、谱系学的理论姿态研究文学，显示出极宏大的理论胸襟，但问题是这种大文化视野的文学研究会不会使文学和文学理论丧失机体而沦落为墙草。这样，现实主义就在文学理论的泛文化研究中潜水了。

其次，现实主义在文学经验的泛文化冲击下无法再为自己找到合适的言说语境。进入二十一世纪，文学作者身份在不断扩大。除作协的中坚力量外，大量非职业作者进入写作领域。随着传播媒介的现代化，更多新型写作方式以其快捷、清闲、自然的方式产生出来，它们在不断洗刷文学的正宗版图，有意无意的把文学的高雅、亮丽、完整、宏大叙述、诉诸意义等进行拆解。同时，市场社会的一切文化活动也以文学形式纳入到文学中来，转变为泛化的日常生活审美。与此联系，为了迎合社会转型时代急剧喷涌的新潮，文学期刊、报纸、网络、出版部门、营销商等文化传媒机构，迅速改变了传统的传播策略，在文化传播上主动出击，不断组织各种文学评奖、论坛、促销、文化包装等文化宣传活动，把文学与市场、文化与市场密切粘连起来，尽可能实现文化与经济效益的良性循环。面对如此多元的文学形态、世俗的文化市场，要去区分哪些文学是现实主义、哪些是浪漫主义或现代主义主义，无疑是很困难的。任何一种理论的表述机制难以把花样的文学星空阐释为符合理论自身的类型。最有可能的解答方式是把它们说成具有某种趣味、品质与精神的东西。这样，即使是具有现实主义精神的文学经验，现实主义也就难以用真实性、典型性、人民性、历史性、宏大叙事等话语结构完全穷尽它们。或许我们可以把本世纪的任何一种文学理论话语都解读为文化理论，才能为越来越纷呈的文学经验找到一把经用的手术刀。

三、从启蒙现实主义到文化视野的流转

从一定角度上说，文学批评尺度的选择是文学理论观念在文本阅读经验中的价值追求。这是文化、历史、哲学观点以及审美取向的时代变迁在批评实践中的具体体现。新时期启蒙现实主义在文学批评视角的转向上显示了这一明显的痕迹。即与上世纪七十年代末到八十年代启蒙策略同步，启蒙现实主义文学批评在文学审美价值的追求上占据了主要地位。到九十年代以致二十一世纪，与人文精神的探讨、后现代以及全球化对应，启蒙现实主义的审美向度发生了相应的偏位，附属于多元的社会审美文化心理，文学批评的视角改换为日常生活审美和批评模式的多样性文化结构。这种文化结构的批评模式是文学活动主体性在文化体验过程中的观照。因为"文学主体性的实现同文学社会性的完成是内在地统一在一起的。作家在创作中实现文化社会学意义上的主体性比起审美心理学意义上的主体性要更深刻更崇高。"①

七十年代末到八十年代，在对文学经验和文学现象的评价中，批评实践选取启蒙的理性、反思、批判、回归人性与现实主义的历史真实、典型、社会价值、宏大叙述等等特点结合起来，在对文本意义蕴含的开掘上做了深刻的批评

---

① 吴予敏：《从文化角度看文学》，《我的文学观》，《文学评论》编辑部编，上海社会科学院出版社，1987年第300页。

阐释，显示了厚重的批评底气。像《伤痕与〈伤痕〉》（王朝闻）《人生的道
路——评周克芹的长篇小说〈许茂和他的女儿们〉》（洁泯）《李自成初探》
（严家炎）《一卷当代农村的社会风俗画——略论〈芙蓉镇〉》（雷达）《人类
向上精神的一种闪烁——试论〈人到中年〉的现实主义力量》（沙均）《高尚
的圣者和殉道者——〈读犯人李铜钟的故事〉》（阎纲）《军事题材文学创作
的新突破——评〈西线轶事〉》（陈骏涛）《现实主义精神和多样的创作方法》
（邹平）《现实主义——新时期文学的主潮》（何西来）《人间要好诗》（邵燕
祥）《从生活出发——评话剧〈丹心谱〉》（朱寨）① 等大量文学批评文章，无
不从启蒙的时代需要出发，对现实主义作品进行鞭辟入里的考察，呼唤一种基
于现实和人性需求的悲壮似的理论情怀。从九十年代至今，市场经济的飞速发
展，西方文学理论的强势东渐，影响着文学经验的多元化表达，也引导着多视
角的文学批评的探寻。叙述场景的显著变化是：文本的非经典化叙述打破了现
实主义（浪漫主义）的文学传统，创作群体以一种散漫似的、不受启蒙理性
规约的心态推造文字，使文学图像的时空线性惯例破碎。这样，基于文本的文
学批评不得不面对这种游弋的文学星空做忙乱的修剪。西方理论的前卫姿态，
为这种文学实况提供了很好的话语资源。因之，原型理论、形式主义、精神分
析、现象学、女性主义、新殖民主义、新历史主义、后现代主义等等方法成为
阐释文本的构想与书写的策略。以现实主义理论批评原则建构的社会历史批评
模式，无法抵挡新型批评话语的冲击，越来越显得老态龙钟。这一情形，相当
程度上表明，以文化视野超越现实主义（浪漫主义）的审美视野的文学批评，
在转型的社会形态与文学谱系之中，飙显出青春的活力，体现出批评视角的流
转。像《形式的消解与意义的重建》（张学军）《转型期文学：对九十年代文
学的一种概括》（邹平）《雅与俗：论九十年代我国文学演进的新走向》（李
复威）《二十世纪中国文学：寻找和创造现代性》（彭定安）《论中国现代话
剧的现实主义及其流变》（田本相）《碎片中的世界和碎片中的历史——九十
年代小说创作散论》（陈思和）《"文化失语症"的语言学诠释》（郜元宝）
《"文学新时期的意味"——对行进中的中国文学几个问题的历史思考》（陈美
兰）② 等论文，体现出作者群运用新的批评视角去把握多元文学现象的创造性
思考。其中，雷达的《当今小说的精神走向》一文，面对小说创作的流转现
状，一方面大力呼吁启蒙的现实主义文学精神："文学要成为社会的良知，时

---

① 中国文联理论研究室编：《新时期文艺论文选集》，上海文艺出版社，1986 年。
② 李复威主编：《世纪之交文论》，北京师范大学出版社，1999 年。

代的声音，就要铸造不同于市场价值的人文价值，开辟物化世界之上更广大的精神空间。"① 另一方面，对文学艺苑的缤纷和繁华，他选取现象学、原型理论、新历史主义等方法，结合历史与审美统一的社会学方法，对小说进行批评。用以揭示九十年代小说创作的整体状况，描绘出小说在文学场的引领地位，从而勾勒出九十年代的文化方位。九十年代的社会文化图像，那种沉迷于表象和物欲的世俗追求和价值取向在文学场的透射，使得文学的审美雅量和艺术深度被消解了。他无不忧虑的感叹："为什么在现当代文学史上，包括八十年代，都有许多充满理想和崇高精神的撼人之作，现在怎么很少见了呢？为什么惶惑、迷惘、耽于反思、上下求索的情绪充溢在大量作品中？"②

自然，忧患是一种强烈的社会责任和人生使命感的体现，是人文精神的审美追求在不断爬升过程中一种意识和情绪的流露。作为批评工作者，是一种正义感的表现。过于忧患不见得会真正解决问题，我们如果暂避开小说，在对其他文学形态的批评中，或许能找到柳暗花明的转机。我们发现，在对散文（诗）的评价中，能够实现一次轻松愉快的话语玩味之旅！散文诗，作为一种新型文学体裁，是文学阵营里的小小轻骑兵，虽然与严格意义上的现实主义小说相比，它有较鲜明的抒情性，语言表达也显得凝练、鲜活、自由，但其仍然具有强烈的现实主义倾向。在一定程度上说，它的抒情性是建立在现实真实性之上的。与之对应，诗歌批评理论经历了从上世纪五十年代"诗是一种最集中反映社会生活的文学形式"③ 的现实主义审美模式到新世纪文化视野的转变。新时期，诗歌批评理论建立在人的主体意识复苏的基础上。学者认为："理论批评和创作同样享有天赋的、平等的创造权利。为了更好地使用这个创造权利，诗论家们大面积地吸收和运用心理学、生态学、符号学、自然科学的方法。"④ 这表明，诗歌理论也流转到文化批评的方位来了。基于此，本人在散文诗的批评上，尝试运用文化的视角，来揭示散文诗的文化意蕴。在《恋园・言情・释怀》一文中，本人把散文诗的文化想象归纳为："原型：祖国・故乡・家园"、"情结：亲情・爱情・友情"、"显现：言志・抒情・哲理"三方面，认为：①从原型文化角度分析，祖国—故乡—家园是一组外延由大到小的概念，具有自然、人文、心理和文化的内涵。在散文诗中，对祖国的描写、对故乡的怀念和家园的眷恋，无不体现在对原始家园的归属感的意象原型中

---

① 雷达：《当今小说的精神走向》，《世纪之交文论》，1999 年第 193 页。
② 雷达：《当今小说的精神走向》，1999 年第 208 页。
③ 何其芳：《关于写诗和读诗》，作家出版社，1956，年第 27 页。
④ 古远清：《中国当代文学理论批评史》，2005 年第 482 页。

（引很多实例）。②从文化的情结来看，亲情—爱情—友情是情感最重要的部分，一切作品如果离开了情的表现，就失去了存在的价值。散文诗的情是经过了提炼、纯化了的情，不能像小说那样舒缓释放，也不能像戏剧那样在激烈的冲突中倾情释放。散文诗的情要在高度浓缩的情况下以意象的转换、移变流淌出来。散文诗文化情结以亲情、爱情、友情为焦点，表现出对人性美的永恒追求和企盼。亲情是对血缘的依恋，表现出为家园人伦之爱；爱情是对远古神话中伊甸园的想象，体现为灵肉交感的欢愉之爱；友情是对生存境遇的善意追赶，显示为希望你过得比我好的心灵相通（例略）。③从文化意象的显现来看，它是通过言志、抒情、哲理的方式体现出来的。按照侧重点的不同，体裁形成叙事散文诗，抒情散文诗，哲理散文诗，与之对应，构成叙事意象、抒情意象、哲理意象。但三者又不可以完全分立，在一首散文诗中，意象是作为一个整体存在的，志、情、理有机融合在一起。通过以意象为中心概念的文化批评，作者比较好的解读了散文诗的真实、典型的现实倾向与文化追求。

批评视角的转移，在二十一世纪的时代发展中，还会发生很大的转变。文化视角是不是灵丹妙药？从文学地理学、谱系学、民族学的大文化视野批评角度是否能阐释所有文学现象？后现代理论是否真正为批评理论带来真正的突破，是否完全适应中国的文化土壤等等，一切还需要文学实践、审美创造和理论的多向对话来验证。我们将在未来的时间里，做出新的思考。

小　结

立足于中国文化背景，本篇分析了启蒙现实主义的流转。文章首先考察了启蒙现实主义流转发生的原因。现实主义是在五四、新时期启蒙精神的呼唤下成为重要启蒙文学思潮和批评形态的。它在文化选择的进程中，逐渐从一种文学形式演变为主流话语，成为文化政治的一个构建成分。在特定的时代背景下，现实主义承担了背离启蒙的社会责任，现实主义问题被意识形态化。在新的文化语境下，它又不断回复到启蒙轨道上来。其次，我们考察了新中国成立以来现实主义流转和反流转的情形。从启蒙视野来看，启蒙现实主义的演变，显然是一种流转，如果现实主义完全背离了文学理论本身的内质，那就是反流转。文学批评的视角，也在这个过程中，发生了从启蒙现实主义到文化批评的转变。

启蒙在历史的长河中是不断推进的。启蒙作为科学精神、文化精神和文学精神，在五四和新时期两个特定的启蒙时期，与中国的文化状况发生连接，形成了各有侧重的启蒙向度。五四时期，启蒙理性得到了强烈的显现，"科学"和"民主"的追求成为那个时代主要的精神吁求。新时期，启蒙精神得到了鲜明的体现，批判"文革"、反思历史、弘扬人道主义成为当时主要的声音。与启蒙的这一情景相适应，现实主义的启蒙精神也各有侧重。五四时期，现实主义在多种文化思潮的移入中被积极接受，并与五四时期的历史任务结合起来，体现为"为人生"、"改造国民性"和"人的文学"的提倡。五四时期的现实主义，是针对传统文化展开的艺术表现，它规避了启蒙中个性解放、人的自由的价值追求。它在更深刻的意义上，提出了唤醒民族精神的整体启蒙要求。新时期，现实主义最初体现为对"文革"给国人造成的心灵创伤所做的历史性反思，而后，对新时期现实生活进行了真实的再现。现实主义大力弘扬人道主义和主体性。新时期现实主义传递出个人意识觉醒、民族精神复苏的启蒙精神。

全球化背景下，现实主义的流转呈现出分化的趋向。现实主义面临的境遇，是文化的现代、后现代景观造成的。在这一景观中，文化形态都在经历着分化、重建的挑战。事实上，我国还远远没有步入现代、后现代社会的阶段，这就更使得我国文化建设在多元的文化场景中需要不断吸纳、整合、调理，树立起价值标杆。现实主义在文学的发展中，也将整合，并树立新的规范。

结　语

　　从启蒙时代以来启蒙现实主义形态经历了中西方历史、文化、文艺的多项选择，使理论本身透射着强烈的历史反思、政治解构、文化批评、灵魂拯救和审美建设色彩。这种情形为实现启蒙人道主义、理性、自由和生命伦理提供了文学意义上的最佳诠释，也为人的诗意生存、真理的坚守、文艺范式的构建提供了美学层次上的规定。启蒙现实主义把基点倚靠在坚实的大地，在复杂、曲折、多相的社会进化历程中伴随思想史和文学史的多重变奏，演绎了一曲曲壮烈、悲怆的凯歌。从这个角度来说，现实主义无疑具有强大的理论穿透力和启蒙推动力，为文艺理论的推进和话语层累做出了巨大贡献，也为自己赢得了主流文艺形态的地位。但正如人类精神文化的整体就具有无限多元性，充满了先进与落后、积极与消极、中心与边缘、新与旧、主流与支流、真实与虚假等等元素共构的那样，启蒙现实主义也在自身不成熟的演进与启蒙怯昧变身的影响下，形成了转向的可能性，因而遭受非理性主义、非现实主义、感觉主义等思潮的责难和抨击，从而使现实主义不断自我检视、反思、重构，在不断的迎合中变形、失身，并再度塑造。本书各章内容主要就从这些方面，做了历史性总结与回顾，试图为现实主义再造桥，一座联通启蒙现实主义与二十一世纪文艺美好远景的桥。

　　历史进入又一个千年，我们怎样再度审视启蒙现实主义呢？其必然性和可能性在哪里？又应如何看待"全球化"以及由"全球化"带来的新启蒙问题，现实主义的历史责任等等？

　　再塑现实主义启蒙精神是必然性和可能性的统一。我国当代社会已经处于民族经济、政治、文化、社会建设的最好时期，也处在与世界各国、各民族交往的开放时代，这为中国人从事各项活动提供了良好的内外部环境，每个人的潜力将会得到最大限度的挖掘，精力将能得到最佳程度的释放。这些最终转化为自我选择的充满满足和人生价值的最大实现，而它们又是推动社会整体前进的巨大源泉和力量，个人和整体的努力实际上都指向一个共同的目标，即和谐社会的建设。其中，文化建设作为和谐社会建设中文明精神建设的重要组成部分，必将在本土文化的自我超越和对世界文明的合理吸纳下营建。诚如有的学者所言："未来世界中国文化的现代转化，将是在新的文化综合中的自我更新、自我超越、自我实现，而不是丧失自我的文化移植。"① 现实主义作为重要的文学创作方法，要实现启蒙的历史作用，务必在新的文化整合中开创和引导新的文化思潮，那就是要以高尚的精神塑造人、以优秀的作品鼓舞人、以积极的价值导向激励人。现实主义文学经验的总结和审美原则会指导我们在真实性、典型性、民族性、人民性、历史性、理性、审美性等理论方面取得新的收获。同时，现实主义也有必要吸收现代、后现代理论的有效成分，增扩新的话语圈。通过现实主义文学批评创新，也将为文学理论和审美理论的新型模式铸造提供新的内涵。再塑启蒙现实主义，其最大可能性是人文知识分子的历史责任。作家、艺术家、教育工作者，人文学者等等知识群体，历来秉承"天下兴亡、匹夫有责"、"先天下之忧而忧，后天下之乐而乐"等等优秀立人传统，敢于面对现实、反思历史、呼唤人性、激活启蒙。在新的世纪，必将成为和谐社会文化建设的积极引导者。对于文学事业来说，文艺家通过文艺作品和理论语言，以特有的感觉方式、思考维度去把握时代风雨，以现实的、动情的心灵诉说，为社会主义核心价值体系的建造，做出不辜负于时代和人民的努力。

充满乐观情绪的同时，我们还有必要论及问题的另外一面，就是新世纪的降临，为人类的美好未来赐予福祉，创造高度物质文明与精神文明的大局下，同样也可能遭遇世纪"滑铁卢"之历险，对此，人类应有充分的准备。新世纪的信使——"全球化"，早在上世纪，伴随科技的突飞猛进，后工业社会的形成，悄然降临了，如今它又吹奏起世纪的号角，以时髦的装扮，动人的笑脸，奔腾于人类社会的绚丽舞台。它给人类的影响，就像浮士德和墨菲斯特的关系那样，将新生和死亡同时奉送。我们发现，"全球化"在工具理性、科技理性和信息化的极力张扬下，形成了一个交往现代化的意义空间，并对人的生存观、价值观、伦理观产生了前所未有的冲击。这可能有积极的一面，因为它进行了科技理性启蒙，改变了愚昧、贫穷、低效的物质状况，但消极面同样存在，因为它会造成新的殖民，新的启蒙霸权。更令人担忧的是技术理性的膨胀、物欲的极度扩张，将激发新的战争，滋生人道主义危机，挑起民族国家之间的对抗。"全球化"企图在世界建立类同的、同步的、包容一切的构想，在

---

① 陈继会：《二十世纪中国小说文化精神》，2002 年第 325 页。

一定程度上反而消除了民族性和人类生态的壮丽景观，它是一个喋血的乌托邦。而文化"全球化"在多大程度实现预期目的，还是一个无法审度的问题，但文化"全球化"嫁接在经济、技术"全球化"枝头上，又确实产生了巨大影响。它像工具理性和科技理性的吊诡那样，也是一把双刃剑。对我国来说，新时期以来文化建设伴随改革开放春风步入了"全球化"轨道，获得了令人瞩目的成就，同样也产生了很多令人反思的问题，因为信息化过程中冗余信息、有害信息，像色情、暴力、凶杀、警匪、邪教等文化，它们也打着"启蒙"的旗号，同随有效信息而涌入，当缺乏有效的防卫机制，任其而来，就会产生与启蒙呼唤背道而驰的消极影响。即使理论界热衷的现代、后现代理论，以及其它各种型号的主义，在经历了新时期以来近三十年的吸纳和改写之后，人们惊奇地发现，它们并不是理论创新的灵丹妙药。缺乏理性的文化吸纳是行不通的，只有走文化整合之路，才可渐入佳境。在这种文化背景下，现实主义如何承担启蒙、启蒙现实主义如何总结和重建文学的神圣使命，就具有很重要的意义。对于伪真实、伪启蒙、伪本质、伪人性、非历史、绝对自由主义、反民族性等文学现象与思潮，我们应对其进行深入的分析与甄别，做出正确的价值判断，为确立以人为本，和谐相处的文化氛围，做出最大贡献。

时代的车轮在急速运行，文学事业也将迎来一个又一个春天，现实主义将与其他文学类型一样，去创造秀美多姿的春天，也将迎接一个又一个来自"全球化"的严峻挑战。启蒙历史任务还远远没有完成，甚至可以说，只要有文学，只要有审美的人生向往，启蒙就无处不在。同样，启蒙现实主义形态必将有新的构建。

参考文献

国内文献

1. 朱光潜：《朱光潜美学文集》（4 卷），上海文艺出版社，1984 年版。

2. 朱光潜：《西方美学史》（2 版），人民文学出版社，2003 年版。

3. 伍蠡甫主编：《西方古今文论选》，复旦大学出版社，1984 年版。

4. 韩民青：《文化的历程》，广西人民出版社，1990 年版。

5. 张玉能：《西方美学思潮》，山西教育出版社，2005 年版。

6. 吴光主编：《中国人文精神新论》，上海古籍出版社，1998 年版。

7. 陈嘉明：《现代性与后现代性》，人民出版社，2001 年版。

8. 李复威主编：《世纪之交文论—九十年代文学潮流大系》，北京师范大学出版社，1999 年版。

9. 洪子诚主编：《中国当代文学史·史料选》（1945～1999 上下），长江文艺出版社，2002 年版。

10. 李思孝：《简明西方文论史》，北京大学出版社，2003 年版。

11. 江怡主编：《理性与启蒙——后现代经典文选》，东方出版社，2004 年版。

12. 潘翠菁：《西方文论辨析》，中山大学出版社，1984 年版。

13. 柳鸣九主编：《西方文艺思潮论丛·自然主义》，中国社会科学出版社，1988 年版。

14. 柳鸣九：《法国文学史》，人民文学出版社，1979 年版。

15. 柳鸣九主编：《西方文艺思潮论丛：未来主义·超现实主义·魔幻现实主义》，中国社会科学出版社，1987 年版。

16. 柳鸣九主编：《西方文艺思潮论丛·二十世纪现实主义》，中国社会科学出版社，1992 年版。

17. 梅希泉 朱雯编编选：《文学中的自然主义》，上海译文出版社，1992 年版。

18. 董学文：《西方文学理论史》，北京大学出版社，2005 年版。

19. 胡经之主编：《西方文艺理论名著教程》，北京大学出版社，2003 年版。

20. 张少康主编：《中国历代文论精选》，北京大学出版社，2003 年版。

21. 高小康:《人与故事:文学文化批判》,东方出版社,1993 年版。

22. 蒋承勇主编:《世界文学史纲》,复旦大学出版社,2000 年版。

23. 华东六省一市二十院校编写:《外国文学教学参考资料》,福建人民出版社,1980年版。

24. 穆睿清 姚汝勤编选:《外国文学参考资料》,地质出版社,1984 年版。

25. 白庚胜主编:《世界文学三百题》,上海古籍出版社,2000 年版。

26. 章安祺编:《西方文艺理论史精读文选》,中国人民大学出版社,2003 年版。

27. 叶朗:《中国美学史大纲》,上海人民出版社,1999 年版。

28. 刘小枫主编:《荷尔德林的新神话》,华夏出版社,2004 年版。

29. 杨恒达:《尼采美学思想》,中国人民大学出版社,1992 年版。

30. 朱立元主编:《法兰克福学派美学思想论稿》,复旦大学出版社,1997 年版。

31. 丁枫主编:《西方审美观源流》,辽宁人民出版社,1992 年版。

32. 廖星桥:《外国现代派文学导论》,北京出版社,1988 年版。

33. 马驰:《卢卡契美学思想论纲》,东北师范大学出版社,1997 年版。

34. 汪民安 陈永国编:《尼采的幽灵——西方后现代语境中的尼采》,社会科学文献出版社,2001 年版。

35. 杨春时 俞兆平主编:《现代性与二十世纪中国文学思潮》,广西师范大学出版社,2005 年版。

36. 唐君毅:《人文精神之重建》(1、2),广西师范大学出版社,2005 年版。

37. 张光芒:《中国当代启蒙文学思潮论》,上海三联书店,2006 年版。

38. 罗钢 刘象愚主编:《后殖民主义文化理论》,中国社会科学出版社,1999 年版。

39. 王文章 侯样祥总主编:《中国学者心中的科学·人文》(人文卷),云南教育出版社,2002 年版。

40. 庄锡华:《文学理论的世纪风标》,江苏文艺出版社,2001 年版。

41. 刘再复:《性格组合论》,安徽教育出版社,1999 年版。

42. 殷国明:《二十世纪中西文艺理论交流史论》,华东师范大学出版社,1999 年版。

43. 方维保:《当代文学思潮史论》,长江文艺出版社,2004 年版。

44. 於可训 叶立文主编:《中国文学编年史》(现代卷),湖南人民出版社,2006 年版。

45. 於可训 李遇春主编:《中国文学编年史》(当代卷),湖南人民出版社,2006 年版。

46. 王元骧:《文学理论与当今时代》,浙江大学出版社,2002 年版。

47. 陈传才:《中国二十世纪后 20 年文学思潮》,中国人民大学出版社,2004 年版。

48. 陈继会:《二十世纪中国小说文化精神》,东方出版社,2002 年版。

49. 陈继会:《理性的消长——中国乡土小说综论》,中原农民出版社,1989 年版。

50. 陈继会:《文化视界中的文学》,河南人民出版社,1994 年版。

51. 崔志远:《现实主义的当代中国命运》,人民文学出版社,2005 年版。

52. 吴家荣:《中国化文论的历史进程》,安徽教育出版社,2004 年版。

53. 吴秀明：《转型时期的中国当代文学思潮》，浙江大学出版社，2004 年版。

54. 古远清：《中国当代文学理论批评史》，山东文艺出版社，2005 年版。

55. 卢洪涛：《中国现代文学思潮史论》，中国社会科学出版社，2005 年版。

56. 沈福伟：《西方文化与中国》，上海教育出版社，2003 年版。

57. 贾植芳 陈思和主编：《中外文学关系史论》（上下），广西师范大学出版社，2004 年版。

58. 中国作家协会理论批评委员会编：《中国文学理论批评文选》（2004），作家出版社，2005 年版。

59. 何振邦：《九十年代文坛扫描》，云南人民出版社，2000 年版。

60. 金元浦主编：《观点文学 2004》，福建人民出版社，2005 年版。

61. 吴三元 季桂起：《中国当代文学批评概观》，知识出版社，1994 年版。

62. 陈思和 杨扬编：《九十年代批评文选》，汉语大词典出版社，2001 年版。

63. 高小康：《中国古代叙事观念与意识形态》，北京大学出版社，2005 年版。

64. 彭越 陈立胜：《西方哲学初步》，广东人民出版社，1999 年版。

65. 包亚明主编：《二十世纪西方美学经典文本·后现代景观》，复旦大学出版社，2000 年版。

66. 林岗 刘再复：《传统与中国人》，北京三联书店，1987 年版。

67. 陈晓明主编：《后现代主义》，河南大学出版社，2004 年版。

68. 许纪霖编：《二十世纪中国思想史论》，东方出版中心，2000 年版。

69. 王岳川主编：《中国后现代话语》，中山大学出版社，2004 年版。

70. 王坤：《转折时期的美学与批评》，中国文联出版社，2000 年版。

71. 张学正：《现实主义在当代中国》，南开大学出版社，1997 年版。

72. 张宝明：《二十世纪：人文思想的全盘反思》，安徽教育出版社，2004 年版。

73. 黄开发：《文学之用——从启蒙到革命》，北京十月文艺出版社，2004 年版。

74. 中国社会科学院文学研究所编：《美学论丛》（一），中国社会科学出版社，1982 年版。

75. 陈刚：《西方精神史——时代精神的历史演进及其与社会实践的互动》，江苏人民出版社，2000 年版。

76. 朱立元：《理解与对话》，华中师范大学出版社，2000 年版。

77. 胡伟希：《中国本土化视野下的西方哲学》，首都师范大学出版社，2002 年版。

78. 姜守明 洪霞：《西方文化史》，科学出版社，2004 年版。

国外文献

1. ［美］詹姆斯·施密特编：《启蒙运动与现代性——十八世纪和二十世纪的对话》，徐向东等译，上海人民出版社，2004 年版。

2. ［俄］米·赫拉普琴科：《艺术、现实、人》，刘逢祺 张捷译，上海译文出版社，

1999 年版。

3.　［古希腊］亚里士多德：《诗学》，陈中梅译，商务印书馆，2003 年版。

4.　［英］罗素：《西方的智慧》，崔权醴译，文化艺术出版社，1997 年版。

5.　［俄］别林斯基：《别林斯基文学论文选》，满涛 辛未艾译，上海译文出版社，2000 年版。

6.　［美］道格拉斯·凯尔纳 斯蒂文·贝斯特：《后现代理论—批判性的质疑》，张志斌译，中央编译出版社，1999 年版。

7.　［德］康德：《康德历史理性批判文集》，何兆武译，商务印书馆，1996 年版。

8.　［德］霍克海默尔 阿多诺：《启蒙辩证法：哲学断片》，渠敬东 曹卫东译，上海人民出版社，2003 年版。

9.　［德］哈贝马斯：《现代性的哲学话语》，曹卫东等译，译林出版社，2004 年版。

10.　［法］狄德罗：《狄德罗美学文选》，张冠尧等译，人民文学出版社，1984 年版。

11.　［德］莱辛：《汉堡剧评》，张黎译，上海译文出版社，1981 年版。

12.　［德］梅林：《梅林论文学》，张玉书等译，人民文学出版社，1982 年版。

13.　［俄］车尔尼雪夫斯基：《车尔尼雪夫斯基论文学》（上中下），辛未艾译，上海译文出版社，1982 年版。

14.　［美］雷纳·韦勒克：《近代文学批评史》（第 4 卷），杨自伍译，上海译文出版社，1997 年版。

15.　［前苏联］高尔基：《论文学》，孟昌等译，人民文学出版社，1978 年版。

16.　［法］巴尔扎克：《巴尔扎克论文艺》，袁树仁等译，人民文学出版社，2003 年版。

17.　［德］黑格尔：《美学》，朱光潜译，商务印书馆，1997 年版。

18.　［俄］杜勃罗留波夫：《杜勃罗留波夫选集》（1、2 卷），辛未艾译，上海译文出版社，1983 年版。

19.　［法］福柯：《何为启蒙》，顾嘉琛译，上海远东出版社，1998 年版。

20.　［德］叔本华：《作为意志和表象的世界》，石冲白译，商务印书馆，1997 年版。

21.　［德］叔本华：《叔本华文集——生命与意志》，任立 潘宇编译，华龄出版社，1998 年版。

22.　［德］叔本华：《叔本华论说文集》，范进等译，商务印书馆，1999 年版。

23.　［美］鲍桑葵：《美学史》，张今译，广西师范大学出版社，2001 年版。

24.　［美］斯坦利·罗森：《启蒙的面具——尼采的＜查拉图斯特拉如是说＞》，吴松江 陈卫斌译，辽宁教育出版社，2003 年版。

25.　［德］尼采：《权力意志——重估一切价值的尝试》，张念东 凌素心译，商务印书馆，1991 年版。

26.　［德］海德格尔：《荷尔德林诗的解释》，孙周兴译，商务印书馆，2002 年版。

27.　［匈］卢卡契：《卢卡契文学论文集》（2 卷），卢永华等译，中国社科院外国文学研究所编，中国社会科学出版社，1981 年版。

28. ［匈］卢卡契：《西方马克思主义美学文选》，莫立知等译，陆梅林选编，漓江出版社，1988年版。

29. ［德］马克思·霍克海默：《法兰克福学派论著选辑》，钱广华等译，商务印书馆，1998年版。

30. ［德］阿多诺：《否定的辩证法》，张峰译，重庆出版社，1993年版。

31. ［德］阿多诺：《图绘意识形态》，方杰译，南京大学出版社，2002年版。

32. ［美］布林顿：《西方近代思想史》，王德昭译，华东师范大学出版社，2005年版。

33. ［德］E·卡西勒：《启蒙哲学》，顾伟铭等译，山东人民出版社，1996年版。

34. ［德］恩斯特·卡西尔：《论人—人类文化哲学导论》，刘述先译，广西师范大学出版社，2006年版。

35. ［美］海登·怀特：《形式的内容—叙事话语与历史再现》，董立河译，文津出版社，2005年版。

后　记

　　文艺学学科的建设和发展，需要不断寻求新的学术增长点。例如，文艺学研究与文化研究的相互渗透和交融、文艺学研究新方法的探索等等，都取得了很多成绩，涌现出了一批有分量的学术成果。与此同时，文艺学传统命题在一些学人心中仍具有很重要的位置。他们力图在传统命题中挖掘新的东西，开辟新领域。

　　现实主义是一个传统命题，也是一个争议颇多的问题。这些年，对于现实主义的研究有所削弱。在本人看来，现实主义仍然具有研究价值。只要找到了好的角度，运用了好的方法，一定能够对传统命题做出富有时代意义和美学价值的阐述。从启蒙角度阐释现实主义，无疑是新的视角。而要阐述好此问题，必须采用多种方法，尤其是多学科交叉、融会贯通的方法。本书即论者在这方面尽力尝试的结果。用一句形象的话来说，就是"旧瓶装新酒"。

　　读研究生时，我就对启蒙思想产生了浓厚兴趣。启蒙时代的思想家、文学家和艺术家，为人们留下了丰富的文化遗产。如果从这里寻找学术资源，是完全可以写出好的专业论文来的，我毅然做了这类选题。在导师莫其逊教授精心指导下，我完成了硕士论文《莱辛美学思想与现实主义文艺》。论文答辩得到南京大学博士生导师周宪教授、南开大学博士生导师刘莉莉教授、上海社会科学院马驰研究员、广西师范大学王杰教授、张利群教授的高度肯定，毕业论文鉴定为优秀。毕业后我以此为动力，继续探索启蒙问题。同时把启蒙与文学的有机联系进一步挖掘，拓展哲学与文学连通的学术空间。这就是写作本书的起因。写作过程中，我遇到了很多想象不到的困难。失望过、气馁过，甚至一度产生过终止写作的想法。在此期间，我一面攻读中山大学博士学位，同时还承担着一定数量的教学任务。水平有限，精力不济，压力可想而知。老师的鼓励、同学的帮助、朋友的无私奉献、家人的默默支持，使我从困境中走了出来，最终交出了预定的答卷。我要感谢出版社各位编辑老师为我付出的辛勤劳动。他们对作者的关心、抬爱与指点，使本书得以面世。

　　"绝美的风景，多在奇险的山川。绝壮的音乐，多是悲凉的咏调"。我愿去欣赏最美的风景，聆听雄壮的音乐！

　　由于我水平有限，加之时间紧迫，本书一定存在很多不足，甚至错误。敬请各位专家、读者指正，赐教！

熊敬忠
2011 年 07 月

福